センシティブ・キリング

警視庁01《ゼロワン》教場

吉川英梨

目次

主な登場人物

甘粕仁子（あまかす・にこ）
警視庁警察学校一三三五期初任科甘粕教場の教官。警部補。指名手配犯を追跡中に頭部に大けがを負い、相貌失認を患う。

塩見圭介（しおみ・けいすけ）
一三三五期甘粕教場の助教官。巡査部長。仁子を支えるため、警視庁本部捜査一課への栄転を断り、警察学校に残る。

高杉哲也（たかすぎ・てつや）
一三三五期主任教官。警部補。甘粕・長田両教場の補助教官を務める。

長田　実（おさだ・みのる）
一三三五期長田教場の教官。警部補。『巡査殺し』の異名を持つ厳しい教官だった。健康不安を抱える。

荒畑俊一（あらはた・しゅんいち）
長田教場の助教官。巡査部長。

※

【一三三五期甘粕教場】

玄松一輝（くろまつ・かずき）
場長。元幕下力士『玄松』。

湯沢真央（ゆざわ・まお）
剣道係。県大会優勝の経歴あり。

森　響（もり・ひびき）　会計監査副場長。中国語が流暢。身長一五六センチと小柄。

片柳太陽（かたやなぎ・たいよう）　保健係。採用試験トップで趣味は編み物。

※

阿部レオン（あべ・れおん）　一二三五期長田教場の場長。元高校サッカーの人気選手。

※

岡倉竜二（おかくら・りゅうじ）　杉並区に住む引きこもり男性。

松永　遥（まつなが・はるか）　夕日テレビのプロデューサー。担当番組『ザ・戦力外！』

玄煌親方（げんこうおやかた）　元横綱。引退後、杉並区に『玄煌部屋』を開いた。一輝の父親。

玄松弥生（くろまつ・やよい）　玄煌部屋の女将。一輝の母親。

宮本淳史（みやもと・あつし）　調布警察署、交通捜査係係長。仁子の警察学校の同期。

※

五味京介（ごみ・きょうすけ）　警視庁刑事部捜査一課刑事。長らく警察学校の教官だったが、警部昇任と共に本部に戻る。現在は育児休業中。

プロローグ

玄松一輝《くろまつかずき》は一万円札五枚を握り締めたまま、逃げるようにタクシーに乗り込んだ。

――俺はもう終わりだ。この町にもいられない。

タクシーの運転手は、鬢《びん》付け油で撫《な》でつけたざんばら髪に浴衣《ゆかた》姿の玄松に、柔らかな視線を送る。

「どちらの部屋まで?」

玄松は慌てて浴衣の袖《そで》の中に金を突っ込んだ。

「玄煌《げんこう》部屋です。ここからは遠いのですが……」

「ああ、玄煌親方が新しく興した部屋ですね。あそこは確か……」

国技館《こくぎかん》のある町、両国《りょうごく》のタクシー運転手は、しょっちゅう力士を乗せるだろう。相撲部屋の場所を覚えているものだ。

「両国にはないんです。遠くてすみません、杉並《すぎなみ》区富士見《ふじみ》ヶ丘《おか》です」

「そうでした。じゃ、高速に乗っちゃいましょうか」

相撲の聖地、両国国技館を背に、一《いち》の橋《はし》通りを南下していく。

「大銀杏《おおいちょう》を結えるまであと少しですね」

タクシー運転手がバックミラー越しに気軽に話しかけてきた。

「いえ、この短さじゃちょんまげすらもまだ先ですよ」

「初土俵から四場所目くらいでしょうか。いま、序二段か三段目あたり？」

タクシー運転手は幕内の取り組みくらいしか見ないのだろう。玄松がこの一月の初場所を七勝無敗で幕下優勝したことを知らないらしかった。次の番付発表で十両昇進は確実と言われている。

隅田《すみだ》川にさしかかった。海へと注ぐ広大な流れを見るうち、全てを水に流してなかったことにしたくなる。窓を少し開け、袖に突っ込んだ一万円札を窓の外に捨てようとした。この汚れた金を隅田川に流してしまいたい。

——自分の相撲人生すらも。

タクシー運転手が「エアコンを切りますか」と窓を開けた玄松を気にする。

「あれ、お客さんもしかして、玄煌親方の息子さんじゃないですか？」

玄松は思わず目を伏せた。変に思われないように口元に微笑みだけは残しておく。

「太い眉毛《まゆげ》と切れ長の瞳《ひとみ》がそっくりだ！　いやあ嬉《うれ》しいな。将来の角界をしょって立つサラブレッドを乗せることができたなんて」

玄松は第七十四代横綱・玄煌のひとり息子だ。物心ついたときから鬢付け油のにおいと力士たちが体をぶつけあう音、そして角界の独特の伝統の中で育ってきた。よちよち歩きのころから裸足《はだし》で土俵を駆けずり回り、遊び相手は部屋のお弟子さんたちだった。優しく投げ飛ばされたり、わざとごろんと転がされる。父の取り組みを支度部屋から応援し、呼出の太鼓に心を躍らせ、千秋楽の弓取り式に感動する。父が四股《しこ》を踏むたびに「よいしょー！」と声掛けをする、角界ファンとの一体感の中で大人になった。

関取になる以外の人生を、考えたことがなかった。

タクシーは三十分で高井戸《たかいど》インターチェンジを降りて、東八《とうはち》道路に入った。玄煌部屋に到着する。

国技館があり、相撲部屋が点在する下町と違って、杉並区富士見ヶ丘は角界のにおいが一切ない。閑静な住宅街の一角で立ち上げられた玄煌部屋は、かつて運送会社が入っていた三階建ての雑居ビル一棟を貸し切って入っている。ちゃんこのにおいが漂い、鬢付け油の甘い香りもたまに鼻につく。一階の土俵脇の窓が開け放たれ、力士たちの稽古《けいこ》用の白い廻《まわ》しがずらりと天日干ししてある。

土俵脇のちゃんこ部屋ではちゃんこ当番の力士たちが鍋《なべ》の具材をぶった切って鍋に放り込んでいた。万年序ノ口の兄弟子が、遠慮がちに玄松に声をかける。

「今日はお前も当番だろ。頼むよ」

「すみません」

紙垂《しで》がまつられた土俵の脇を通り、階段を上がった。どうせ自分は角界を去る。いまさらちゃんこで体を大きくしたって無駄だ。腰をさすりながら雑居ビルの屋上に出た。

浴衣やXLサイズのティーシャツ、ハーフパンツなどの洗濯物が風にはためている。玄松はベンチに腰を下ろし、強く目を閉じた。

「こんにちは」

すぐ東側にある箱型の一軒家の屋上で、若い男がくつろいでいた。猫の額ほどのスペースしかない屋上には南国の観葉植物の鉢植えが並び、小さなウッドデッキに揺り椅子が設置されていた。このペンシルハウスに住む放蕩《ほうとう》息子は、よく屋上の揺り椅子で音楽を聴きながら読書をしている。真冬のいまでもガーデンストーブの前で暖まり、寒そうな様子もない。地主で家賃収入でも得ている一家だろう。薄給の幕下力士たちはうらやましがっていた。

「……どうも」

労働もせず、外出しているところも殆《ほとん》ど見かけないこの家の息子は、いつもボロボロの穴のあいたランニングシャツを着ている。一方、ヘッドフォンは高価そうだ。どうにもちぐはぐな男だった。玄松は立ち上がり、洗濯物を取り込んだ。今日は洗濯当番ではないが、わざと忙しいフリをした。

「なにかありましたか」

息子はヘッドフォンを取り、人なつっこそうな目でフェンスの間から玄松を見た。

「いまにも人を殺しそうな顔をしていますよ」

黙り込んだ玄松に、青年は慌てたように破顔した。

「冗談です、冗談。僕ったら警察小説ばかり読んでいるから、つい」

玄松は目を逸《そ》らした。思わず、言ってしまう。

「刑事になれますよ、あなた。すごい観察眼」

「え？」

「実際に、殺したいんで」

カラカラに乾いた青いタオルを、ギュッと握りしめる。

「殺したいやつがいるんで」

第一章　転落

警視庁警察学校の放課後の教官室で、一三三五期を担当する教官たちが緊急会議を開いていた。グラウンドから、部活動やマラソンに励む学生たちの掛け声が聞こえてくる。

二〇二四年四月中旬、警視庁警察学校は、八教場ある一三三五期、合計三百二十人の新人警察官を迎え入れたばかりだ。

「テレビの密着取材なんて、俺は絶対反対だ！」

一三三五期の主任教官を務める高杉哲也《たかすぎてつや》が鼻息荒く意見した。

「前回押しかけられた一二八九期は騒動続きだったんだ」

「一二八九期……いまから何年前だっけ」

ひとりの教官がつぶやく。塩見圭介《しおみけいすけ》は途端に肩身が狭くなる。

「七年前の二〇一七年十二月入校の大卒期です」

自分がその期の卒業生であることは言わない。

「あの時は近所で射殺事件が起こるわ、犯人は警察学校の学生だとマスコミが詰めかけるわ……」

高杉が僧帽筋を縮める。身長一八六センチ体重九十二キロの筋肉マッチョである高杉の横で、長田実《おさだみのる》という痩《や》せた教官が思い出したように手を叩《たた》く。

「思い出した、確かに一二八九期は地獄だった。俺の肝臓が悲鳴をあげる直前の期だ」

長田は酒の飲み過ぎで肝臓を悪くし、長らく休養していた。この春に教官として復帰したばかりだ。すっかり元気そうで顔色もいい。

「それもこれも全部こいつのせい！」

塩見は長田のヘッドロックを食らう。

「一二八九期長田教場の場長だったコイツの先導で授業をボイコットされてよ！」

「だからもうそのお話はご勘弁を……」

長田教場の新人助教官、荒畑俊一《あらはたしゅんいち》が目を丸くして塩見を凝視する。

「塩見助教、そんな無駄に熱いコトしてたんですか」

塩見が学生時代に起こしたボイコット騒動は若気の至りではあるが、無事に卒業はした。卒業配置を終了後は警視庁本部の捜査一課に呼ばれた。警察学校の助教官として経験を積み警部補試験を受け捜査一課の班長として戻るよう、お呼びがかかっていたのだ。

助教官も三年目、塩見は諸事情あり、まだ助教官として、警察学校にいる。

「そもそも、ボイコットの件とテレビの密着取材は関係なくないですか」

一三三五期の入校から二週間が経っていた。敬礼や行進、起立や着席などの基本動作を徹底的に叩き込み、校歌『警視庁警察学校府中校の歌』を指導し、無事に来賓や家族を前に入校式を終えたところだった。これから本格的に授業と訓練が始まろうとしていたが、民放テレビ局の夕日《ゆうひ》テレビが、とある学生の密着取材をさせてほしいと申し出ていたが、きたのだ。

「番組名は『ザ・戦力外！』だったっけか」

長田がつまらなそうに言った。高杉が頷《うなず》く。

「七年前は、引退して警察学校に入った元プロ野球選手に密着していた」

教官室という大部屋で、教官助教をまとめる統括係長が遠慮がちに意見する。

「警察学校の密着取材が放送されると、出願者数が跳ね上がるそうだよ。春の第一次採用の応募者数は少子化も相まって過去最低を更新した。夏の二次募集を盛り上げるためにも、なんとか協力してほしいということだ」

統括係長は階級で言うと警部で、幹部クラスではあるが、この春に異動してきたばかりだ。ベテランぞろいの一三三五期の教官助教を前に遠慮がちだった。高杉は助教官時代を含めると十二年目のベテラン、長田も途中で病気療養による休職期間はあったが、十期五百人以上の卒業生を現場に出している。

「なんとか未来の警視庁のために、テレビの密着取材を受けてくれないだろうか。甘粕《あまかす》教官！」

統括係長が、塩見の隣に座る女性教官を拝んだ。甘粕仁子《にこ》、塩見より四つ年上の三十四歳、二期目の教官だ。塩見は彼女が率いる一三三五期甘粕教場の助教官を務めている。

仁子は困ったようにノーメイクの素肌をかいている。高杉が助け舟を出した。

「無理しなくていいぞ。ただでさえ仁子チャンはアレなんだから……」

場が静まり返った。誰しもが仁子が抱える『アレ』に気を遣っているのだ。

「とりあえず担当プロデューサーに会いますよ。いま校長室にいるんですよね」

統括係長が頷いた。長田がズケズケと言い放つ。

「会うっつったって、甘粕教官。あんた、人の顔がわからないんだろう？」

仁子は警察学校の教官になる前、刑事部の捜査共助課で見当たり捜査員をしていた。日々雑踏に立ち、頭に叩き込んだ指名手配犯を捜す。二年前の春先に指名手配犯をお台《だい》場《ば》で発見、追跡の末、レインボーブリッジの高所から落下し、後頭部を欄干に強打して死線をさまよう大けがを負った。

幸い意識は回復したが、人の顔を認識する能力を失ってしまった。

仁子は人の顔がわからない、相貌失認《そうぼうしつにん》だった。

自分の顔すら認識できないらしい。毎朝顔を洗って鏡を見ると知らない女性がそこにいる。学生の顔も識別できない。大人数が行きかう場所にいると、人々の顔のパーツが混ざり合い、モンタージュ写真を見ているようで眩暈《めまい》がすると言っていた。警察学校はその特性上、学生たちは没個性の恰好《かっこう》をさせられる。座学の授業中は警察制服、術科訓練のときは期ごとに買いそろえたジャージや体操着を着る。外出時はリクルートスーツだ。髪型も男子は坊主か五分刈り、女警はベリーショートで厚化粧は厳禁だ。

仁子は自教場の学生四十人を識別するため、顔のパーツの配置、ほくろや傷、声、体の大きさなどをメモした『虎の巻』を胸のポケットに入れている。学生たちには初日に相貌失認であることを伝えていた。

ただでさえ人の顔と名前を一致させるのが難しい警察学校で、仁子が教官として負ったハンデはあまりに大きい。塩見だけでなく、高杉などのベテラン教官たちの助け、なにより学生の理解に支えられ、仁子はなんとか二期目をこなしている。

警察学校という特殊な訓練校で、ハンデを負った教官が学生を育てることを理解し、サポートしてくれる人もいれば、難色を示し排除しようとする人もいる。

「相貌失認だなんて、そもそも警察職務は無理だろう。行き場がないからって警察学校とはどういうことだ。周囲の迷惑を考えないのか」

「障害者差別にあたるから、警視庁も解雇できないんでしょう。本人が辞表を出すのを待っている状況だとか」

いまのところ学生からのクレームはないが、保護者からは電話がかかってきた。

「担当教官が相貌失認というのは指導にムラや欠落が出るのではないでしょうか。息子の警察官人生のスタートにとってマイナスになりやしませんか」

こんな状況下だから、仁子を腫《は》れもののように扱う教官は多い。長田だけは全く遠慮がない。仁子は正面からハンデをとらえてくれる人と話している方がラクなようだ。

いまも、仁子は特に気に障った様子もない。

「確かに夕日テレビのプロデューサーと会ったところで顔はわかりませんけど、顔がわからないから相手の話を聞かないというのも変な話です。ひと通りあちらの言い分を聞いたあと、当該学生にどうしたいか確認します」

「しかし、夕日テレビの面々は、あんたの相貌失認を知らないんだろ？　なにを騒がれるかわからんぞ」

「ですよね。炎上の燃料投下ってことになりうるかも」

若い荒畑が心配そうに言った。高杉が蹴散《けち》らす。

「相貌失認の警察官が警察官を育てられるのか、とマスコミがすっぱ抜くとでもいうのか？　ハンディキャップを持った人への差別だとマスコミこそが炎上するだろうよ」

仁子は毅然《きぜん》としている。

「とにかく会いますよ。こういう時は教官が正面に立つべきでしょう」

教官室のある警察学校の本館は、正門の真正面に建つ。本館の東側にはコンクリート舗装された広場がある。ここでは警察礼式の基本を学ぶ教練の訓練や、式典なども行われる。今日もどこかの教場の居残り組が、警察礼式を指導されていた。警視庁の祖、川《かわ》路利良《じとしよし》の銅像が立っているので、川路広場と呼ばれている。

校長室は談笑の声で穏やかな空気だった。学校長は去年から警察学校に赴任した定年間近の警視正だ。オープンな性格で学生たちも親近感を持って接している。来校中の夕日テレビの面々ともすっかり打ち解けていた。保守的ではないおおらかな現校長のおかげで、仁子は教官を続けられているが、テレビ局まで受け入れてしまうのは困る。「来週にもクルーと共に学校内を撮影させていただきたい」と具体的な撮影日時の話まで進めてしまっていた。

派手な色のスカートをはいた女性プロデューサーがはしゃぐ。

「高杉助教じゃない、相変わらずの野獣系イケメンですね」

なれなれしく高杉の太い腕を叩いた。七年前に高杉が助教官を務めていた教場の密着取材をしていたので、顔見知りなのだろう。高杉は改めて名刺を出す。

「警部補になられたのね。じゃあいまは高杉教官？　高杉教場？」

「去年まではね。今期は二つの教場の補助教官をやってます」

高杉が仁子と長田を紹介した。

「助教官もいるのにさらに補助教官を入れて三人態勢なんて、警視庁の警察学校は手厚くなったものですね」

長田は健康に不安がある。仁子は相貌失認を抱えているため、高杉が二つの教場の補助教官を務めているのだが、高杉はそこまで言わなかった。

「あとは一三三五期の主任教官も兼任しています」

「あら～高杉さんすっかりえらくなって。ところで五味《ごみ》さんは元気？」

五味京介《きょうすけ》は警察学校のかつての教官で、塩見も公私ともにお世話になっている恩人だ。長らく高杉を相棒に53教場とあだ名された教場を率いていたが、二年前に警察学校を去り、現在は本部の捜査一課で係長をやっている。塩見は五味から警察官としての基礎を、捜査一課に上がってからは捜査のイロハを教えてもらった。仁子も新人刑事のころ、五味の後輩だった。

「一二八九期は王子様系イケメンの五味教官と野獣系イケメンの高杉助教でテレビ映えする教場だったのよね。今回の密着取材はどうかしら」

女性プロデューサーが愛想よく仁子を見た。仁子が名刺を出す。

「一三三五期甘粕教場の担当教官の、甘粕仁子警部補です」

「夕日テレビの松永遥《まつながはるか》です。で、当の本人は？」

密着したいと申し出ている学生を仁子が連れてきていると思ったようだ。

「まだ本人に話をしていません。まずは担当教官の私が話を聞きます」

「もう全て校長に話しましたよ。企画書は一週間前に出しました」

「目を通しましたが、改めてお願いします」

遥は面倒そうな顔をしたが、改めてソファに座り、前のめりで切り出した。

「我々『ザ・戦力外！』が密着したいのは、元幕下力士の玄松一輝君です」

玄松一輝は高卒採用としてこの春に入校してきた二十歳の青年だ。髷《まげ》を結う直前だったらしいが、仁子と塩見で実施した入校前の事前面談ではすでに短髪のリクルートスーッ姿だった。腰の故障を理由に力士を引退していた。

身長は一九〇センチ以上、体重は百キロあるらしいが、体つきは引き締まっている。

父親は元横綱の玄煌だ。彼が一代年寄として新たに立ち上げた玄煌部屋に、玄松は高校のときに入門した。高校に通いながら順調に番付を上げていた。しかし腰の不調に苦しみ、引退後は警察学校の夏の二次募集に合格してこの春に警察学校の門をくぐった。

警察官は現場に出れば体を張ることも多く、規律が厳しく上下関係がはっきりしている。体育会系の人間はなじみやすく、歓迎もされる。警視庁も積極的に元スポーツ選手を採用している。昔から多いのが柔剣道の経験者で、次に多いのがレスリングや野球選手だった。警視庁の第八機動隊に相撲部はあるが、学生相撲の経験者ばかりで、元力士の採用は殆《ほとん》ど聞かない。

玄松は警察組織以上に厳しい上下関係がある相撲部屋の中で、地道に心身を鍛えてきただけあり、性格は二十歳と思えないほど落ち着いている。貫禄《かんろく》もたっぷりで、教場をまとめる場長としてぴったりの人材だった。今日も場長の玄松はよく通る大きな声で敬礼の合図を出し、高校生気分が抜けない学生たちをきびきびとまとめていた。

去年の一月、玄松が最後に力士として土俵に上がった初場所の番付表を、遥が見せた。幕下力士だったので虫眼鏡がないと読めないほど細長い字で『玄松』と記されている。

「彼はまだ幕下でしたが、角界では期待のサラブレッドでした」

遥は前のめりだが、仁子は冷めた様子だ。

「父親が人気の横綱でしたものね」

角界は二〇〇〇年代に入ってからモンゴル人力士が番付上位を占めるようになった。玄松の父親、玄煌は久々の日本人横綱として人気があった。塩見は相撲にはあまり興味がないが、名前は知っている。優勝パレードの映像もなんとなく覚えていた。

「玄松君は将来の角界をしょって立つサラブレッドとして注目株でした。初土俵からたったの一年で幕下まできて、しかも去年の初場所では全勝優勝しているんです。十両昇進確実のところで引退し、鞍替《くらが》えがまさかの警視庁警察学校！」

遥は漫談みたいに大げさに語る。

「角界の常識が通じない全くの新しい組織での玄松君の奮闘を、是非、応援させてほしいのです。玄煌親方やおかみさんにもインタビューし、力士から警察官への華麗なる転身を全国放送しましょう」

校長が横でうんうんと頷《うなず》いている。

「警視庁さんも、スポーツ選手のセカンドキャリアを応援する組織としてよい印象を持たれることでしょう。今後、角界からの引退力士が警察官に転身する例が続けば、安定してよい人材を確保し続けられることにもなるでしょうし」

仁子は相槌《あいづち》も打たず遥を見つめている。その視線は遥の目を見ているようでいて、細かく方々に飛んでいる。小鼻のふくらみや口の動き、眉《まゆ》の動かし方をじっと観察しているふうだ。

塩見は、教場にマスコミを入れることは反対だった。いまのご時世、学生たちの顔をテレビで晒《さら》したくない。本人たちが負担に思うだろうし、仁子の相貌失認《そうぼうしつにん》を日本中に知られることになるかもしれない。隠す必要はないが、テレビで晒す必要もないのだ。

「私は長田教場にも注目しているんです」

遥に突然呼ばれて、長田は驚いたように顔を上げた。

「長田教場には、高校サッカーで活躍した阿部《あべ》レオン君がいるんでしょう？」

「阿部は確かにU20に招集経験もありますね。補欠だったみたいですけど」

公式な国際試合に出場したことはないようだが、阿部レオンは日仏のハーフで目立っていた。色白で彫の深い美少年にはSNSのフォロワーが一万人もいる。熱狂的なファンがいた阿部だが、現実主義者らしく、プロの道には行かなかった。叔父《おじ》が神奈川県警の警察官だった縁で、警視庁に入庁した。

高杉が口をはさむ。

「阿部のSNSで番組を宣伝し波及効果を狙っているのかもしれませんが、アカウントは入庁時に削除させていますよ」

「だからこそ、阿部君も画面に出したいんです。一万人もいたフォロワーが喜びます」

「結局、玄松に密着したいんですか。阿部に密着したいんですか。どちらでしょう」

塩見は尋ねた。遥が強い口調で答える。

「両方ですよ。和風男子の玄松君と、日仏ハーフの阿部君。二人にフォーカスをあてて切磋《せっさ》琢磨《たくま》していく様子を放送する。もちろん、担当教官や助教官のインタビューもお願いしようと思っています」

　遥は熱っぽい目で、高杉や塩見を見る。

「担当教官のみなさんもテレビ映えのする方々ばかりですし。一般視聴者は警視庁警察学校に興味を持つと思います。玄松君や阿部君の活躍を見て、親御さん世代は自分の子供を警視庁に預けたいと思うんじゃないでしょうか」

　長田はすっかり乗り気になっている。校長が手を叩《たた》いた。

「では密着取材を受け入れるということで——」

「ちょっと待ってください」

　仁子が遥を見据える。

「松永さん。玄松に密着したい本当の理由を教えて下さい」

　まるで遥が本当の理由を隠しているような言い草だった。

「ですから、先ほどから言っているように——」

「建前はわかりました。本音を教えてほしいのです」

「私が嘘をついていると言いたいの？　なにを根拠に——」

「本当の目的をおっしゃっていただけない限り、密着取材はお断りします」

　仁子が立ち上がった。さっさと校長室を出て行こうとする。

「ちょっと待ってください。一方的に決めつけるなんて、ひどいわ」

仁子は無言で遥を見つめる。かなりの迫力だ。遥は狼狽《ろうばい》している。

「わかったわ。きちんと話すから、ソファに戻ってくださらない？」

仁子はソファに座り直した。遥は声のトーンを落とす。

「実は、弊社の報道局が長らく角界の隠蔽《いんぺい》体質について取材を重ねていました。独特の世界だから、いろいろと問題があるのをみなさんもご存じだと思うけれど」

校長が口を添えた。

「角界の問題といえば、いじめや暴力問題かな？　未成年飲酒や喫煙もあったか」

「一時期は八百長《やおちょう》問題もありましたね」

長田も言った。

「これらの問題はたびたび隠蔽され、マスコミがすっぱ抜くのを繰り返してきました。報道局が新たに突き止めたのは、玄煌部屋で隠蔽された殺人未遂事件です」

「ええっ」

塩見は思わず叫んでしまった。高杉も大きな体をのけぞらせる。長田と荒畑は顔を見合わせていた。さすがの仁子も訊《き》き返す。

「殺人未遂事件があったというんですか」

「ええ。隠蔽されたようですから、警察さんも認知されていないようですが」

「被害者は誰ですか」

「玄松弥生《やよい》さん——玄煌部屋のおかみさんです。玄煌親方の奥さんであり、玄松一輝巡査の母親です」

　遥は仰々しく言った。

「警察沙汰《ざた》にはなっていませんし、傷の具合も犯人も不明です。しかし報道局が詳細を調べたところ、おかみさんが全く表に出てこなかった時期が確かにあるんです」

　去年の二月以降、相撲部屋にもおらず、表舞台から二ヵ月も姿を消していたらしい。

「一月の初場所では玄煌部屋所属の幕内力士から三賞が出たというのに、後援会の祝賀会にすら出席しなかった。件《くだん》の三賞受賞力士は次の三月場所の番付で大関に昇進が決まりました。相撲協会の理事が昇進を伝えに部屋へ赴くとき、親方やおかみさんがそろって出迎えるのが通例です」

　マスコミも来るので、鯛《たい》のお頭を用意したり、お土産物を持たせたりと、外交を担当するおかみさんはいなくてはならない存在だ。

「しかし彼女は姿を現しませんでした。刃物で刺され怪我をしていたから、表に出られなかったに違いありません」

　遥は名探偵のように一方的にまくしたてた。

「もしおかみさんを刺したのが相撲部屋の裏方ではなく力士だったら――これは大スキャンダルでしょう」

　遥の言い方は意味ありげだった。玄松の引退は初場所後だ。おかみさんが姿を消した時期と重なる。玄松の早すぎる引退とおかみさんの殺人未遂事件に関連があると考えているのだ。

「玄松君は怪我で引退したということですが、警察学校ではどうですか」

「腰痛持ちでヘルニアを患っているということは、申告を受けています」

仁子が答えた。

「入校してこの方、腰を痛がる様子はありましたか。ぎっくり腰になったことは？」

「まだ入校して二週間です。術科訓練もろくに始まっていないのに、わかりませんよ」

塩見は困惑しつつ言った。

「幕下力士は給与が出ないのは知っていますか。相撲協会から所属の部屋に微々たる手当てが出るのみ。でも十両は違う。昇進した途端に月給が約百万円です。警視庁の初任給はいくらでしたっけ？」

誰も答えなかった。

「幕下力士たちは十両になるため必死に稽古《けいこ》に励み勝利を重ねて、ようやく高給取りになれるというのに、玄松君は月給百万円を前にして初任給二十万円ちょっとの警視庁に鞍替《くらが》えした。おかしいでしょう」

長田が腹のあたりをこすりながら、首を傾げる。

「体に不安がある状態なら、公務員の方がいいだろう。そもそも力士は現役の寿命が短い。人生百年時代、年金のことまで考えたら警視庁の方がいいよなぁ」

荒畑が首を傾げる。

「横綱になると月給三百万円とかでしたよね。そりゃ野球やサッカー選手などの年俸に比べたら少ないですけど、褒賞金もあるしタニマチの援助もある。親方になって部屋を持ったら、公務員の給与なんか雀の涙に見えるんじゃないですか」

高杉が仁子に訊く。

「玄松は金で動くやつか？」

「入校して二週間では判断できません」

仁子が遥に向き直る。

「そもそも将来どの道に進もうが、彼の勝手です。マスコミが番組を装って内情を探り、暴露するのはおかしいと思います。そのために教場の密着なんてもってのほか」

「私は玄松君は、金で動く人ではないと思っています」

遥は仁子の否定に乗らない。

「父親は横綱で、玄松君は物心ついたときから土俵の上で育った。相撲という独特の伝統の中で生きてきた。それが、ブロック注射一つ打てばなんとかなるヘルニアを患ったくらいで、月給百万の十両力士の座を捨てて、警視庁？　阿部君のように親戚《しんせき》に警察官がいるのならまだしも、全く意味がわからない」

遥は言い切る。

「玄松君が土俵を降りたのは、母親の殺人未遂事件が絡んでいるに違いありません。事実、引退を決意した時期と事件があったとされる時期が完全に一致しています」

挑発するような口調に変わる。

「甘粕教官はかつて、捜査一課の優秀な刑事だったようですね。元刑事として、警察官として、相撲部屋で隠蔽された殺人未遂事件が気にならないのですか？　真実を暴き解決しようと考える気概はないのでしょうか」

「大いに気になりますし、もし本当にそのような事件があったのなら、是非とも解決したいと思います」

仁子が立ち上がる。

「だからこそ、捜査の過程でマスコミを入れたくありません」

遥は激怒し、帰っていった。塩見と仁子は教場に向かう。学生たちは教場旗を作るために教場に居残りしているはずだ。玄松も参加している。

本館と教場棟をつなぐ渡り廊下を抜けて、階段を五階へ向けて上がる。各棟にはエレベーターがついているが、初任科の学生は使用禁止だ。その担当教官である仁子や塩見も、学生の見本となるべくエレベーターは使わないようにしている。

「それにしても、私の頭がバカのまんまのときに、とんでもない情報が入ってきたね」

「バカなんて言い方しないでください。怪我の後遺症なんです」

「バカはバカだよ。役立たずの頭」

新入生を迎えて二週間、まだまだ学生たちの特徴を覚えきれず、仁子は混乱の真っただ中だ。いら立ちが出ても仕方がない。

「巨漢の玄松と小粒の森《もり》はすぐに見分けがつくんだけどね」

玄松は身長が一九〇センチを超えているので、頭ひとつ抜けている。一方の森響《ひびき》という学生は、身長が一五六センチで体重が四十七キロしかない。警視庁はかつて採用に身体制限をかけていたから、昔の基準だと採用されなかった。令和五年度から撤廃され、入庁できた森は、もしかしたら警視庁史上最も小さい男性警察官かもしれない。彼は親の仕事の関係で幼少期を上海《シャンハイ》で過ごしており、流暢《りゅうちょう》な中国語をしゃべる。いずれ通訳官になることを期待される人材だった。

「あと、人数が少ないから女警もだいたい区別がつくようになってきた」

甘粕教場の女性警察官は三人しかない。

「その他男子が難しい。中肉中背、みんな同じ髪型で同じ服装だし」

階段のすぐ脇にある甘粕教場から、ティーシャツに短パン姿の男警が出てきた。絵具まみれの両手を洗いに行くようだが、内股《うちまた》で尻《しり》を振りながら歩く。仁子が彼を顎《あご》で指した。

「片柳太陽《かたやなぎたいよう》はすぐわかる。くねくね内股で歩くから」

「なにせ編み物男子ですからねぇ」

人を支える仕事がしたいと警視庁を志望した片柳は、手先が器用で特技は編み物だと履歴書に堂々と書いていて、採用担当官を苦笑させていた。採用試験はトップクラスだったが、ちょっとズレているタイプだ。

現在作製中の教場旗のデザインも、これまでモチーフとなる絵柄は力強い動物――虎やライオン、龍《りゅう》、クマなどが好まれて描かれてきたのに、片柳は「みんな酉年《とりどし》だからニワトリでどうか」と提案し、教場を微妙な空気にした。

学生の殆《ほとん》どが二〇〇五年生まれの学生ばかりとはいえ、年齢制限は三十五歳未満だから、年齢はバラバラだ。事実、森響は専門学校で一年間学んでいるので、玄松と同じ二十歳で入庁してきた。西年ではない。どうやら教場最年長である三十一歳の古河亮一《こがりょういち》を意識して、片柳は発言したらしかった。古河もまた酉年なのだ。

大多数の学生たちと干支が一回り違う古河は、滋賀県出身で地元の運送業者でトラック運転手をしていた。運送業界の働き方改革の影響で、安定して働ける警視庁を志望して入ってきた。社会人経験豊富な最年長ではあるが、若者たちの邪魔にならないようにと黙っていることが多い。

「あっ、先生～！　どうしたんですか」

教場に入ろうとして、廊下の水道で手を洗っていた片柳が、甲高い声を上げた。

「先生じゃない。教官、助教だ」

「まあまあ、放課後なんですから、リラックスー！」

塩見は烈火のごとく叱り飛ばした。そろそろ本腰を入れて指導しないと、いつまで経っても高校生気分が抜けないだろう。片柳はこんなふうに怒鳴られたことがなかったのか、硬直してしまっている。塩見はトーンを抑えて指導する。

「教官助教と行き合ったときはなれなれしい態度をせず、きちんと大きな声で挨拶《あいさつ》しろ」

「しっ、失礼しました！　塩見助教！」

片柳は涙目のまま、背筋を伸ばして挙手の敬礼をした。

「脱帽時の敬礼は挙手じゃない。腰を十五度曲げる」

片柳は十五度の敬礼時の腰の角度もまだ身についていない。肩は内巻きで顎が上がっている。指の位置もズレていた。教官助教は根気よく指導するしかない。塩見の警察制服の袖《そで》に片柳の涙が落ちた。よほど塩見の怒鳴り声が怖かったらしい。

「泣くなよ、お前……」

塩見はハンカチを出して、その顔に押し付けた。

「すっ、すみません。どうしてか、涙が……」

仁子がフォローした。

「びっくりしちゃったんだよね。親にも先生にも怒鳴られたことないでしょ」

仁子がフォローしたが、塩見に叱りすぎだと注意することはなかった。警察官は現場に出たとき、市民の怒りの矛先に立たなくてはいけない。喧嘩《けんか》の仲裁、酔っ払いの対応、違反の取り締まりなど、感謝されることは少なく、怒鳴られることの方が多い。学校にいる間に、罵声《ばせい》に慣れる必要がある。

仁子が甘粕教場の扉を開ける。机と椅子が脇に避《よ》けられ、床に新聞が敷き詰められていた。紺色を基調とした教場旗が出来上がりつつある。

教場のスローガンである『発揮揚々』の文字を見て、塩見はずっこけそうになった。

「デザイン案のときはこのフォントじゃなかっただろ。これって……」

いわゆる根岸流《ねぎしりゅう》と言われるものだ。大相撲の番付表が根岸流のフォントで書かれている。『発揮揚々』という言葉も、気合を入れて元気よく進もうという意味だが、相撲の行司の「はっきよい！」の掛け声の語源だ。フォントまで相撲っぽくしていいものか。

「最初は明朝体で書いたんですけど、迫力がないという話になったんです」

片柳がハンカチで涙を拭《ふ》きながら、言い訳した。

「それで根岸流に上書きしたのか。気持ちはわかるが、今期の甘粕教場はモチーフの絵柄もアレだからなぁ……」

教場最年長の古河は四股《しこ》を踏む関取の廻《まわ》しのさがりを描いていた。立ち上がって遠巻きに教場旗を見た。控えめでクールな古河も噴き出してしまった。

「ここまで来ると警察学校の教場というより、どこかの相撲部屋みたいじゃないか？」

「しかし、先日のホームルームでみなで決めたことですし……」

デザイン案をまとめた森が困惑気に言う。『甘粕教場』の文字を入れていた玄松一輝がすっと立ち上がった。やはり一般人に混ざると体が大きい。塩見も身長は高い方だが、玄松の方が五センチ高く、胸板もずっと厚い。

「なんだか僕ひとりのために、すみません……」

「いいじゃない。トラとかクマとか見飽きたって高杉教官が言うから、関取モチーフになったんだし。文字を根岸流にしたのがまずかったかなぁ」

仁子が穏やかに言ったが、目つきは鋭い。刑事の目で玄松を観察し始めていた。

塩見は、一心不乱に背景を紺色に塗りつぶしている女警に目が行った。

「湯沢《ゆざわ》巡査。ケツが濡《ぬ》れてるぞ」

湯沢真央《まお》がはたと顔を上げて、後ろを見た。彼女のハーフパンツのすそが水を張ったバケツに浸ってしまっていた。

「うっそー、やだぁ〜」

真央は周囲の目を気にせず、平気でハーフパンツのすそを捲《まく》り上げて下着を確認した。塩見は慌てて目を逸《そ》らす。

「下着までしみてる〜」

真央はタオルをつかみ、あたふたと教場を出て行った。

彼女は剣道三段、地元の県大会で優勝経験もある。師範の推薦で警視庁に入庁してきた。塩見は現在、術科担当の助教官として、剣道の指導をしている。かつては刑事訴訟法の授業を持っていたが、復帰した長田の担当でもあったので、譲った恰好《かっこう》だ。塩見は小学校の時から地元の警察署の少年剣道部に入っていた。さほど熱中はしなかったが、真面目に通って昇段審査を毎年受けていたので、一応、剣道二段ではある。塩見はいつか彼女と本気で竹刀を交えるのを楽しみにしているが、普段の真央はあの調子でおっとりしている。

「玄松」

教場によく通る声で、仁子が言った。教場の空気が引き締まる。

「話がある。面談室に来なさい」

面談室は、本館にある。じっくりと膝《ひざ》を突き合わせて学生と話ができるので、教官連中は重宝しているが、学生たちは『取調室』と恐れている。

塩見は学生に威圧感を与えないよう、面談室の扉を開け放ち、玄松を奥の椅子に座らせた。一階の自動販売機で缶コーヒーを三つ買い、面談室に戻るころには、仁子が気軽に切り出していた。玄松もにこやかだ。

「『ザ・戦力外！』なら見たことがありますよ」

「実はね、そこのプロデューサーが玄松に密着取材したいと申し出てきたの」

普段の学生への掛け声や指令、指導は男のように命令口調で行う仁子だが、日常会話では女性らしい言葉に戻る。一期前はずっと命令口調だったので、仁子も経験を重ねて緩急のつけ方を身に付けたようだった。

玄松は律儀に頭を下げて、缶コーヒーを飲む。取材についてはやはり困惑気味だ。

「取材を受けるか否かのお返事は、いつまでにすべきですか」

「実はもう取材は断っている」

玄松の表情が少し明るくなった。ほっとしているようだ。

「学生の顔をテレビで晒《さら》したくないという塩見助教の気遣いもある。私の相貌失認《そうぼうしつにん》もあるし、そもそも、あちらは嘘をついて密着取材を申し出ていた」

「嘘？」

「本当の狙いは玄煌部屋で起こった殺人未遂事件の裏を暴くことだったみたい」

玄松が缶コーヒーを吹いた。表情はみるみる青くなる。

「ちょっと待ってください。殺人未遂事件って、物騒な……」

「そういうことがあったという情報をマスコミが得ていたということ」

玄松は沈黙してしまった。塩見も切り出す。

「おかみさんが刃物で刺されたというものだ。お前の母親のことだろう。心当たりは？」

「ありません」

玄松の額からどっと汗が噴き出してきた。

「まあ、少し落ち着けよ」

塩見は自分の缶コーヒーに口をつけたが、玄松はそれきり飲もうとしない。

「だって、教官たちが物騒なことを言うから……。それにお二人とも、元刑事じゃないですか。すごい圧迫感ですよ」

仁子も塩見もはっと我に返り、身を引いた。

「それは――すまなかった」

「改めて聞くよ。そんな事件はなかったんだね？」

仁子は容赦なく質問を重ねた。玄松は言葉を選ぶようになった。

「すみません。親方やおかみさんに迷惑がかかりますので、角界を去った僕から言えることはなにもないです」

それはないだろうと塩見は身を乗り出した。

「お前は学生の身分とはいえ、巡査の地位を与えられたれっきとした警視庁警察官だ。刃傷沙汰《にんじょうざた》があったかもしれないのに黙っていたとなると――」

「警察官になる前のことをあーだこーだ言われても困ります」

仁子は厳しい。

「それじゃ、これだけはちゃんと答えて。刺したのは玄松じゃないよね？」

「………」

「この質問にまで建前を重ねるのなら、いますぐ警察学校を辞めてもらう。犯罪者かもしれないやつをここには置いておけない」

「それも含めて、言えません」

仁子と玄松のにらみ合いになった。

「刺したのは自分ではないと明言できないのか」

「そもそも殺人未遂事件があったとは明言していません」

なんて屁理屈《へりくつ》なやつだ。塩見はあきれてしまった。

「ならば殺人未遂事件などなかったとここで明言したらいい」

「僕は角界を去った身です。両親や兄弟子たちの迷惑になるようなことは一言も口にすることはできません」

「つまり、みなの迷惑になるようなスキャンダラスな出来事があったということか？」

「あろうがなかろうが言えないのです」

玄松は頑として言わない。お手上げだった。


「あの子はまだ心が角界のままなんだろうね」

仁子が教官室の扉を開けながら、ため息をついた。

「あそこまで頑《かたく》なだと却《かえ》って疑われるのに、全く……」

大きな体を丸めてデスクに向かっていた高杉が向き直る。

「よう。どうだった、玄松の証言は」

「言えません、の一点張りでした」

仁子が様子を説明した。荒畑のデスクを囲い、長田と高杉は警察学校の広報室が撮った画像をチェックしていた。

「先週の入校式だ。玄松の両親も来ていたからな」

元横綱が来校したということもあり、式典後の川路広場での記念撮影会はかなりにぎわっていた。普段は川路利良の銅像の前で記念撮影をするのが人気だが、今春は玄煌親方の周りに人だかりができていた。

「警察官まで記念撮影の列に並んでましたもんね。長田教官も……」

遠慮がちに荒畑がツッコミを入れる。なにが悪いんだと長田は開き直る。

「シャッターを押してくれたのはおかみさんだったよ。すごくいい人だった」

玄煌親方は現役時代から寡黙に相撲道を追求するタイプで、優勝インタビューもそっけなく、近寄りがたい印象だ。記念撮影も拒否はしなかったが、愛想はなかった。

一方のおかみさんは次々と声をかけてくる保護者や警察官に笑顔で対応し、積極的にシャッターを切っていた。夫婦そろって仁子と塩見に頭を下げたときも、玄煌親方は無言だったが、おかみさん——弥生は、甲高い声で親し気にしゃべる人だった。

〝相撲のことしかわからない世間知らずの息子ですが、何卒《なにとぞ》よろしくお願いいたします〟

塩見は仁子に確かめる。

「息子のことでなにかあったらいつでも相撲部屋に連絡くれって、言ってましたよね」

「いまの状況でおいそれと連絡できないわ」

荒畑が、警察学校の広報室が撮影した写真の中から、玄煌親方夫妻の画像を見つけ出した。

「ありました。これですね」

特注の大きなスーツにネクタイをしめ、険しい顔つきの玄煌親方の横で、弥生は小さく見える。

「このおかみさん、前職はなんでしたっけ」

仁子が誰にともなく質問しながら、荒畑と席を替わる。静止画ではなく、動画にうつる玄松弥生を探し始めた。塩見はスマホで玄松弥生について調べてみた。

「秋津洲《あきつしま》親方の娘さんですね」

「秋津洲親方って、確かいまの相撲協会の理事長だよな」

長田が答えた。高杉が腕を組む。

「秋津洲親方の現役時代の名前は確か、山桜《やまざくら》だったか」

「山桜って、八百長《やおちょう》で告発されて有名になった力士だぜ」

二十年くらい前に引退力士が週刊誌に八百長の告白をし、次々と有名力士がやり玉に挙がった。星を金で分配し合う悪しき慣習がはびこっていたのは事実のようだが、山桜はノーコメントを貫き、いまは角界のトップにいる。

「金で横綱になりあがったと悪く噂する人もいたが、俺は山桜の、地味な寄り切りで着実に星を重ねるスタイル、良心的で好きだったけどね」

長田は訳知り顔だ。

「山桜の寄り切りからの八勝七敗勝ち越しはお約束すぎてつまんねぇとだいぶ批判されていなかったか？」

高杉も相撲をそれなりに見るようだ。

「だが山桜の対戦相手は絶対にけがをしないんだ。土俵際から転げ落ちることもないし、押し倒されて擦り傷を作ることもない。相手の力士がサポーターを巻いていたら、絶対にそちらの廻《まわ》しを取らないことでも有名だったしな」

仁子は次々と動画のサムネイルをクリックし、動画を早回しして、玄松弥生を探している。

「なんだか刑事の捜査みたいで、ワクワクしますねえ」

荒畑が無邪気に言った。

「いた」

正門での受付を終えて、式典が行われる講堂に向けて歩く行列をうつした動画だ。玄煌親方が行列の中にいる。弥生はその横にいるが、背後の人に何事か話しかけられ、振り返っているところだった。仁子は振り返る仕草を何度も早戻ししては、コマ送りにしたり、一時停止にしたりする。塩見は違和感を持った。

「振り返り方がぎこちないですね」

「違和感あるよね。腰をひねっていないからよ」

仁子が同意した。高杉が、呼ばれた体《てい》で振り返ってみる。

「確かに、前を向いて歩きながら後ろの人に呼ばれたら、首や肩、腰も回すよな」

「彼女は全身ごと振り返っている。後ろ歩きしながら後ろの人と会話をしているのよ」

危険だし、不自然だ。

「腰をひねるのが難しいのかしらね」

「これまでの流れから察するに、刃物で刺されたのは、腰でしょうか」

「もう傷口はふさがっているだろうが、古傷をかばうクセが抜けないんだろうな」

塩見は玄煌部屋が管内にある高井戸警察署に電話をかけた。

強行犯係に電話を回してもらい、かつて玄煌部屋で暴行傷害等の事件記録がないか尋ねた。一時間後、折り返しの電話がかかってきた。強行犯係は、地域課の巡回連絡カードまで調べてくれたが、玄煌部屋界隈《かいわい》で警察沙汰が起こったことはこれまで一度もないという。

「巡回連絡をとった地域課の警察官にも聞きましたが、おかみさんはとてもいい人で、部屋の力士さんたちもきちんと挨拶《あいさつ》をし、毎朝近所のごみ拾いを行うなどして、地域に愛されている、ということでした」

警視庁警察学校の住所は東京都府中市《ふちゅう》だが、最寄り駅は調布市《ちょうふ》飛田給《とびたきゅう》の京王《けいおう》線飛田給駅だ。近隣に約五万人の収容が可能な味の素《あじのもと》スタジアムがあるので、駅改札は巨大で周辺道路も整備されている。スタジアムと隣接する武蔵野《むさしの》の森《もり》総合スポーツプラザでもたびたびイベントがあり、遊歩道を人が埋め尽くす光景がよく見られる。

今日は味の素スタジアムで人気ロックバンドのコンサートが行われていた。駅前の居酒屋『飛《と》び食《しょく》』の大将は、コンサートが終わる二十一時過ぎからの混雑を見越して、仕込み作業で大わらわの様子だった。

近所の官舎住まいで独身、恋人ナシの塩見は、高杉と毎晩のように『飛び食』で飲んでいる。高杉は美魔女ふうの年上妻の尻《しり》に敷かれていて、子供もいないので気楽に飲み歩く。今日は玄松の件で、仁子も付き合ってくれた。長田や荒畑までやってくる。長田は酒で肝臓を壊しているので誘わないようにしているが、ついてきてしまった。荒畑はビール二杯目でもう酔っぱらって、警官としての夢を熱く語りだした。

「僕はね、そもそも人の夢に乗っかる形で警官になったというのはあります。実際に警察官として現場に立ち、市民のみなさんと交流するうち……」

「その話は入校式の日の打ち上げで聞いたよ」

冷酒に切り替えた高杉に酌をしながら、塩見は答えた。長田もお猪口《ちょこ》を突き出してくる。

「ダメですよ、長田さんはビール一杯で終わりです」

「そう堅いコト言うなよ。麗しき女性教官まで飲み会に来てくれたのによー」

「長田さん、それいまどきセクハラですからね」

仁子は笑っていたが、きっちりと注意はしていた。長田のようなタイプは時代の変化に気づかぬまま、セクハラやパワハラを繰り返してしまう節がある。

女癖が悪い高杉も、塩見が学生のころは彼を慕う若い女警とイチャイチャしていた。時代の空気がそれを許さなくなってきている。いまは女警にちやほやされてもきっぱり拒むようになっていた。その反動か、若い塩見の恋愛話を聞きたがる。今日もどすんと肩をぶつからせてきた。

「塩見よ。その後どうなんだ。プライベートの方は」

「何がですか」

「いい子はできたのか。お前は俺に教える義務があるだろう」

ふざけて首を絞められた。

「どうしてそんな義務が？」

目の前に座る仁子が直球で尋ねてきたので、塩見はあたふたする。

塩見はかつて、高杉の実の娘と交際していた。育ての親は五味京介という複雑な背景を持った女子大生だった。奔放に見えながらも助教官として多忙な塩見を支えてくれた、健気《けなげ》な子――と全く欠点のない娘だったが、塩見は振ってしまった。他に好きな女性ができてしまったからだ。

塩見が想いを寄せているのは、目の前にいる仁子だ。彼女はあまり酒は進んでいないようで、二杯目は炭酸ジュースを頼んでいた。相貌失認《そうぼうしつにん》を患う前、仁子は陽気に飲み、男性刑事たちを翻弄《ほんろう》していたと聞いたことがある。いまは警察学校の教官として髪をベリーショートにして薄化粧だが、つややかな唇にビールの泡がつき、赤い舌でそれをちょろりと舐《な》める仕草は色っぽかった。

「聞いてんのか、コラ」

高杉にヘッドロックを食らう。塩見も冷酒を勧められたが、ジュースに切り替えた。

「まだ月曜日ですよ。あんまり飲まないでおきましょうよ。そもそも玄松の話ですよ」

コンサート帰りの客が店になだれ込む前に、話しておきたい。塩見は頭を切り替える。

「そういえば教官、松永遥が嘘をついていると、どうして見抜いたんですか」

　元刑事ならではの視点があったのではないかと思ったのだが、仁子は途端に自信がなさそうにうつむいた。

「うまく言えないんだけどね、最近、においにものすごく敏感になってるんだ。視覚がおぼつかないから、人を識別するときににおいをやたら感じるようになってきているの」

　ほほう、と長田が興味深そうに身を乗り出してきた。

「視覚の欠損を補おうと、脳がフル回転しているのかもしれないな」

「そういや、人間の脳は一割しか動いていないとか言いますもんね。九割は眠ったまま、活用されていないとか」

　荒畑が言った。

「相貌失認を補うために、五感のうち、他の四感が研ぎ澄まされたってことですか」

　他にも、聴覚や味覚、触覚があるが、鋭くなっているのは嗅覚《きゅうかく》だけらしい。

「かかりつけ医が言うには、敏感になっているというより、育っている状態だって」

「この先もどんどん嗅覚が育っていく――いずれ警察犬並みになるってことかよ」

　高杉が呑気《のんき》に笑い飛ばしたが、仁子の隣に座る荒畑は身を引く。

「俺、もしかしてにおってませんか？　今朝の駆け足訓練で汗かいたんですけど、すぐに授業があったんで、シャワー浴びれないままだったんですよ」

　仁子は笑った。

「気にしない、気にしない。基本、警察学校にいるほぼ全員が汗臭いから」

塩見もどきりとしていたが、ちょっとホッとする。

「寮に入るとすさまじい汗の臭いだよ。特に男子寮が入る東寮はね。でもみんな若いから、さわやかに感じるよ。女子が入る西寮は制汗スプレーのいろんなにおいが混ざり合っていて却《かえ》って気持ち悪い」

高杉は五十を過ぎていることもあり、気にする。

「俺、加齢臭とか大丈夫かな。嫁に枕カバーが臭いって怒られるんだよ」

「高杉さんは花の香りがしますよ。柔軟剤のにおいだと思います。奥様に感謝ですね」

自分はどうかと長田が心配げに訊《き》く。

「長田さんは猫ちゃんのにおいがします」

「すげー！　俺、猫飼ってるって仁子ちゃんに話してなかったよな？」

「俺は……どうですか」

塩見はこわごわ尋ねた。

「塩見君は木綿のにおいがする。いつも剣道着を着ているからからかな」

どう反応していいのか、困る。

「剣道のにおいといえば、湯沢真央」

バケツの水でハーフパンツを濡《ぬ》らしていた女警だ。

「あの子は剣道の授業のあと、納豆みたいなにおいがするのよ。防具の手入れをしていないせいだと思う。塩見君、指導してあげた方がいいよ」

塩見は剣道の授業中、剣道係の真央に直接指示を出したり、見本を見せたりするのでよく接している。臭いと思ったことは一度もない。

「話を戻すよ。どうして松永遥が嘘をついていると感じたのか。嘘のにおいがしたから」

なんだよそれ、と長田が疑わしそうに仁子を見た。

「長田さんから以前、同じにおいがしたんですよ。入校式の翌日、高杉さんに、酒は一滴も飲んでないって嘘をついてたでしょ」

あの話か、と長田は頭をかく。補助教官の高杉は、長田が再び肝臓を悪くしないように、酒を飲み過ぎていないかチェックしている。長田は当初、飲んでないと言い切っていたが、追及するにつれ、「缶ビール一本だけ」「チューハイも飲んだ」「日本酒も」と白状し、高杉にきつく叱られていた。

「あの時、一滴も飲んでないと言いきっていた長田教官から、刺激臭がしたんです。甘いのに、鼻につんとくる……」

「へえ、嘘ってのは、あまーいにおいがするのか」

「今日、校長室に入って松永遥さんから話を聞くうち、全く同じにおいがぷうんと漂ってきたんです。みなさん、わかりました？」

塩見も始め、誰しもが首を横に振った。

「結果、松永遥は角界の隠蔽《いんぺい》疑惑の調査を隠して嘘の理由を並べていたわけですよね」

仁子が感じ取る甘い刺激臭は、『嘘のにおい』で間違いないということか。

「すげえな、まるで警察犬だ。捜査一課で容疑者の取り調べをしたら重宝されるかも」

高杉はすかさず、スマホを出した。

「俺いますぐ五味チャン呼ぶわ」

高杉は長らく五味が率いていた教場の助教官をやっていたから、なにかと五味を呼びたがる。捜査一課に戻ってしまった五味が恋しくて仕方ないのだろうが、塩見はやんわりとスマホをしまわせた。

「五味さんもお忙しいでしょうから、こんなことで飛田給まで呼ばない方がいいですよ」

「そもそもこんな感覚的なもの、捜査の根拠になりませんから」

仁子はポジティブにはとらえていないようだ。

「司法の世界では、警察犬が示す証拠ですら裁判では通用しないことがあるんです」

次々と客が店に入り始めた。みな、サイリウムや人気バンドのグッズを持っている。コンサートが終わったようだ。教官の朝は早いので帰ることにしたが、高杉と荒畑は二軒目に向かうようだ。長田が行く、行かないで揉《も》めている。

仁子は吉祥寺《きちじょうじ》に住んでいる。塩見は駅のホームまで見送ることにした。エレベーターの中で二人きりになる。塩見は自分のにおいが気になってしまう。

「俺、まだ木綿くさいですか？」

「塩見君てさ、たまーに、焦げ臭いにおいがする」

「焦げ臭い？　なんすかそれ」

「いい匂いだよ。私、お寿司《すし》だと炙《あぶ》りが好きだし。焼肉は絶対に炭火焼きだしね」

ほめられているのかからかわれているのか、わからない。

改札前に人があふれていた。駅員が入場制限をしている。仁子は紺色のスーツ姿のノーネクタイの男を、すぐさま指さした。

「ちょうどいま、塩見君と同じ匂いがする人が来てるよ」

三十代前半くらいのその男性は仁子に気づくや相好を崩した。地味な濃紺のスーツに黒いバッグ、襟足を刈り上げているので、警察官だとわかる。仁子は男に向けて鼻をくんくんさせている。

「やっぱり同じ匂いだ」

なんの話かと男が首を傾げる。

「ふふふ、内緒」

男は調布警察署の交通捜査係の宮本淳史《みやもとあつし》と名乗った。この人ごみの中で、仁子は迷うことなく宮本を識別していた。顔がわかるのか。男は律儀に塩見に自己紹介した。

「いつも仁子がお世話になっています。自分、かつては仁子を支える副場長でして」

仁子の同期同教場の仲間だった。

彼女は相貌失認を患って二年、有名タレントや総理大臣の顔もわからないし、学生や塩見の顔もわからない。だが、仁子が学生時代を過ごした、一二〇六期小倉《おぐら》教場の仲間とその教官の顔はわかるらしい。事故などで後天的に相貌失認を患う患者は、信頼する家族や友人の顔は識別できる場合があるのだ。

「ところで何しに来たの」

仁子が宮本に尋ねた。待ち合わせをしていたわけではないらしい。

「味スタでイベントがある日だよ。こんだけ人が多いと仁子は顔酔いしちゃうだろ」

「大丈夫だよ、目をつぶってれば」

「目をつぶって電車に乗れるか？　ホームから落っこちたらどうするんだ」

「飛田給駅はホームドアがついているよ」

宮本は奔放な娘を見守る父親のようだった。さあ帰ろう、と仁子の手を引いた。塩見は全く取りつくしまがない。

「じゃ、また明日《あした》ね」

仁子が振り返り、無邪気に手を振る。宮本も塩見に感じよく微笑み、仁子と共に人ごみに紛れて見えなくなった。塩見はすぐさま高杉に電話をかけ、高杉と荒畑に合流した。あんなにやめとけと言ったのに、長田も二軒目に参加していた。結局、塩見も泥酔する。

「塩見君」

仁子は警察学校内や学生の前では塩見を「塩見助教」と呼ぶが、外では「塩見君」と言う。塩見はかつて高杉にそそのかされ、仁子とラブホテルに入ってしまったことがある。二人きりの部屋で仁子は気を許したのか、陽気に酒を飲み、塩見に甘えてきた。お互いにからかい合い、ほっぺを優しくつねったり、尻《しり》を叩《たた》かれたりした。ひとつのブランケットに寄り添って映画も見た。仁子は本当にかわいかった。警察学校の教官として凛《りん》としている姿は美しいが、プライベートでは無邪気なのだ。仁子は塩見の顔を触っていた。顔がわからなくて不安だった気持ちが、しぐさに出ていた。塩見はいまでこそ、その思いを全力で受け止めたい。

「大丈夫ですよ。俺が絶対に守りますから……だから……俺の顔がわかりませんか」

口に出した途端、胸がきゅんと痛む。仁子が塩見の眉毛《まゆげ》に触れ、瞼《まぶた》を触り、鼻筋をすうっと撫《な》でて、やがて塩見の唇を撫でる。吸い寄せられるかのように唇を重ねたとき、塩見は目が覚めてしまった。

「くそー！　夢かよッ」

思わず叫ぶ。ラブホテルに入ってしまった日の続きを、最近、いつも夢で見る。実際はあの日、警察学校で事件が発生し、仁子と塩見は教官と助教に戻ってしまった。

布団の中でにたあと笑う中年男の顔が見えて、塩見は悲鳴を上げてしまった。

「高杉さん、なにしてんすかこんなとこで！」

高杉はボクサーパンツ一丁で、塩見と同じ布団に入っていた。

「ようよう、どんな夢を見てやがったんだ、若者よ」

ぼりぼりと背中をかきながら、高杉はあくびをかみ殺す。昨夜、終電がなくなっても高杉と飲んだくれていたことを思い出す。

「お前が泊まっていってくれって俺に言ったんじゃないかよ」

高杉は勝手に塩見のスラックスを押し入れから引っ張り出し、身に着ける。上半身裸で、ムキムキの筋肉を見せびらかしながら、勝手に台所を探り始めた。

「俺、朝食はパン派なのよ。お前も食う？」

「俺はいいです」

二日酔い気味だった。高杉は四枚切りのパンを二枚並べ、目玉焼きを勝手に焼き始めた。時刻は午前六時だった。教官の朝は早く、七時には警察学校の校門をくぐらなくてはならないが、塩見は飛田給の官舎に住んでいる。警察学校まで全速力で走れば五分で到着する。高杉ものんびりしたものだった。

「お前さぁ、確かに仁子チャンは魅力的だけど、うちの娘を捨ててまで突っ走って、夢にうなされるほど恋焦がれるほどの女かぁ？」

高杉はまるで塩見の夢想を覗《のぞ》いてきたようだ。何か寝言で言ってしまったか。

「お前、いくつになったよ」

「今年で三十です」

「いちばん下半身がお盛んなころだろうに、片思いは辛《つら》いわな」

「とにかくもうその話は終わりましょう。仁子ちゃんには宮本という顔がわかる甲斐甲《かいが》斐《い》しい男がついてるんです。僕の出番はないですよ」

「あきらめんなよ！　仁子チャンと宮本何某は付き合ってるわけじゃないんだろ」

「時間の問題でしょう。だって顔がわかるんですよ、顔が！　あの人ごみでも、仁子ちゃんは一発で宮本を見つけて……」

またしても情けない気持ちになってくる。毎日毎日、学生の顔がわからない仁子のために塩見は奔走しているが、仁子は塩見の顔がいつになってもわからない。さすがに声や体格ですぐに識別はできるようだが、どれだけ信頼がないのだろう。

塩見はトイレの扉を開けた。長田が便座に座り、新聞を開いていた。

「長田さんまでなんで俺の家に……」

「勝手に開けんな」

「入るなら入るで鍵《かぎ》を締めてくださいよ」

「ばかやろー、俺は肝臓に爆弾抱えて一度は教場で倒れてるんだぞ。トイレの鍵を締めた状態で倒れたら大変だろ。そもそも昨日は飲みすぎちゃったしな」

塩見は扉を閉めて、ツッコみを入れる。

「ダメじゃないですか、飲みすぎたら」

「お前の情けない片思いの話が面白すぎて、飲まずにいれるか。だいたいな、相貌失認《そうぼうしつにん》の女なんて、めんどうくさいだけだろ」

チン、とトースターの音がする。高杉がちまちまとパンをお皿に乗せた。

「顔が見えようが見えまいが、どーだっていいじゃねえか。一緒に寝ちゃえばおんなじだ。お前ら、アラウドで楽しい夜を過ごした日だってあったんだからさー」

「アラウドって何の話だ」

トイレの向こうで長田が興味津々、叫ぶ。塩見は慌てて高杉の口を塞《ふさ》ごうとしたが、彼の太い腕に振り払われて全然かなわない。仁子とうっかりラブホテルに入ってしまった日のことを、高杉がしゃべってしまった。長田はトイレの中で大笑いしている。

「よおし！　今期の塩見の目標は、ラブホテルに女教官を連れ込むことだなッ」

「朝から何言ってるんですかッ、ここ、警察官舎ですよ！」


高杉と長田のお世話にてんてこまいで、警察学校の教官室に出勤したのはいつもより遅い、七時半過ぎだった。仁子はすでに椅子に座り、書類仕事を始めていた。

「おはよう。やだひどい顔」

「おはようございます。俺の顔はわからないのに、二日酔いの顔はわかるんですか」

仁子はドキリとした様子で、悲し気に目を伏せる。塩見は慌てて謝った。

「朝から変なことを言いました。高杉さんや長田さんに飲まされまくっちゃって」

目の前の席に座る荒畑も栄養ゼリーを流し込み、気持ち悪そうな顔をしている。

「平日なのに飲みすぎなのよ、みんな」

「――甘粕教官は、あの後？」

さりげなく聞いてみる。宮本が送り狼になっていやしないか、気になっていた。

「別に、普通に電車に乗って帰ったよ」

「宮本さんと？」

「駅のホームで別れたよ。そんなことより、コレ」

仁子がベージュ色の小冊子を塩見に見せた。『こころの環《わ》』という学生の日誌だ。学生たちは日々の出来事をつづり、教官助教は多忙な授業の合間を縫って必ず目を通し、コメントを添える。『こころの環』は絶対に嘘を書いてはいけないので、この日誌は学生の本音をのぞけるものだ。

「玄松のですか。まだ朝礼前ですよ」

『こころの環』はいつも朝礼のときに教場当番——いわゆる日直が回収する。

「気になっちゃってさ。寮に顔出して、先に回収してきた」

塩見は昨日のページを開く。放課後にはみなで教場旗を作ったのが楽しかった、と記されてあった。教官助教に面談室に呼ばれたことや、相撲部屋の殺人未遂事件については一切、触れていなかった。

「そういえば、玄松は相撲部屋時代のことを書いたことがないですよね」

警察学校における共同生活や習慣は、相撲部屋時代のものと似ているところもあるだろう。食事や風呂《ふろ》の順番は番付順という角界に比べ、警察も縦社会ではあるが、食事は各自自由で、入浴も先輩期が先に入るルールはない。しかもきれいな個室が与えられている。玄松がどのような視点で警察学校生活を語るのか興味深いが、彼は角界の話を『こころの環』に書くことはなかった。

「相撲部屋の話題を避けているように見えますね」

「かわいいほどに単純だね。どうしても殺人未遂事件や角界の話をしたくないんだ」

「今後、どうやって指導しますか」

仁子はうなった。

「犯人をかばってのことなら、百歩譲ってここに置いておける」

「問題は、玄松がおかみさんを刺した張本人だった場合、ですよね」

おかみさんからは被害届は出ていない。だが傷害事件は被害届がなくとも警察が認知した時点で捜査がされる。親告罪ではないのだ。

「おかみさんといえど実母なら、息子が自分を刺したとして、隠すものですかね」

「隠す母親はいるだろうね。不自然なことではない。それがきっかけで角界を去ることになったとして、不自然なのは、第二の人生に警察官を選んだってことかな」

「確かに、犯罪者という自覚があるのならば、警察組織を避けたい心理が働きそうです」

「とりあえず本人がこの調子だから、外堀から埋めていくしかないか」

仁子は夕方の予定を訊《き》く。

「高井戸署に顔を出して、現場周辺を見てこよう」

朝礼で、完成した教場旗がお披露目された。根岸流の文字での『発揮揚々』に力士が四股《しこ》を踏む絵を見て、苦笑いの顔が並んだ。玄松は申し訳なさそうな顔をしているが、彼に文句を言う学生はいなかった。補助教官の高杉は大爆笑だ。

「ここは今日から甘粕部屋だな」

教場も沸き、しばし相撲の話になったが、玄松は仁子や塩見と目を合わせないようにしていた。触れられたくないという必死さが垣間《かいま》見え、却《かえ》って痛々しい。

一限目、塩見は長田教場の剣道の授業が入っている。

塩見は更衣室でジャージに着替えて、長田教場の名簿を持ち、外に出る。教場棟を突っ切って西へ行けば、術科棟へ続く渡り廊下に出られる。休み時間は移動する学生たちで混雑するので、川路広場に出てしまった方が早い。しかしこの川路広場は突っ切ってはいけないルールがある。外部の人間や教官助教は許されるが、塩見はいまだに学生時代のクセが抜けず、教場棟沿いの隅っこを急ぎ足で歩く。術科棟の三階にある剣道場の教官専用更衣室で道着と袴《はかま》に着替えた。

長田教場の学生たちはすでに道着袴に着替えて、床の雑巾《ぞうきん》がけを始めている。いまは初心者と経験者に分け、経験者が初心者に中段の構えから教えているところだ。掃除当番ではない男子学生は竹刀を振り回してふざけている。

「こら。竹刀はおもちゃじゃないぞ！」

塩見は叱り、男子学生たちの額を軽く突《つつ》いて回った。女子更衣室から出てきた道着袴姿の女警に声をかける。

「中にまだ人がいるか？」

「いえ、もう全員着替え終わりました」

初心者は防具を発注している真っ最中だが、経験者はロッカーに仕舞っている。塩見は真央の名前が入った防具入れを見つけた。開けた途端に臭いが立ち上ってきた。仁子の言ったとおり、納豆みたいな臭いがする。特に面のにおいがひどかった。

背後に突き刺さるような視線を感じる。長田教場の女警三人が固まり、気持ち悪そうに塩見を見ていた。


二限目は教練だった。警察礼式にのっとった団体行動を身につける授業だ。行進や隊列などの他、笛を順番に吹いたり、警察手帳を示したりする。

教練の授業は基本、担任教官と助教が指導する。塩見は急いで警察制服に着替えなくてはならない。仁子はすでに制帽をかぶり、川路広場に出ていた。甘粕教場の学生たちも集まり始めていて、場長の玄松と副場長の古河が号令をかけ始めていた。仁子はひっそりとミニノートを広げていた。顔が識別できず、虎の巻を見て確認したのだろう。塩見はフォローすべく、急いで着替えて川路広場に出てきた。

「遅れてすみません」

「大丈夫、まだ授業開始五分前だよ。術科の指導官は着替えが多くて大変だよね」

「誰かわからない学生がいますか？」

「前列右から三番目。ネクタイが曲がっているやつ」

青木陸《あおきりく》という学生だ。つぶらな瞳《ひとみ》をした中肉中背の陸上マンで、学生時代は一一〇メートルハードル競争の選手としてがんばっていた。

「あれはハードルの……」

仁子はすぐに理解し、指導を入れる。

「青木！　鏡を見てちゃんと確認してきたのかッ。ネクタイ！」

青木は慌ててネクタイを直している。

「ところで真央の防具ですけど、確かに臭かったです。長田教場の女警たちからは変な目で見られましたよ」

仁子は教練の授業を前に厳しい表情をしていたが、噴き出した。

「確かに。はたからみたら女警の防具のにおいを嗅《か》ぐ助教……やばいね」

「笑いごとじゃないですよ、もう」

仁子が笛を吹いた。まだチャイムは鳴っていないが、集合させる。

「二列横隊列で集合！　玄松、合図しろ」

川路広場はコンクリートの地面に正方形の模様が等間隔に入っているので、グラウンドより隊列を整えやすい。

「教官助教にぃ〜、注目！」

塩見と仁子もタイミングを合わせ、挙手の敬礼をする。横隊列の端から端まで見ているという体《てい》で、そろって体を左右に振る。

「敬礼！」

学生たちが挙手の敬礼をした。真央が遅れている。仁子は本題に入ろうとしたが、塩見は気になって注意した。

「湯沢、タイミングが遅い！」

「あ、すみません」

「やり直し。玄松、もう一度号令！」

二度目でなんとかそろった。仁子が切り出す。

「今日は教場旗ができたことだから、まずは旗手を決めようと思う。教練のときは旗手が教場旗を掲げる。先頭に立ってみなをまとめる場長同様、非常に目立つ役だ」

仁子は教場旗の歴史についても触れる。

「警察学校開校以来、全ての教場の学生たちが図案から作製まで手作りしてきた伝統あるものだ。卒業後は場長が保管し、教場会が行われるたびに壁に貼りだしたり、記念撮影のときにみなで持ったりする。お前たちの警察人生を彩る大事なシンボルだ」

仁子は教練係が畳んで持っていた教場旗をその場で広げさせた。今朝の朝礼のときはみな笑っていたが、いまはみな、引き締まった表情で教場旗を見つめる。ちょっとは愛着がわいてきただろうか。

「卒業までの十カ月間、何度も壁にぶつかると思う。そのたびに仲間に助けられて乗り越えていくのが、教場というものだ。そのシンボルであるこの教場旗は大切に扱い、常に敬意を持つこと」

学生たちが「はい！」と大きな返事をした。教場旗が出来上がったことで、教場に一体感がでてきた。

「さて。旗手は誰がやる？　立候補でいいぞ」

みな一斉に俯《うつむ》く。顔を上げていたのは真央だけだが、明後日《あさって》の方を向いていた。

「湯沢！　お前、やるか」

塩見は声をかけた。真央はぶんぶんと首を横に振った。

「立候補がないなら、副場長だな」

副場長は二人いる。勤怠管理を担当する副場長は古河が務めている。教場の金を管理する会計監査副場長は、森響だった。森は体が小さいので、十キロ近い教場旗を振るのは難しいように思えた。仁子も同じことを思ったようだ。

「古河、やるか」

古河は大きな返事をして、了承した。

教練係が持ってきた旗棒に、古河が教場旗を結びつけていく。古河は運送会社勤務時代に荷下ろし作業などもやっていたから、たくましい体つきをしている。荷造りなども慣れていたのだろう、教場旗の紐《ひも》を通す作業もさらりとやっている。

南にある学生棟から騒がしい声が聞こえてきた。あと一分でチャイムが鳴る。長田教場の学生たちが一限目の術科授業を終え、学生棟の各個室で警察制服に着替えて、川路広場をはさんで北にある教場棟に向かうところだった。

「あと一分でチャイムが鳴るぞ、急げよー」

塩見は長田教場の学生たちに声をかけた。

古河が甘粕教場の教場旗を掲げる。春の少し冷たい東風が吹く中で、教場旗がはためく。甘粕教場の学生たちは空を見上げ「おお」と嘆息したが、教場棟へ入ろうとしていた長田教場の学生たちが、笑い出した。

「なんだよあれ、相撲部屋かよ」

長田教場の場長、阿部レオンだ。術科訓練では柔道を選んでいるので、塩見は直接指導をしたことがない。日仏ハーフであり元高校サッカーの選手で華がある。髪が規定よりも長く見えた。みな制帽をかぶって移動しているのに、彼だけは手に持って前髪を風になびかせている。

「どすこい教場!」

阿部が揶揄《やゆ》した。長田教場の学生たちがどっと大笑いした。塩見はすかさず指導をいれる。

「他教場の教場旗を笑うとはどういうことだ、失礼だろう!」

笑っていた学生たちは慌てて口を閉ざし、逃げるように教場棟の中へ入っていった。阿部もそ知らぬ顔で行こうとした。塩見は追いかけて肩をぐいとつかんだ。阿部が塩見を見る。視線の高さが全く同じだった。

「お前、名前は」

 知っているが、敢えて尋ねた。阿部は空気を察したか、背筋を伸ばし、制帽をかぶる。声を張り上げた。

「一三三五期長田教場、阿部レオン巡査です！」

塩見は阿部の制帽をはたき落とした。阿部が身をすくませる。

「お前、規定より髪が長いぞ」

少し癖のついた前髪を引っ張る。

「眉毛《まゆげ》につく。今日中に床屋で切れ」

「――床屋は毎週水曜日にしか開いてませんよね」

学生棟に床屋が入っているが、週に一回、契約している床屋がやってくるのみだ。

「飛田給駅北口に警察学校の学生御用達《ごようたし》の床屋がある。格安でやってくれるから、そこで切ってこい」

「承知しました！」

阿部は腹から声を出し、敬礼した。サッカー部で厳しい上下関係に身を置いていただけあり、上官に叱られたときの態度は殊勝ではある。

阿部が教場棟に入っていくのを見送り、塩見は自教場の学生たちを振り返った。さっきまで教場旗を誇りあふれる表情で見上げていたのに、いまはみな、どこか恥ずかしそうだった。玄松だけが強気な目つきで阿部が消えた教場棟の入口を見つめる。背筋をピンと伸ばし、拳《こぶし》を握っていた。塩でも握っていそうで、力士のにらみそのものだった。

どすこい教場などと揶揄されたせいか、今日の教練の授業は全体に締まりがなかった。笛の合図にそろえて行進の向きを変える練習を重点的に行ったが、みな覇気がなく足がそろわない。

何度かやり直すうちに、ようやく整い始めてきたが、真央ばかりタイミングがズレる。

「湯沢。お前やる気があるのか」

真央が、とろんとした目で塩見を見る。

「どうやったらわざわざそこまでずらすことができるんだ」

「……すみません」

仁子が笛を吹いた。

「もう一回！　全員、最後尾ラインまで下がって」

学生たちが小走りで、川路広場の南側へ下がる。

「前進！」

仁子が号令をかけたので、塩見が笛を吹いた。行進の足が一斉にあがるが、ひとり、タイミングが遅い。

「湯沢、また遅れてるぞ！」

「はい……」

風に掻《か》き消えてしまいそうな細い声だった。隊列が川路利良の銅像の目の前に来たところで、塩見は笛を吹いた。

「右向け〜、右!」

一同は行進の足を止めてすぐさま右足を後ろに引き、両手を脇にやって右を向いて足を閉じる。三十九人はそろっている。真央は足を戻すのが遅かった。

「湯沢、やっぱりお前だけ遅い!」

「すみません」

「揃うまでやるぞ、もう一回!」

一同はため息をつきながら、再び川路広場の最後尾ラインまで駆け足で戻る。五回連続でやり直したが、最後まで真央の足がそろわない。疲れ始めたのか、集中力が切れたのか、森や片柳までもがタイミングが合わなくなってきた。

チャイムが鳴る。

「仕方がない。今日はここまでだ」

玄松の号令で敬礼し、解散させた。教場棟に戻ろうとした真央に塩見は声をかけた。

「湯沢、ちょっと来い」

真央はきびきびと回れ右をして塩見の前に戻ってきた。

「今の動作はよかったぞ。なぜ隊列になると乱れてしまうんだ?」

真央は戸惑ったように、うつむいてしまう。長くカールしたまつげが細かく震えている。表情が乏しく、こうして改めて見下ろすとお人形さんのように見えた。

「今日は調子が悪いのか？」

女性特有の症状だろうか。塩見は仁子に対応を代わってもらった。少し離れたところで、二人のやりとりを見守る。

「体調が悪いのか。生理中か？」

「はあ……」

曖昧《あいまい》な態度から、仁子も生理中と判断したようだ。

「次はがんばって。今日は無理しなくていいからね」

「すみませんでした」

真央は深く頭を下げ、とぼとぼと教場棟に戻っていった。

塩見と仁子は教官室に戻った。空き時間だったのか、長田がデスクに座り、山積みの『こころの環』を教場当番の阿部に持たせているところだった。阿部は長田の前では緊張した様子で仕事をこなしている。立ち去ったあと、塩見は長田に進言する。

「長田教官、阿部は髪が長すぎませんか」

「聞いたよ。塩見助教から指導を受けたので、今日の夕方、外出したいと届け出てきた」

早速、外出届を持ってきたらしい。

「ところでお前、湯沢真央がお気に入りなのか？」

「なんでですか」

「いや、うちの教場の女警たちが、塩見助教はヘンタイではないかと場長の阿部に相談してきたというんだ」

まさかと塩見は青くなる。

「お前、女子更衣室に入り込んで、わざわざ女子の防具のにおいを嗅《か》いで回っていたんだろ。特に湯沢の防具がお気に入りだとか」

仁子が代弁してくれた。

「私が昨夜、真央の防具が臭いと話したじゃないですか。そのことですよ」

長田は泥酔していたから、昨夜の会話を殆《ほとん》ど覚えていなかった。

「塩見助教は防具の扱いの指導をするために女子更衣室に入ったんですよ。変態助教みたいな噂が立つのはまずいです。早急に対応してください」

「めんどうくせぇな、全く」

長田はため息交じりに名簿を取り出す。塩見の肩を叩《たた》いて笑った。

「まあ、湯沢はお人形さんみたいな顔して、かわいいもんなぁ。剣道の有段者同士、気が合うだろうし」

「とにかく、阿部レオンの髪型、ちゃんと指導を入れてくださいね」

「お前、学生に厳しくしすぎるなと俺を注意するくせに、どうしろってんだよ」

「前髪が眉毛につくのはまずいでしょう」

「あいつくせ毛だろ。引っ張ったらくっつくかもしれんが、わざわざ髪を引っ張って眉毛にくっつけるのはパワハラなんじゃないの？　お前が昔っから言ってたやつだよ」

ボイコット騒動をいまだに根に持っている。

会議があったので遅くなったが、塩見は仁子や高杉と共に、高井戸署に行くことにした。玄煌部屋の殺人未遂事件は認知されていなくとも、なんらかのトラブルが署の記録に残っているかもしれない。

三人で雑談しながら、警察学校を出て、京王線飛田給駅へ向かう。甲州《こうしゅう》街道は夕刻で交通量が多く、信号待ちが長くなる時間だ。なかなか駅のある南側へ渡れないまま、通り沿いの歩道を進む。

高杉が塩見に目くばせし、頼んでもいないのに調布署の宮本のことを聞き始めた。

「昨日はずいぶんと甲斐甲斐《かいがい》しい同期がお迎えに来ていたそうじゃない」

「宮本君のことですか」

「そうそう。調布署なんだって？」

「まあ元カレなんで、いろいろと気にかけてくれます」

仁子があっさり言った。塩見の腹の底が焦燥と嫉妬《しっと》で熱くなる。

「なんだよ。元カレ？　元さやに収まりそうなのか」

「それはないです」

仁子の断言に、塩見はホッとする。彼女の一挙手一投足に感情が上がったり下がったりして、バカみたいだった。

「もう五年以上前の話ですよ。気が利いて女の子に優しいタイプですけど、男のプライドが強くて、私が自分より先に本部に呼ばれたのがよっぽど悔しかったみたい。あたりが強くなってきて、一年で別れちゃった」

長らく音信不通だったようだが、仁子の怪我や相貌失認《そうぼうしつにん》を知り、連絡をよこすようになったそうだ。

「この春に宮本君が調布署に異動したから、会いに来るようになっただけですよ」

仁子はどうでもよさそうで、阿部の話を始めた。

「長田さん、塩梅《あんばい》がわからないみたいなんで、高杉教官、指導をお願いしますよ」

甘粕教場の教場旗を見て、どすこい教場と揶揄《やゆ》したことや、頭髪違反を仁子が訴えた。

高杉は腹を抱えて笑い出した。

「どすこい教場だって？　言いえて妙だな。親近感がわくぞ。01教場よりずっといい」

01は無線で殺人を意味するコードだ。二月に卒業した一三三〇期甘粕教場は奇妙な事件に巻き込まれたことがある。当時、そんな甘粕教場を高杉が「01教場だ」と口走ったのがきっかけだった。いまでもたまに高杉は甘粕教場のことを01教場と数字で呼ぶ。五味が率いていた教場を53教場と愛着を持って呼んでいたから、数字で呼ぶのが好きなのかもしれない。

甲州街道を渡れないまま、味の素スタジアム前の交差点に到着してしまった。イベントの際に人流を滞留させないため、交差点にはスタジアムの入口と直結する巨大な歩道橋がかかっている。甲州街道を突っ切る横断歩道はない。歩道橋を見上げた高杉が、眉《まゆ》をひそめた。

「すげえ人だな。今日もコンサートだったたっけ？」

歩道橋は入場待ちの観客で人だかりができていた。

「信号待ちしておけばよかったですね。あの歩道橋へ上がるのは大変……」

言いかけた仁子がはたと立ち止まる。小鼻がひくひくと動いたのが見えた。

「どうしました？」

仁子は人だかりの歩道橋を、睨《にら》むようにじっと見上げている。何度も鼻で思い切り息を吸っているので、においのもとを嗅ぎ分けようとしているように見えた。

今日の客層は全体的に若く、男性ばかりだ。アニメのキャラクターのティーシャツを着ていたり、絵柄がプリントされたトートバッグを持っていたりする。

「何だ、今日はオタクの集まりか？」

塩見はスマホでイベント情報を見た。

「隣にある武蔵野の森総合スポーツプラザで、十九時からアニメイベントがあるようです」

拡声器の声が聞こえる。グッズ販売の整理券がどうこうと叫んでいた。時刻は十八時半、日が落ちたばかりであたりは明るい。開場までまだしばらくありそうだが、グッズ販売を求め人だかりができているようだった。

仁子は立ち止まったまま、じっと歩道橋をにらみ上げている。嗅覚過敏《きゅうかくかびん》の彼女にはきついにおいがするのかもしれない。

「横断歩道まで引き返しますか？」

仁子は塩見を見て、不安げに言った。

「殺人のにおいがする」

仁子が再び歩道橋へ顔を向けた。歩道橋に取り付けられた信号の真上に人が乗り出しているように見えた。

「危なくないか、あれ」

高杉が言った瞬間、その人影が落下する。

「落ちた！」

塩見は思わず叫んだ。青信号で軽トラックが交差点へ進入していた。衝突音のあと人影が宙を飛ぶ。対向車線を走ってきたセダンにもはねられた。フロントガラスが割れる音や、方々のクルマが急ブレーキを踏む音が続く。

高杉は冷静だった。

「塩見、一一〇番」

すぐさまガードレールを乗り越えた。安全を確認し、交差点の真ん中で倒れている落下男性の救命に入った。塩見は多摩《たま》指令センターの通信司令官に状況を伝えた。仕事柄、事故対応は塩見も高杉も慣れている。仁子も冷静だろうと思ったが、彼女はかなり動揺した様子で、肩を震わせていた。

「甘粕教官、大丈夫ですか」

肩に手を置き、顔を覗《のぞ》き込む。仁子は深呼吸した。

「救命しなきゃ」

仁子も男性が倒れている地点へ急いだ。高杉は落下した男性に心臓マッサージを施していた。最初に彼をはねてしまった軽トラックはバンパーが外れて大きくへこんでいた。運転していたのは初老の女性で、へたり込んで泣き崩れてしまっていた。

「怪我はないですか。交通整理が必要です。非常灯を積んでいませんか？」

「わかりません。主人のトラックで、畑の帰り道だったんです……」

対向車線で男性をはねたセダンの運転手が非常灯を積んでいた。発煙筒も焚《た》く。交通量の多い甲州街道の交差点のど真ん中だ。しかも夕刻、クルマが最も多い時間だった。

すでに甲州街道の下り車線は長い車列ができていた。救急車のサイレンの音が遠くから聞こえてくる。パトカーの音も重なった。飛田給駅前交番の警察官たちが到着し、規制線を張る。現場に散らばる遺留品を踏まないように、クルマを降りて様子を見に来た人や、やじ馬に注意喚起した。

「だめだ……」

汗を滴らせて心臓マッサージを続けていた高杉だが、男性の胸に耳をあてるなり、苦しそうにつぶやいた。救急隊に引き渡すまでは、とあきらめずに人工呼吸と心臓マッサージを続けている。救急車のサイレンの音は近いが、この渋滞で近づきにくいらしい。

「高杉さん、代わります」

塩見も地面に膝《ひざ》をついて、心臓マッサージを始めた。投げ出された両手足が振動で揺れるも、顔はぴくりとも動かない。口から血を流している。苦悶《くもん》の表情はない。

「がんばれ……。がんばれ！」

歩道橋の上から、男性たちの怒鳴り声が聞こえてきた。

「お前、押しただろ！」

「押してねぇよ！　お前こそ押したんじゃないのかよッ」

開場を待つ人ごみが、落下男性を巡り、もめているようだ。

「開場が遅いんだよ！　どーなってんだよッ、運営はなにしてるんだ！」

塩見は心臓マッサージを行いながら、男性の恰好《かっこう》に強烈な違和感を持った。

真新しいティーシャツを着ているが、下はボロボロのジャージのズボンを穿《は》いている。膝が擦り切れていて、裏側から補修されたような痕跡《こんせき》が幾重にも見えた。ほうれい線や眉間《みけん》のしわが深く、中年のホームレスのようにも見えるが、においはしないし、肌の色もつややかで、短く刈り上げられた髪も清潔感があった。

素足にスニーカーを履いていたようだが、片方のスニーカーはどこかへ飛んでいって、見当たらない。足先もつるりとしていてきれいで、爪も切りそろえられている。

軽トラックの前輪周辺にヘッドフォンらしきものが落ちている。踏まれて一部が粉々になっていたが、分厚い耳あて部分がそのまま残っていた。服はボロボロなのに、高級そうなヘッドフォンを身に着けた、素足でスニーカーを履く、清潔感ある男性……。人相や着衣から、年齢や職業が全く推測できない。

向かいにある自動車販売店のディーラーが、ＡＥＤを持ってきてくれた。塩見はすぐさま男性のティーシャツをたくしあげて、除細動器を取り付けていく。白く薄い胸は、中学生くらいの少年のように頼りない。


青年は十分後に到着した救急車で近隣の総合病院へ搬送されたが、死亡が確認された。仁子や塩見、高杉はその知らせを調布警察署の応接室で聞いた。もう二十時を過ぎ、高井戸署へ行くどころではなくなってしまった。

塩見らから聞き取りしたのは、よりによって調布署の宮本だった。彼は交通捜査係の係長らしい。状況説明をしている間も、次々と係長の宮本のところに情報が入った。目撃者捜しの他、近隣の防犯・監視カメラ映像の回収なども部下たちに命じている。

「最初にはねた軽トラックのドラレコはどうなった」

「ついていませんでしたが、対向車のセダンにはドラレコがついていました」

「大至急、回収して分析に回せ」

ハンズフリーで会話しながら宮本は調書のペンを走らせている。仕事の手際がいい。

「対向車か……どういう状況で落下したかまでは映っていないだろうな」

通話を聞いていた高杉が呟《つぶや》いた。対向車は東から交差点に進入している。ガイシャが落下したのは歩道橋の西側だ。一般的な歩道橋は幅が一メートル半ほどしかないが、味の素スタジアム前の歩道橋は数万人規模の観客をさばくため、十メートル以上ある。

「監視カメラは信号機の脇でカメラの向きは下、歩道橋上は映らない」

交差点の監視カメラには、どのような状況下で男性が歩道橋から落下したのかは映っていないだろう。軽トラックの後続車のドラレコならば現場を捉《とら》えているだろうか。

被害者が搬送された病院にいる部下から、宮本に電話が入った。

「ガイシャ男性の死因は全身を強く打ったことによるショック死だそうです」

仁子は押し黙ったままだ。宮本は通話をしにどこかへ消えたが、すぐに戻ってきた。

「所持品に不可解な点が多いことがわかりました。よろしければ捜査一課の刑事の視点で見ていただきたいのですが」

宮本は仁子と塩見を振り返った。

「確かに、服装も変だったよな」

高杉が言った。彼も心臓マッサージのときに、着古して穴のあいた衣類と、清潔感ある見てくれ、高価なヘッドフォンを使用していたことに違和感を持っていたようだ。

遺留品が集められた鑑識係へ、宮本が誘導する。その間も、部下から報告が入った。

「三人の目撃者からそれぞれ別で話を聞いているが、誰かが突き落としたという証言をしている人は一人もいないそうです」

宮本が教えてくれた。高杉がうなった。

「自ら飛び降りたと証言している人がいまのところ二人。現場はグッズ販売の整理券を求めて将棋倒しになりかけているところもあったとかで、人の波に押されて落下したと証言している人が一人いた」

「歩道橋内は転落事故が起こる前から混乱状態だったようですね」

塩見は嘆息した。仁子は足取りが重そうだ。宮本が気遣う。

「大丈夫か、仁子。顔酔いしただろ。やじ馬の数も膨大だった」

仁子は顔酔いの他にも嗅覚《きゅうかく》過敏のせいで、体調が悪いのかもしれない。

――殺人のにおいがする。

あの言葉の意味を聞きあぐねたまま、鑑識係へ通された。採取袋からは出さないよう注意しながら、被害者の所持品を確認する。

「文庫本か……」

『青の捜査線』というタイトルの警察小説だった。

「黄ばんでしわしわだ。水を吸ったのか。かなり古い本のようだが」

宮本が首を横に振る。手袋をして中身を出し、奥付を見せた。

「発売されたばかりの新刊なんです。しかし帯どころかカバーもない。その上、黄ばんで紙も歪《ゆが》んでいる。一週間でここまで劣化するのは変だ」

「しかも紅茶のにおいがするよ」

仁子が言ったが、黄ばんだ本から紅茶のにおいを感じられた人は他に誰もいなかった。

「紅茶を何杯分こぼしたらここまで本が黄色くなるんだよ」

次に宮本が示したのは、二つ折りの財布だった。

「所持金が八千円弱。中は現金のみで、カード類は一切なし。運転免許証やマイナンバーカードもなく、健康保険証など氏名がわかるものも一切なかった」

犯人が身元をわからなくするために貴重品を抜いたのでは、と考えてみたが、そもそも殺人事件なのかどうかわからない。

「スマホは？」

仁子が尋ねた。宮本は首を横に振る。

「現場からは見つからなかった」

仁子はビニール袋の中に個別に入れられた、ヘッドフォンの耳当て部分やベルト、粉々になった樹脂の破片などを並べていく。

「変だよね。ヘッドフォンをしていたのなら、なにかを聴いていたはず。コード類が見当たらないから、ブルートゥース接続のコードレスヘッドホンだった可能性が高いけど、それならなんらかのデバイスを持っていないとおかしい」

スマホやタブレット端末などがないと、なにも聴けないはずだ。

「上は新品、下はボロボロの組み合わせも妙でしたけど、所持品までも変ですね」

塩見のつぶやきに、宮本が頷《うなず》く。

「実は搬送先の病院の関係者からも妙な証言を得ています」

治療のために衣類を脱がしたそうだが――。

「ティーシャツの下に穴のあいたボロボロのランニングの肌着を身に着けていました」

ティーシャツの下に肌着……あまり聞かない組み合わせだ。

「そもそも今日の最高気温は十八度。肌着を着ていたとはいえ、ティーシャツでは寒いですよね」

しかし、ガイシャの青年は上着を持っていなかった。

「その肌着ですが、トランクスも含めて、裏返しに着ていたそうです」

わけがわからなかった。高杉がすぐさま答えた。

「犯人が慌ててガイシャに衣類を着せようとして、裏返しに着せてしまったか」

仁子が声を震わせる。

「犯人って……。あの転落は事故や自殺じゃなくて、事件の可能性が高いってこと？」

塩見は仁子に向き直った。

「甘粕教官、ガイシャが落下する直前のこと、覚えていますか」

仁子は緊迫したように口元をこわばらせた。覚悟を決めたように大きく頷いた。

「殺人のにおいがするって、言ったよね、私」

自分でもなぜそんなことを口走ったのか、よくわかっていない様子で、仁子は頭をかいた。宮本が目を丸くする。

「またにおったというのか？」

塩見や高杉に説明する。

「実は三週間くらい前のことですけど、非番の日に仁子と溜池山王《ためいけさんのう》のイタリアンで食事をしていたんです」

デートだったかのように宮本が言った。仁子は否定しない。

「僕も非番だったんですが、かつて交通捜査を担当した事案の裁判で証言するため、出廷する予定があったんです。おしゃべりが尽きなかったこともあって、仁子も地裁の前まで一緒についてきたんです」

東京地裁の駐車場で立ち話をしていたところ、別の法廷で殺人事件の裁判があり、ちょうど、殺人犯が移送されてきた。

「強烈なにおいがしたの。鼻の奥にツンときて痛いぐらいの、きついにおい」

仁子が塩見を上目遣いに見た。高杉が目を丸くする。

「殺人者のにおいがわかるというのか」

「あのにおいがそうだったのかはわかりませんけど……あんなきついにおいを地裁での一件以外で感じたことはありません。今日、あの瞬間までは」

件《くだん》の殺人者は拘置所にいる。飛田給にいたはずがない。

「仁子チャンが嗅《か》ぎわけたのは、殺人者のにおい、ということか」

あの転落現場にはガイシャの他に、殺人者が紛れていたのか。

第二章　激　突

仁子は学生棟の屋上に上り、コンクリートの段差に腰かけて、深いため息をついた。緑茶の茶筒を開けたときのような、濃い緑のにおいがする。警察学校は周囲にけやきや桜の大木が植えられている。五月の連休前日の今日、どの木々ももっさりと葉を携えて、仁子の嗅覚を刺激する。さわやかだが、こんなににおうとうっとうしい。

ついさっきまで、警察学校の全学生、総勢千人弱を講堂に集め、現場の警察官による研修会があった。

四月一日の入校からほぼ一カ月が経ち、仁子はようやく、自教場の学生たちを、名札なしでも識別できるようになってきた。だが今日のように講堂が満員になるほどの人の顔が並ぶと顔酔いしてしまう。前後左右の人々の顔が混ざり合い、隣に座る高杉や長田の顔もモンタージュ写真のように見えてしまう。少人数でいるときは平気なのだが、見慣れない五十人、百人が迫ってくると、脳がかなり混乱する。

しかもいまは嗅覚過敏もある。今日は夏日で講堂が蒸し暑く、むせ返るようだった。学生たちの汗のにおいが鼻から脳に迫り、ますます気持ちが悪くなった。いつもは塩見が助けてくれるが、今日はプロジェクター操作をやっていて、仁子の隣にはいなかった。

研修会が終わるや、この屋上に逃げてきた。昼休み、学生たちは食堂になだれ込んでいる。真下の学生棟入口からにぎやかな声が聞こえてきた。

ジャケットの内ポケットに入れたスマホがバイブする。宮本からだった。

歩道橋で転落死があった件は、事故なのか事件なのか曖昧《あいまい》なまま、捜査は進んでいる。呑気《のんき》にランチの画像を送ってきた。捜査の進捗《しんちょく》を訊く。

『もうすぐ終わる』

すぐに来た返事に驚いてしまった。

『捜査終結ということ？』

『連休中に飯、行こう。説明するから』

焦げ臭いにおいがした。宮本のにおいだが、振り返ると、塩見が上がってきたところだった。宮本と塩見は性格も体格も全く違うが、なんらかの体質が似ているのか、同じにおいがする。

「やっぱりここだったんですね」

「ごめん、捜してた？」

「講堂、俺でも汗臭く感じましたよ。顔酔いもして、気持ち悪くなったでしょうか」

仁子は苦笑いにとどめた。

「明日《あした》から連休なのに、高井戸署にすら行けてないね」

玄煌部屋の殺人未遂事件を調べたいと思っていたが、飛田給の転落死の件で何度も調布署に証言を求められている。学校の仕事もあるのでそれどころではなかった。

「捜査に進展があったみたい。連休中に宮本君に聞いてみるよ」

塩見は険しい顔で細かく頷いた。日差しがまぶしいようだ。

「塩見君、連休はどこか行くの」

「いえ、明後日《あさって》が当直なんですよ。どこかにいくような余裕はないですし」

「私も三日目に当直だよ。たったの四連休だしね」

お互い、苦笑いする。

「昼飯、ここで二人で食います？　いま食堂は厳しいんじゃないですか。コンビニでなんか買ってきます」

慣れたもので、塩見は仁子が食べたいものの見当をつけて買ってくる。焼きプリンが好きなことも知っていた。談話室から座布団を二つ抱えて戻ってきた。いつも昼食を一緒に食べるが、学生の話ばかりしている。屋上は風が少し強くて、風の音がやかましかった。カラの容器が風で飛んでいってしまうので、塩見がゴミをまとめて、捨てにいった。

塩見はもう教官室に戻るだろう。仁子は座布団を二つくっつけて、ごろんと寝転がった。誰もいない新緑のにおいだけの場所で、ようやく頭が落ち着いてきた。おなか一杯になったせいか、眠たくなる。塩見が使っていた座布団から、彼の焦げ臭いような、日なたのようなにおいと存在感が立ち上ってきて、安心する。

講堂で千人規模のぐちゃぐちゃの顔が並んでいた中で、仁子は必死に塩見の姿を探していた。彼の顔は酔わないのだ。

仁子はこの警察学校で、塩見の顔だけが唯一、わかるようになっていた。

塩見は知らない。

——塩見君の顔がわかるよ。

たったそれだけを言いそびれて、もう二ヵ月以上が経つ。


まだ二月下旬の寒い日で、仁子は一三三五期甘粕教場の学生たちを、履歴書でしか知らないときだった。四月の入校を控え、学生たちの顔を早く覚えられるよう、仁子は教官室で履歴書を見ながら虎の巻を作っていた。履歴書写真から眉毛《まゆげ》や目、鼻の孔《あな》や口の形、そしてほくろや傷の有無を書きだすのだ。

人が集まっているのか、外がやけに騒がしかった。帰り際に様子をうかがうと、正門の前でコートを着た五味や高杉が仁王立ちしていた。ジャージに着替えた男たちがヘロヘロになりながら学校の外周をマラソンしている。

走っているのは卒業生のようだった。次々とスーツ姿で学校に駆けつけては、本館でジャージに着替えて走り出す。五味や高杉に「なんで俺たちまで」と笑いながら文句を言っていた。どうやら、五味と高杉の代々の教え子たちが集まり、走らされているらしかった。卒業生の誰かがなにかやらかしたのだろう。警察学校は連帯責任という言葉がよく飛び交う。仁子も同じ班の学生が問題を起こしたときなどに、一緒に走らされたものだ。

走る男たちにぶつからないよう、仁子は正門を出て遊歩道の隅っこを歩いていた。北から団体が走ってきて、すれ違う。先頭を走っていたのは塩見だった。塩見は仁子を認めるとどうしてか恥ずかしそうにうつむき、軽く会釈をして、走りすぎて行った。

仁子は立ち止まっていた。

次の団体が行き過ぎる。知らない男たちの顔が混ざり合い、いびつなモンタージュ写真が並ぶ。正門の前では五味と高杉が立ち話しているが、顔はわからない。背恰好《せかっこう》と、声音や会話から識別できるだけだ。

いま、仁子は一瞥《いちべつ》しただけで、塩見が先頭を走っているとわかった。

どうしてわかったのだろう。

仁子は立ち止まったまま、外周を走る団体がもう一度すれ違うのを待った。

再び塩見の団体が走ってきた。塩見だけを見つめる。塩見は不思議そうな顔をしていた。自分に用があると思ったのか、仲間たちを先に行かせ、引き返してくる。

「どうしました？」

ランニングの足のまま、仁子の顔を心配そうにのぞき込んでくる、塩見の顔。

想像していた通りの顔をしていた。誠実で優しい性格が、顔全体のバランスの良さと相まっている。新たに誰かの顔を認識できた感動に包まれ、仁子は言葉にならない。

「がんばってね」

　仁子は塩見が走っている理由もわからないまま、それだけ言うのが精いっぱいだった。うれし泣きしながら官舎に帰った。

　気持ちが落ち着いたころ、塩見に電話をかけようとしたが、途端に自信がなくなった。もしかしたら明日になったらまたわからなくなるかもしれない。仁子は結局、この日は塩見に報告できなかった。

　翌朝、警察学校の教官室で彼が振り返る。

「おはようございます、教官」

　モンタージュ写真のような顔が並ぶ中で、塩見の顔だけくっきりと見える。仁子はなぜか顔がカッと熱くなり、その日も言えなかった。

　翌日も、学生たちが行きかう教場の廊下で、塩見の顔だけが鮮烈に輝いてさえ見えた。

「教官、昼、どこで食いますか」

　食堂の人込みの中でも、ピカソの絵のような不均等な顔が並ぶ中で、塩見だけがニコニコと手を振っている。

「教官、俺はこっちですよ」

　職員会議中、幹部や現場の教官たちが歪《ゆが》んだ顔で丁々発止のやり取りをする中で、黙って書記係をしている塩見の顔だけが際立つ。彼はあまりＩＴに強くないらしく、議事録を消してしまい、頭をかきむしっている。高杉から「お前、本当に平成生まれかよ」と怒られていた。

顔がわかるようになったから、塩見の顔ばかり見つめてしまうようになった。仁子を支える顔、学生を怒っている顔、長田には強く言えない不貞腐《ふてくさ》れた顔、失敗を悔やむ顔――塩見の表情のひとつひとつに仁子はときめくようになっていた。

塩見は一時期、ことあるごとに「俺の顔がわかるようになりましたか」と尋ねてきたことがあった。顔が認識できることが教官助教の信頼の証《あかし》と思っているふうだった。いつしかあきらめたのか、訊《き》かなくなった。

いま、「俺の顔がわかりますか」と尋ねられたら、仁子はどう答えたらいいのだろう。わかるよ、と言った瞬間、別のなにかが本人に伝わってしまいそうで怖い。

仁子は塩見に恋愛感情を抱き始めていた。


ゴールデンウィークに突入した。吉祥寺駅から徒歩十五分の吉祥寺通り沿いにある警察官舎に仁子は住んでいる。窓を閉めているのに、排ガスのにおいで目が覚めた。トイレに入る。昨日、掃除をしたばかりなのに、ちょっとにおう気がする。歯ブラシに歯磨き粉を乗せるとき、きついミント臭で鼻が一瞬、痛くなる。ちらりと顔を見る。誰がそこにいるのかしら、と今日も思う。自分の顔が相変わらずわからない。口をゆすいだら、水道水から塩素のにおいがぷうんとあがってくる。

朝食はパンにコーヒーが定番だったが、小麦の焼けるにおいとコーヒーの強いにおいでおなかが一杯になってしまうので、最近はコーンフレークで済ませている。牛乳もくさいので、ペットボトルの水を混ぜて薄めていた。

嗅覚過敏《きゅうかく》のことは、かかりつけ医である脳神経外科の医師にも相談している。耳鼻科が専門ではないから、医師は感覚の興奮状態を抑える抗精神薬しか処方できないようだった。試しに飲んでみたが効果はなく、耳鼻科に通っても「においを感じないようにする薬はない」と言われてしまった。年老いたその耳鼻科医は、気にしないことが一番、とまともに取り合ってくれなかった。

休日は殆《ほとん》ど官舎から出ない。買い物などは吉祥寺駅まで出ると顔酔いしてしまうので、自転車を北へ走らせて西武新宿線《せいぶしんじゅく》の武蔵関《むさしせき》駅界隈《かいわい》で用事を済ませていた。だが最近は、こぢんまりとした駅の周辺でも、パン屋のイースト菌の発酵臭、居酒屋のアルコールのにおい、ラーメン屋の豚くさい獣臭などが気になって足が遠のいていた。

警察学校に行くことは苦ではない。通勤電車はきついが、到着してしまえば塩見がいる。なにかあればすぐ彼が助けてくれるのだ。

休日は苦痛だった。どこにも出かけられないし、テレビをつけてもタレントの顔がわからない。ドラマや映画も登場人物の顔が認識できないので、ストーリーを追うのが難しい。漫画やアニメはキャラクターがデフォルメされているので多少はわかりやすいが、それでも頭を使うので疲れてしまう。

たまに教場時代の女警と遊びにいったり、長電話をしたりする。顔がわかるかつての仲間たちといるのは気が楽だったが、仁子以外は全員、結婚してしまった。子育て中の女警もいる。だんだん話が合わなくなってきた。今日は夜、宮本と夕食を食べにいくことになっている。元カレではあるが、顔がわかるので気楽に会っていた。

ドアポストに注文していた本が届いていた。顔という造形物が登場しない小説だけは楽しむことができる。相貌失認《そうぼうしつにん》を患う前は、本など全く読まなかった。本屋は紙とインクのにおいがきつくて、長居できない。宅配で本を注文して休日に読むのが日課だった。

文庫本を開く。『青の捜査線』という、飛田給で転落した青年が読んでいた警察小説だった。青い服の人物ばかりを狙った連続殺人事件を捜査する物語らしい。セリフばかりで改行が多く、午前中のうちに読み終わったが、あの青年の転落の真実がわかりそうな内容ではなかった。

――五味先輩ならあの転落をどう解釈するのだろう。

仁子は年賀状の束を取り出した。五味の年賀状は双子が生まれて幸せそうだ。奥さんもどこかの所轄署で刑事をやっているらしい。前妻との子はもう成人している。なんだか五味を囲むハーレムみたいだが、仁子は五味の左右にいる女性のどっちが娘なのか、顔がわからないので判別できなかった。

フード付きのベージュのワンピースに着替え、クルマのキーと年賀状を持ち、官舎を出た。相貌失認を患ってから、電車に乗るのが苦痛だったので、軽自動車を購入した。

吉祥寺では駐車場代など維持費がかかる。中古でよく出回っているダイハツのタントを安く買った。

五味に電話をかけたが、つながらなかった。五味の自宅の住所をナビに入力し、とりあえず出発する。川崎《かわさき》市にある五味の自宅は、仁子の自宅から中央線と京王線、多摩川を越えた、ほぼ南側にあった。都道12号線沿いのドライブスルーでハンバーガーセットを買い、食べながらのんびりと東京都を縦断する。連休中で道は混雑していた。

「あ、そうか。五味さんも家族でお出かけ中かしら」

変な時に電話してしまったなと思ったが、もう多摩川を渡るところだったので、そのまま五味の自宅に向かうことにした。五味の自宅は坂道の多い、新興住宅地の中にあった。自宅の車庫にクルマがない。やはり外出中のようだ。

「帰るかー」

仁子はナビを自宅に設定し直そうとした。階段を上がった先の玄関から、慌てた様子で哺乳《ほにゅう》瓶を持った女性が出てきた。上下桃色のホットパンツ姿だ。黒いおかっぱ頭はもう昼間なのに寝癖がついていた。哺乳瓶を持っていたから、五味の妻かなと思ったが、きゃぴきゃぴした雰囲気がある。いま女子大生だという、前妻との娘の方だろうか。

ホットパンツの女性はクルマのエンジン音につられて出てきたようだが、タントを見て、変な顔をしている。仁子は挨拶《あいさつ》だけはしておこうと、クルマを降りた。

「すみません、五味さんの後輩の者ですが……」

「ああ。お客さんね。こんな恰好《かっこう》でごめんなさい。どうぞ上がってください」

彼女は来客に慣れている様子だった。五味は人徳があるから、後輩の他、卒業生などがしょっちゅう訪ねてくるのだろう。塩見もよくここに来ているはずだ。

「京介君、すぐ戻ると思いますよ。家族総出で出かけたのに、綾乃《あやの》ちゃんが哺乳瓶を忘れちゃうものだから、取りに戻るって」

綾乃とは五味の妻のことだ。やはり彼女は、五味の娘のようだ。

「初めまして。五味さんの長女の方？」

「あ、はい。五味結衣《ゆい》です。父がいつもお世話になっております」

仁子が名乗る前に、どうぞと結衣が大きく玄関扉を開けて、中に入った。部屋は双子の赤ちゃんと幼児がいる家らしい、昼寝したくなるようなけだるいにおいがした。

「すいません、子供たちが小さいものだから、部屋がぐっちゃぐちゃで」

リビングのソファに促されたが、子供のおもちゃは片付いているし、二つ並んだベビーベッドも整えられていた。仁子の友人たちはみな子育て真っただ中だが、ワンオペの人が多く、ここまで余裕を感じない。

「いま五味さんも育児休暇を取っているんでしたっけ。だいぶ落ち着いて見えますよ」

「そのせいで家庭内はギスギスしているんですよ～」

結衣が仁子にアイスコーヒーを出しながら言う。

「夫が育児休暇を取るなら、って綾乃ちゃんが復帰しちゃったんです。私は大学があるし、昼間は京介君がワンオペ。綾乃ちゃんは綾乃ちゃんで、現場に戻ったところで失敗続きで〝旦那《だんな》の方が能力が高いのになんでお前が復帰するんだ〟って空気をひしひし感じると、誰も何も言ってないのに勝手に落ち込んでて」

結衣はよくしゃべる。

「京介君は四十七歳のワンオペで疲れ切ってて、妻のご機嫌うかがっている場合じゃないし。もうこの家史上最悪の空気」

五味家は混乱の真っただ中のようだが、なんだか楽しそうだ。

「今日は五人で出かけてくれてようやく私はのんびりできると思ったのに、おっちょこちょいの綾乃ちゃんが哺乳瓶忘れていっちゃうし、電話の向こうで夫婦喧嘩《げんか》してるし、もう最悪」

結衣は大きな目をくりくりと動かす。かわいらしい人なんじゃないかなと思った。

「あ、すみません。私まだ名前をうかがってなかった。警察学校の方でしょ？」

「よくわかりましたね」

「ベテラン風なのにベリーショートにしているから。現場の人じゃないだろうなと思ったんです。京介君の教官時代の教え子さんですか」

「捜査一課時代に五味さんに指導を仰いでいたんです」

「え、捜査一課から警察学校？　珍しいパターン。現場でなにかやらかした口ですね」

明るくからかうような口調だ。警察の内情にかなり詳しいようだった。

「京介君もそうだったから。捜査の過程でやらかして、警察学校に左遷されてた時期があったから。左遷ていうのはちょっと失礼な言い方かな。好んで警察学校の教官をやっている人もいますからね。塩見圭介さんって知っています？」

塩見は五味を慕いこの家によく来ていたはずだから、結衣も知っているらしい。

「塩見君は、いま私の教場で助教官をやってもらっているんです」

結衣が一瞬、言葉に詰まったようだった。驚いたのか、意外に思ったのか——表情がわからないので、なんとも言い難い沈黙だった。

「私、甘粕仁子と言います。いまは一三三五期で教官をやっていて、塩見君や、補助教官の高杉さんに助けてもらっています。高杉さんのことも知っていますよね？　五味さんとすごく仲がいいから」

「甘粕仁子さん……」

なぜか結衣は仁子の名前を繰り返した。

「——で、なにしにここへ来たんですか」

急に声の調子が変わった。鼻につんとくるきついにおいを感じた。

東京地裁で殺人犯からにおったものと同じだ。飛田給の転落事案のときにも感じた。殺人者のにおい。

結衣の長いまつげがバサバサとせわしなく動いている。仁子は慌ててしまった。

「すみません、連休中にご迷惑でしたよね。実は五味さんに相談したい事案があったんですが、ちょっと外出ついでに立ち寄っただけなんです」

五味が忘れ物を取りに戻ったところで、すぐにまた出かけるだろうから、事案を相談する暇はないだろう。とにかく、仁子は結衣から早く離れた方がいいような気がした。

「コーヒー、ごちそうさまでした。みなさんによろしく伝えてください」

一礼し、玄関を出た。クルマに乗る。車内は猛烈に暑く、急いで窓を開ける。結衣が玄関の階段を下りて、見送りに出てきた。

「お気をつけて」

先ほどのようなきついにおいはしなかった。ミルクの香りがする。さっきの殺人者のにおいは、気のせいか。

「圭介君、お元気ですか」

結衣は塩見を下の名前で呼んでいた。よほど親しかったのだろうか。

「最近、全然来ないから。53教場の誰かしらがよく遊びに来るんですよ。京介君もいまワンオペできついから、誰か来てくれると助かると思うし」

「そうだったんですね。塩見君に伝えておきます」

「はい」

「塩見君と、親しかったんですか？」

「え、なんでですか」

「下の名前で呼んでいるから」

帰り道、仁子は電柱にタントを擦《こす》ってしまった。

「あ、元カレです」

夜は宮本と待ち合わせをしたが、間接照明だけのイタリアンレストランを予約していた。カップルシートに案内され、げんなりする。元恋人と二人で身を寄せ合ってしっぽりしたくない。擦ってしまったクルマのことも気になるので、仁子はたびたび席を外して、保険会社や修理工場に電話をしていた。

電柱に損傷が残った場合は東京電力に賠償しなくてはならないので、すぐに地元の警察を呼んだ。本職であることを言ったら、苦笑いしていた。職場の上司にあたる高杉にも報告をした。赤ちゃんの声が聞こえた。五味の一家と高杉夫婦で楽しくキャンプの真っ最中らしかった。

席に戻る。宮本は出されたセコンドピアットに手をつけず、仁子を待っていた。チェダーチーズのおろしがたっぷり乗ったパスタは強烈にくさく、あまり食欲が進まない。

飛田給の転落の件の話になる。

「あの落下、自殺で処理されるそうだ」

宮本はビールからワインに切り替えた。勧められた白ワインをすぐに飲み干し、事情を話してくれた。

「当時、歩道橋にはごまんと人がいただろ。そのうち十二人分の目撃証言が集まった」

ガイシャが自ら歩道橋の壁にのし上がって落ちたと証言したのが二人。のし上がったところは見ていないが、自ら飛び降りたと証言したのが二人。落ちるところしか見ていないが、ガイシャを押したり、飛び降りるように強制したような人は周囲にはいなかったと証言したのが八人いたそうだ。

「誰一人、不審者を目撃していないのね」

「防犯カメラや監視カメラも全て確認した。ガイシャが落下する一部始終をとらえたカメラはなかったが、ここまで目撃証言が自殺を示唆していると、事件捜査として展開するのは無理がある」

「私が直前に感じた、殺人のにおいはなんだったんだろ」

仁子は今日、同じにおいを結衣からも感じ取った。塩見の元恋人だという。結衣が初対面の仁子に殺意を抱くはずがない。やはりこの嗅覚《きゅうかく》はあてにならないのだ。

「気のせいか」

「気のせいだと納得できたのなら、早くそれを言ってほしかったな。お前が殺人のにおいだと騒ぎ立てるから、捜査一課の刑事に報告しちゃったんだよ。笑われた。もうあんなこと俺に言わせるなよな」

「ごめん」

「お、今日は素直」

頰を優しくつねられた。恋人だったころ、プライドの高い宮本とは喧嘩が多かったが、仁子が素直に謝ると宮本はものすごく優しくなる。

「ところで被害者の身元はわかったの？」

杉並区在住の岡倉竜二《おかくらりゅうじ》という、二十六歳の青年だった。

「無職の引きこもり青年だった。母親が翌日になって、珍しく外出した息子が帰宅しないと交番に届けていて、すぐにわかった」

「なんか奇妙だね。そういう人は人ごみを嫌いそうだよ。なんであのイベント会場の人ごみに紛れていたんだろ。イベントのチケットは購入していたの？」

「さあ、所持品にチケットはなかったが、最近は電子チケットもあるからな」

宮本は二杯目のワインもあっという間に飲み、肉料理と同時に赤ワインに切り替えた。

「そういえば、スマホも見つかってなかったよね」

宮本は、仁子が肉を切り分けるのをぼけっと見ている。目がすわっていた。

「ちょっと飲みすぎじゃない？」

仁子、と肩に甘えてきた。

「ごめんなぁ」

「何よ急に。食べちゃって」

「すごく後悔してるんだ。俺は小さい男だったな、って。お前の能力に嫉妬《しっと》してた」

「はいはい、食べて」

「でも経験を重ねたいまなら、素直に認められる。お前はやっぱり優秀だよ。俺より全然、能力がある。顔がわかんなくてもさ……」

仁子は無言で肉を咀嚼《そしゃく》した。耳にかけていた髪がほほにかかる。宮本が髪をかきあげた。手を振り払う。

「やめてよ、もう恋人同士じゃないんだから」

「じゃなんで食事に来るんだよ」

「こんなムーディーな店だと思わないし、捜査情報を聞かせてくれるというから」

「俺はただの情報源か」

宮本は肉にがっついた。

「そうじゃないよ。大切な教場の仲間だよ」

宮本はケッと笑ってみせた。酔いの回った赤い目で、仁子を上目遣いに見る。

「仁子。やり直そうよ」

「無理」

仁子は即答した。

「なんで」

「他に好きな人がいるから」

「塩見とかいう助教だろ」

仁子はじろりと宮本を見た。宮本は笑い出した。

「三十路《みそじ》半ばの女が、なに若い男にうつつを抜かしてんだか」

ひどい言い草で傷ついた。

「年下、高身長、イケメン、誠実、真面目、誰にでも優しい。高スペックすぎるだろ。相貌失認《そうぼうしつにん》の年上の女、しかも職場の上司。恋愛相手になるわけないじゃん」


連休明け、仁子が出勤すると、塩見はすでに早朝の駆け足訓練でグラウンドに出ていた。教場の学生たちを率いて、掛け声しながら走る。仁子もジャージに着替えてグラウンドに出た。手を振りながら塩見の横に合流する。

「おはようございます、教官。よく俺がわかりましたね」

仁子はどきりとした。恋心を見破られそうで、必要もないのにごまかしてしまう。

「巨体の玄松と小粒の森がいるからね。甘粕教場だとわかるし、塩見君は先頭を走っているだろうし……」

塩見はうっすら微笑む。息が上がっていたので、会話はすぐに途切れた。共に五周を走り、一同はようやくマラソンを終え、グラウンドを歩きながら呼吸を整える。

「そのまま全員、鉄棒」

塩見が懸垂を指示する。仁子が学生のころは懸垂など軽くこなす男子が多かったが、年々、若い人の筋力は衰えている。最近は、卒業までに懸垂が一度もできないまま、現場に出て行く男性警察官もいる。

助教官は学生の生活指導から体力づくりまで、学生に寄り添って指導する。塩見も片柳の体を支え、ぶら下がったまま体をあげられない片柳にコツを教えていた。

意外に、小粒の森響が懸垂は得意だった。初日は全くできなかったが、いまはすいすいと十回の懸垂を終える。玄松は筋力があるが体が重い。八回で腕の筋力が持たず、落下してしまった。女警三人が斜め懸垂十五回を終えたところで、真央が突如、無言で男子の懸垂用の鉄棒の前に立った。

「チャレンジしてみていいですか」

真央はジャンプして鉄棒をつかむ。軽々と体を持ち上げ、三回、四回と重ねていく。学生たちが目を見張り、どよめく。普段、殆《ほとん》どしゃべらないし、話しかけても反応が鈍い真央だが、運動をしているときは目が輝いている。気が付けば教場中が声をそろえて回数を数えていた。

十五回を超えて、真央は苦し気に顔を赤らめる。脱力してから、気を取り直して瞼《まぶた》を震わせ、体を持ち上げる。長いまつげがバサバサと震えるさまを見て、仁子は結衣のことを思い出した。仁子は他人の顔をパーツでしか認識できないから、結衣と真央が似ているように見えてしまう。

彼女のがんばりを、塩見が大きな声で応援していた。

「がんばれ、真央！　もうすぐ二十回……！」

真央はとうとう力尽きて、鉄棒から手が離れてしまった。

「危ないっ」

塩見が咄嗟《とっさ》に、落下した真央の体を支える。すぐに二人の体は離れたが、真央は衣服を整えながら、ペロッと赤い舌を出す。

「無理すんなよ、怪我したら危ない」

塩見はちょんと真央の頭をこづいていた。

もう朝の八時を過ぎていた。十五分から朝礼が始まる。学生たちは警察制服に着替えるため、学生棟に戻った。仁子も塩見と共に教官室へ向かう。

「なんかよくわかんないっすね」

塩見はいつまでも、真央の背中を見つめていた。

「授業中の反応が薄いって、甘粕教官、言ってましたよね」

仁子は刑事捜査の授業を受け持っている。真央はいつも目がとろんとしていて、指名すると応《こた》えられず、しどろもどろになることが多かった。

「『こころの環』も、何度指導しても、半ページも書けません。ひどいときは数行です」

かつては何時何分からなんの授業をしたとか、お昼は何を食べたとか、スケジュールを書いてよこしたことがある。この授業を終えてどう思ったのか、お昼ご飯はおいしかったのか。素直な感情を書けと指導したが、真央は心底困った顔をするのだ。

〝感情と言われても……〟

一方で得意の剣道の授業中は、いきいきと初心者に指導しているらしい。

「感情表現が乏しいようでいて、さっきみたいに急に懸垂を始めてみなを驚かせるし」

塩見は理解しがたいのか、首を傾げた。ところで、と仁子は飛田給の転落の件を話す。

「もう捜査本部が解散になるみたい」

「てことは、事件化されないんですね」

仁子は宮本から聞いた情報を塩見に伝えた。

「引きこもりか……。これで財布の中身に身分証がなかったことは説明がつきますね。犯人がいて、そいつが身元を隠すために捨てたわけじゃなかった」

引きこもりなら、日常的に社会と接点がないだろう。クレジットカードも必要ないし、運転もしない――というより、教習所に通うことも難しそうだ。

「買い物に行くことも少なく、会員証やポイントカードの類《たぐい》もなかった」

「社会活動が殆どなかったのね……」

「問題は、杉並区の引きこもり男性が、なぜ調布のイベント会場の人込みの中で突然、自殺をしたのかということですよね」

衆人環視の中であえて自殺する人はいる。なんらかの思想家や主張がある場合に、よく使われる手段だ。

「官公庁の前で焼身自殺する人と同じような感じ？」

「焼身自殺は抗議が含まれていることが多いです。転落となるとちょっと違うような」

「それじゃ、都心のビルとかで飛び降り自殺する人の心理と同じかしら」

「それもまた違うような……。都心のビルは高層が多く、確実に死ねるから選ばれるのかと思います」

「飛田給の歩道橋の上からだと、運よくクルマが急停車したら、怪我で済むものね」

「自死を選ぶ人はすでに冷静な判断ができなくなっていますからね。死に方、死に場所に深い意味を求める必要はないのかも。しかし杉並区の人がなんで調布のイベント会場の人込みの中で自殺するのかは引っかかります」

皆の前で死んでやると思ったとき、杉並区在住の引きこもり男性が、調布の味の素スタジアムに行こうと考えるだろうか。新宿や渋谷《しぶや》に出る方が早いし、人の数も建物もけた違いに多い。

「ましてやアニメイベントですからね。被害者は最新の警察小説を読んでいたわけで、アニメオタクには見えませんし」

仁子は塩見に向き直りながら教官室に入ろうとして、『こころの環』を抱えた荒畑とぶつかってしまった。床に日誌が散らばる。

「ごめんなさい！」

最近、クルマを擦《こす》ったことにしろ、不注意が多い。

「失礼しました、僕も前が見えてなくて」

背後のデスクに座る長田が、呆《あき》れたように言う。

「荒畑、そんなのは学生に運ばせろよ。今日の教場当番は誰だよ、全く」

高杉が長田教場の当番表を探そうとしたが、荒畑が無理な笑顔で言う。

「いや、いいんです。学生たちも疲れているでしょうし」

「学生を甘やかすな。そもそも昨日のうちに配り終わってないといけないやつだろ」

「はい、あの、朝礼までに急いで書かせますから」

荒畑は『こころの環』を抱えて顎《あご》で押さえながら、忙し気に教場を出て行った。高杉が当番表を捲《めく》り、鼻で笑う。

「昨日も今日も当番は阿部か」

「万年教場当番ですか」

問題児には、日替わりの教場当番を卒業までやらせるというペナルティがある。最近はパワハラととらえられかねないので、万年教場当番をさせる教官は減ってきた。

「阿部、なにかやらかしたんですか」

塩見が長田に訊《き》くと、長田がつっかかるように返答した。

「お前が言ってた前髪の件だよ。床屋に行ってきたというから翌日検査したら、前髪を三ミリ切ってきただけだった。ふざけてるだろ」

八つ当たりされた塩見は頭をかく。

「僕は阿部の授業を持っていないので、気が付きませんでした」

「その万年教場当番の仕事を助教官にやらせているって、どういうことだよ、おい」

高杉がぼやいた。他教場の教場旗を平気で指さして笑う神経にしろ、阿部は人を見下しているようなところがある。要注意人物だ。

「荒畑助教も荒畑助教ですよ。そういう態度は助教官が強く指導しないと、直りません」

「荒畑のやつ、五月病じゃねーか？」

高杉が言った。

「四月末ごろから休みがちだったし、ため息ばっかりついてる。最近は飲みに誘っても来ないし」


授業を終えた放課後、夕礼を延長し、体育祭の種目決めを行うことにした。警察学校の体育祭は毎年、五月の最終金曜日に行われる。仁子は黒板に競技を書き記していった。

「小学校のようなかけっこはないし、ダンスや組体操みたいな出し物もない。全部、ガチの競技だからね」

学生たちがどよめく。体育会系の玄松や真央はわくわくした様子だ。久しぶりに学生生活をエンジョイしている古河は張り切り、こぶしを叩《たた》いている。編み物男子の片柳はこの手の行事が苦手なのかげんなりした様子だった。

「基本的には赤、白、青組の三チームに各教場が分かれて競技するが、正直、組の総合点なんかわりとそっちのけかもね」

仁子は自分のころの体育祭を思い出した。脇で見守っていた塩見も微笑む。

「たいがい五月も末になれば、ライバル教場が現れますからね。あそこの教場には負けたくないという気持ちでみんな競技する」

ライバルは長田教場だ——ちらほらと声が聞こえてきた。やはり、教場旗を笑われた屈辱が残っているのだろう。

「花形は騎馬戦と教場対抗リレーだね。どちらも午後の競技で、オオトリは教場対抗リレーになっている。まずは午前中の綱引きの順番と、ムカデ競争の選手決めをしようか」

綱引きのシンガリは満場一致で玄松が務めることになった。先頭には古河を配置し、森や片柳など小柄で細身の者や、女警は真ん中に固める布陣を決めた。

「じゃあ次、ムカデ競争。代々、警察学校では女警がやることが多いけど、最近は男女の区別もなくなってきている」

ムカデ競争は十人が一列になって足をつなぎ、競う。女警三人が示し合わせたように立候補した。彼女たちとさほど身長差がない中肉中背の男警を七人、配置した。森と片柳が入っている。

「次は騎馬戦。基本は男警がやるが、女警も受け付ける。ちなみに私も出場した。場長だったから、大将としてね」

みなかなり驚いた様子だった。女警のひとりが「教官、かっこいい」と目を細める。

「騎馬戦は四人一組。三人は騎馬、一人は上に乗る騎手。大将騎をそれぞれの教場で決めて、騎馬が崩れたらその場で退場。奪った鉢巻きの数で勝敗を決める」

「あれ、でも赤とか青とか、白組に分かれているんですよね？」

森が尋ねた。

「分かれてはいるけど、事実上は教場同士のガチンコの戦いになる」

仁子は塩見に話を振った。塩見も学生時代、場長で大将騎に乗っていたはずだ。

「大将騎の騎手は警察学校代々の慣習で、場長がやることになっている」

玄松は知っていたようで、あまり大きな反応は見せなかったが、背筋はピンと伸びた。意気込みを語ると仁子は思っていた。

「自分は、騎馬戦の出場は見合わせようかと思っています」

玄松の辞退の申し出に、塩見も驚く。

「なんでだ。見せ場だぞ、玄松」

「僕は入学してから多少ダイエットしたとはいえ、まだ体重が百キロ近くあります。僕を乗せて走り回る騎馬の三人に、大変な迷惑をかけてしまうと思うんです」

「俺が騎馬をやるよ。気にすんな」

古河が玄松の肩を叩いた。ひとつの教場から八組の騎馬が出ることになっている。三十二人必要だ。まずは勝気な性格の八人を騎手として指名した。玄松以外の七名は了承した。その七人を乗せる二十一人の騎馬も立候補ですぐに決まったのだが、辞退を申し出ている玄松の騎馬がやはり決まらなかった。

「それじゃ、古河巡査を騎手にして、僕が騎馬になりますよ」

玄松が申し出たが、古河が固辞した。

「俺は大将なんて器じゃないです。玄松がやるべきですよ。場長なんだし、元力士です。

こいつの睨《にら》みで、他の大将連中はみんなびびっちゃうんじゃないですか」

玄松が上か古河が上かで互いに譲り合って、収拾がつかない。立候補も出ないので、仁子は何の競技にも出ていない男性警察官たちに、じゃんけんで決めさせた。小粒の森と編み物の片柳が、じゃんけんで負けてしまった。いまさら二人ではだめだということもできず、次の教場対抗リレーの選手決めになった。

「これが警視庁警察学校体育祭の最大の見せ場だ。四月にやったスポーツテストの百メートル走のタイム順で決めようと思う。全部で八人が走る」

仁子は上位六名の名前を黒板に書いた。百メートル走の一位は森だった。身軽で瞬発力があるのだろう。真央が五位、玄松は六位でぎりぎり選抜された。残り二名は教官助教だ。教場はもう盛り上がっていた。片柳が言う。

「これだけは絶対に長田教場に勝てそう。塩見助教は足速いですよね。甘粕教官も運動神経よさそうだし」

「運動は好きだけど中年だし、女性だからねぇ。塩見助教にがんばってもらう」

仁子は苦笑いで言った。塩見は「はい」と大きく頷《うなず》く。困った顔ではある。

「長田教場は油断できない。長田教官は体調に不安があるから、おそらくリレーには出ないんじゃないかな。高杉教官が代走すると思う」

それがどうしたと呑気《のんき》な顔が並んだ。高杉はもう五十を過ぎているし、逮捕術を教える巨体は駿足《しゅんそく》には見えないのだろう。

「高杉教官は俺が学生のときもリレーに出ていたが、足の速さは半端ないぞ。長年体育祭のリレーを走っていて、ごぼう抜きはしょっちゅう、負けなしだ」

正確なタイムはよくは知らないが、百メートル走は十二秒台後半だと仁子も聞いたことがある。マスターズに出場できるレベルだ。塩見は高杉とはあたりたくないと言っていた。ぎりぎり選出された玄松のタイムは十六秒だった。

「他の教場のスポーツテスト上位六名のタイムの平均と比べたら、うちは一・五秒だけ遅い」

短距離走の一・五秒は、かなりの差ではある。

「バトンリレーをスムーズにすることで挽回《ばんかい》するしかない。練習がモノを言う。今日からがんばろう」

仁子の呼びかけに学生たちは威勢よく返事をした。


夕礼の後、十六時から十八時は補習やクラブ活動の時間になる。リレーに選抜された六人にはクラブ活動を休ませて、グラウンドに集合させた。ビブスをみなに配る。

「まずは走行順を決めなきゃいけないよね」

塩見が言う。

「タイムの遅い人を前半に走らせ、上位との差が開きすぎないように早いのを一名入れるのが王道でしょうか。いちばん足が速い人がアンカーです」

「じゃあ、森がアンカーになるが」

森は嫌がった。

「長田教場のアンカーはどう考えても高杉教官でしょう。嫌ですよ」

花形アンカーに抜かされるその他大勢の役になるだけだと卑下する。

「結果そうなるのならまだしも、そうなるのが必然なのに立候補したいとは思いません」

小粒な森は流暢《りゅうちょう》な中国語をひけらかすようなところがあり、ちょっとプライドが高いのかもしれない。

「森。お前はもう気持ちの時点で高杉教官に負けている。戦う前からその態度でいることの方が、がんばって抜かされるよりも、恥ずかしいことだ」

森は口をすぼめて、俯《うつむ》いてしまった。玄松が手を挙げた。

「俺がアンカーをやりましょうか。足は速くないけれど、体格では負けませんし」

玄松は、騎馬戦の大将が決まらないことで教場に迷惑をかけていると思っているようだった。いやな役を買って出ているふうだ。

「確かに、玄松だったら体が大きいから、高杉教官も抜かしにくいかな」

「じゃあ、トップバッターを森にしようか」

森はもう異論はないようだった。

「ここで大きくリードをしたところで、私、それから湯沢」

タイムが二番目に良かったのは、青木陸だ。みなティーシャツにハーフパンツの中、彼だけはスポーツタイツを履いている。ハードルで鍛えた大腿筋《だいたい》がくっきりと見えた。

「次が青木か塩見助教がいいと思うけど」

仁子は塩見に意見を聞いた。

「青木の方がタイムがいいですから、青木をアンカーの前にしましょう。ここで長田教場との距離を稼げたら、玄松は逃げ切れるかもしれません」

「ＯＫ。改めて順番を言うよ。森、私、湯沢」

学生二人をはさみ、塩見、青木、玄松の順を提案した。

「この順番でまずは練習してみようか」

グラウンドのカーブを使って百メートル走を三本こなしたあと、バトンパスの練習に入った。

グラウンドは、卒業までの必修になっているマラソンカードのポイントを貯めるため、だらだらと周回する学生が多くいた。体力づくりのために懸垂の練習をする学生の他、体育祭に向けて騎馬の練習をしている学生もいた。

メントールのにおいがツンと鼻を刺激した途端、グラウンドにいた女警たちから、黄色い歓声があがる。長田教場の阿部レオンが騎馬に乗ったところだった。本番でもないのに上半身裸になっている。

阿部はメントール成分の入ったシャンプーかボディソープを愛用しているらしく、いつもこのにおいをまとっている。甘粕教場の旗をバカにしたときも注意したかったのだが、メントールのにおいで鼻の奥が痛くて、仁子は咄嗟《とっさ》に前に出ることができなかった。塩見がいつも先に対応していた。

阿部はまだ十九歳らしく細身で筋肉があまりついていない上、色白なのでひ弱に見える。下の三人の騎馬のうち先頭に立つのは、長田教場の副場長、中島修矢《なかじましゅうや》だ。彼は父親が海上保安官だが、転勤のない警視庁を志望してきた。明るく社交的な性格で、長田教場の場長を阿部にするか中島にするかで長田や荒畑は迷っていた。空気を読む中島がいまは一歩下がり、阿部を支えている。女警たちは「かっこいい」「さすが阿部君」と騎手の阿部をちやほやしていた。

仁子は真央に向き直る。

「湯沢巡査。やろうか。まずは自分のタイミングでバトンを受け取ってみて」

仁子は彼女を五十メートル先に待たせて走った。真央は走行体勢のまま首をひねり、じっと仁子を見ている。仁子が五メートルまで距離を縮めたところで、真央は前を向いて全速力で走り出した。右手を後ろに伸ばしたままだ。仁子はスピードを上げてバトンを渡そうと手を伸ばしたが、距離が開く一方だ。真央はちらりと振り返り、スピードを落とした。仁子がスピードを上げたところだったので、体が接近しすぎてバトンが真央の肩にあたった。あたふたしているうちに接触し、仁子は転んでしまった。真央は落ちたバトンを拾ってすぐさま走り出すも、仁子が転んだと気づくや戻ってきた。

「教官、大丈夫ですか」

腕を引いて立たせてくれる。

「やっぱりタイミングが難しいね。湯沢は予想以上に足が速いよ。すごいスタートダッシュだった」

「走り出しのスピードをもう少し遅くしましょうか」

「いや、私が早く走れるように頑張った方が、タイムは縮まるはず」

二度目のチャレンジをする。なんとか真央にバトンパスができた。真央は仁子に合わせてスピードを落としていたが、バトンが手に渡るや砂煙を上げてグラウンドを疾走していく。みな真央のスピードに目を見張っていた。教場一駿足の森も呆気《あっけ》に取られている。

「教官。湯沢巡査のスポーツテストのタイム、何秒でしたっけ」

「十五秒九六だ」

「あれは確実に十五秒切ってますよ。下手したら十四秒台の僕より早いかも」

スポーツテストで計測ミスがあったのかもしれない。ハーフパンツからすらりと伸びた真央の白い脚がまぶしい。瞬《まばた》きした瞬間、仁子はそこに桃色のホットパンツ姿の結衣が立っているように見えてしまう。慌てて目をこすった。

「危ない！」

女警が叫ぶ声がした。グラウンドのコーナーでバトンパス練習をしていた玄松が転んでいた。まだまだタイミングが合わないので、接触したのだろう。スピードが出ているので転びやすい。

そのすぐ脇で騎馬を組んで走る練習をしていた阿部も、バランスを崩して騎馬から落下していた。尻《しり》もちをつきそうになっていたが、途中でうまいこと転回し、両足で着地している。さすが運動神経がいいが、片手を地面についてしまった。

体勢を整えながら、手についた砂をはたき、大きな声で嫌みを言った。

「あーあ、デブ専教場にそばを走られたら震度5だな」

転んだ玄松は立ち上がりながら、今日も力士の睨《にら》みがすさまじい。森が阿部につっかかった。

「おい、いまなんて言った！」

阿部は森を無視して、再び騎馬に乗る。森は必死に抗議しているが、相手にされないと知るや、中国語でなにか喚《わめ》き始めた。ファックユーとでも言っているに違いない。意味がわからないだけに、阿部も不愉快に思ったようだ。

「どけよ、支那《しな》どすこい教場。練習の邪魔だ」

塩見が森を下がらせ、阿部に降りるように言った。阿部はため息をつき、騎馬から降りた。二人の視線がぶつかる。

「支那という言葉は戦中、差別的に使われてきた。使ってはいけない言葉だ」

「そうだったんですか。知りませんでした」

阿部は無感情に言った。

「それからお前は警視庁管内に国技館があるのを知らないのか」

「はあ……知っていますが。だから？」

阿部の反抗的な態度に、仁子はじりじりと怒りが湧き上がる。仁子が学生のときは、あんな反抗的な態度を取る学生は殴られていた。いまは極力、暴力的な指導はしないように通達されているので、塩見は手を上げなかった。

「もし国技館周辺で事案が発生し、お前が臨場することになったとする。周辺は力士だらけだぞ。お前は力士とすれ違うたびに、デブだどすこいだと揶揄《やゆ》するのか」

阿部は殊勝に頭を下げた。

「すみませんでした」

くるりと背を向けたとき、玄松と阿部の目が合った。阿部の表情は見えないが、玄松の厳しかった表情がさらに険しくなり、まるで金剛力士像みたいだった。阿部が玄松の横を無言で通り過ぎるうちに、玄松は掌《てのひら》を気にする。転んだ時に手をつき、擦りむいたようだ。仁子は声をかける。

「切ったか？」

玄松の手に怪我はなかったが、掌のやや上部に横一直線の傷跡が残っていた。もう完治はしているが、相当に深そうな傷だ。

「それはいつの傷だ？」

何針か縫う大けがだったのではないかと察し、仁子は尋ねた。玄松はすっと手を抜き、ハーフパンツで掌の土をぬぐいながら、目を逸《そ》らした。

「もう何年も前の傷です」

「土俵でか？」

「いえ」

逃げるように立ち去った。


翌日の三限目、仁子は自教場で刑事捜査の授業があった。高卒期は大卒期と違い、一般常識の授業も並行して行うので、いきなり刑事捜査のなんたるかをカリキュラム通りにやったところで、彼らには難しい。刑事捜査の根幹を支える刑事訴訟法を理解するため、難解な言葉や漢字を覚える必要がある。五月中までは漢字の指導がメインだった。

「まずは先週の宿題をチェックするよ」

皆に宿題ノートを机上に広げるように言った。机間巡視しながらノートを流し見にしていく。真央のノートには消しゴムのカスが隙間に挟まっていた。

『こころの環』の時も注意した。消しゴムのカスを残すな」

真央は返事だけはして、指先で消しゴムのカスを床に払い落した。

「床に落ちたカスは誰が掃除するんだ？」

「教場の掃除当番が……」

「自分でやれ。お前が出したごみを他人に押し付けるな」

真央は床にしゃがみこんで、消しゴムのカスを指先で拾う。改めて真央のノートを見たが、間違えた文字を消しゴムできちんと消しておらず、読みにくい。

「湯沢巡査。全部消していちから書き直し」

真央が無言で仁子を見上げた。

「面倒だろうが、お前は消しゴムできれいに文字を消すところから練習しないとだめだ」

仁子は一同に言う。

「いいか。業務中に警察官が書く書類は公文書にあたる。法律で決められた期間保存され、市民から開示請求があれば公開される。正確な文字で美しく早く書けるように卒業までに身につけなくてはならない」

「いまはパソコンじゃないんですか？」

森が質問した。

「パソコンが主流だが、手書きもある」

森のノートを見た。『召喚』の『喚』の字が中国語の簡体字になっていた。

「教科書をよく見て書け。日本人は理解できない」

森はその場で書き直した。会話に問題はないが、彼は漢字が苦手だった。中国で使用される漢字と日本の常用漢字が微妙に違うので、使い分けが難しいのだろう。意外や、漢字テストはいつも落第点だった。

「それじゃ、ノートをしまいなさい。机の上は鉛筆と消しゴムだけ」

仁子は自作の漢字テスト用紙を配った。玄松は後ろにテスト用紙を回す。掌の傷跡がはっきり見えた。

「玄松。掌の怪我。かなり深い傷だ」

「……いまは大丈夫です」

玄松の額から汗が流れる。今日は夏日になるとかで、窓を開けていてもあまり風は入ってこなかった。


昼休み、塩見と食堂に入った。二種類のおかずから選ぶ方式になっている。今日は豚肉のおろしポン酢か、エビのフリッターだった。豚肉は最近、煮ても焼いても獣臭が気になり、食べづらい。エビなどは臭すぎてもってのほかだった。

「ポン酢を多めにかけてもらったらどうですか。多少、酸味で臭みが気にならないかも」

塩見が食堂の職員にリクエストしてくれた。塩見がいると本当に助かる。

二人で隅の席に座り、食事をかきこむ。昼時の食堂は学生でいっぱいになる。仁子は顔酔いするので周囲を見ないようにしていたが、塩見は自教場の学生の様子をよく観察している。外出時は班行動になるので、決められたメンバーで一緒に行動するが、食堂や風呂《ふろ》など自由が多い場所だと、学生たちは仲の良い者同士で固まる。人間関係がよくわかるのだ。塩見は一人で座る真央をずっと気にしている。真央の長いまつげは、遠くから見ると濃い縁取りに見えて、余計に目が大きく見える。仁子はまたしても、真央が結衣に見えてくる。

「真央が気になる？」

「最近、ずっと一人なんですよ」

かつて食堂では甘粕教場の他の女警たちと三人で行動していた。最近は他の二人がくっつき、真央だけひとりで行動することが多いのだという。仁子は気が付かなかった。

「女警同士でなにかあったかな」

「どうでしょうね。もめている様子はないんですが」

真央は一人ぼっちで食事をしていることを特に気に留める様子もない。

「そういえば、連休中に五味さんの自宅に遊びに行ったんだ」

塩見はかなり驚いた様子で、仁子に向き直った。

「転落の件で意見を聞きたかったの。暇だったし、クルマでドライブがてら立ち寄った」

「――ご自宅にみなさん、いました？」

塩見は苦笑い気味だった。

「五味さん一家は高杉さん夫婦とバーベキューに行ったところで、自宅には長女の結衣ちゃんがひとりいただけだった。もう大学生だから、家族とは別行動なんだろうね。たまには遊びに来て、だって」

「え、五味さんが、ですか」

「違うよ。五味さんとは会えなかったの。結衣ちゃんが」

ああ、と塩見はそっけなく言い、豚肉を口に入れるが、ぼとりと大根おろしが落ちた。

「元カノだってね。顔わかんないけど、相当にかわいい子なんじゃない？」

仁子はからかうそぶりで、探ってしまった。

「結衣、俺に遊びに来いと言っていたんですか」

「そんな口調だったよ。五味さん、双子と幼児のワンオペでいっぱいいっぱいだとかで、誰か遊びに来てくれた方が助かるんだって」

塩見は咀嚼《そしゃく》したまま、何も言わない。

「今週末にでも、行ってやったら」

本当は元カノとなど会ってほしくはないのに、口が勝手に言う。行くわけがないという言葉を聞きたいがための、無意識の独りよがりな質問だった。

塩見は食べ物を飲みこんだあと、真央を目で追いながら、言う。

「俺、フラれたんです」

「――ごめん。聞くべきじゃなかったね」

「教官は、いまだによく宮本さんと会っているんですか」

「最近は会ってないけど。なんで？」

「いや、別れたのに会いに来てとか、別れたのに誘いに乗るとか。女ってよくわかんないな、と……」

仁子は返答に困ってしまう。

「いや、すみません、何言ってんだろ」

塩見は相当に動揺しているように見えた。片柳がテーブルに近づいてきた。好奇心丸出しの目をしている。

「すみません。お取込み中でしょうか」

「なんだ」

仁子は思わず命令口調で訊《き》いた。

「玄松が教官室に来てほしいと言っているのですが。大事な話があるとかで」

掌《てのひら》の傷のことだろうか。


教場には玄松を囲むように、森と青木、古河までもがいた。

「実は騎馬戦のことについて、改めてお話できればと思ったんです」

玄松が切り出した。古河が珍しく感情的に訴える。

「玄松君が大将をやると決断してくれたんです。昨日の放課後のグラウンドでの阿部の態度を聞きました。俺は阿部巡査にむかついとります」

古河は初めて方言が出た。

「また玄松を笑ったそうですね。デブやなんやと。いけすかん野郎や、しばいたる」

古河が指の骨をぽきぽきと鳴らす。関西《かんさい》の愚連隊みたいに見えてきた。塩見が玄松に確認する。

「お前、本当に大将をやるのか」

「やります」

玄松の返答は静かだったが、息遣いに強い闘志を感じる。肉づきのよい肩がパンパンにふくらみ、警察制服がいまにもはちきれそうだ。

「俺、じゃんけんで負けた口ですけど、他に立候補がいないなら、騎馬をやりますよ。玄松を支えるようにがんばります！　阿部には負けたくない」

甲高い声で宣言したのは森だ。青木も同じ想いで玄松の騎馬に立候補したようだ。青木は大腿《だいたい》が、古河は肩の筋肉がよく発達しているので、騎馬には向いている。森はどうだろう。

玄松が三人に声をかけた。

「試しに騎馬を組んでみよう」

塩見が目を丸くした。

「ここでやるのか？　デスクがあるし、危ないぞ」

「すぐに元に戻しますよ」

玄松がデスクや椅子を脇に避《よ》けて、円状にスペースをあけた。なんだか土俵みたいだ。

仁子は呆《あき》れ半分で腕を組んだ。

古河が前、右に森、左に青木という配置で、騎馬の三人がしゃがむ。玄松がまたがった。まだ立ち上がってもいないのに、「う」と森がうめいた。

「古河の合図で、一斉に立ち上がれ。玄松はバランスを意識すること。森のことを考えて、なるべく重心が左になるように意識してみろ」

三人が一斉に返事をし、古河が掛け声をかける。

「三、二、一……ヨッ!!」

森が顔を真っ赤にし額に青筋を立てて勢いよく立ち上がる。青木は慎重に大腿に力を込めていたから、勢いよくピンと立った森のせいで、騎馬が傾いた。玄松は両手を左右に広げてバランスを取ろうとした。青木の方に体重が乗ってしまう。

「あああ！」

青木が完全に立ち上がる前に、力尽きてしまった。玄松は下敷きにしないように慌てて飛びのき、勢い余ってデスクと椅子にぶつかる。古河は前のめりに倒れ、森は棒立ちになっている。

「体育祭まであと三週間しかないぞ。実践では大将を乗せて騎馬は走り回る。とくに大将の鉢巻きは狙われるから、騎馬は俊敏な動きが求められる」

このメンバーで本当に大丈夫だろうか。

五月の最終金曜日、体育祭が始まった。

今日の警察学校の空は曇天だ。風はなく、各期の教場旗はしおれて口をつぐんでいるように見える。午後にも天気が崩れる予報がでている。なんとか夕方まで天気が持ってほしい。仁子は祈りながら、甘粕教場の学生たちの先頭に立ち、選手宣誓の声を聴いた。

学校長が第一三六回体育祭の開催を宣言する。当初、警察学校は新橋《しんばし》や九段《くだん》にあった。戦後、陸軍中野《なかの》学校の跡地にうつり、平成に入ってから府中校に移転した。学生時代はなんとも思わなかったが、警察学校の職員として根付いたいま、一三六回という歴史の重みに心が震える。

仁子も塩見も府中校育ちだが、高杉や長田、五味は中野校で学んでいる。中野校を知る最後の世代が壮年期に入っているいま、その前の千代田《ちよだ》校時代を知る現役警察官はいない。かつての校歌から、江戸《えど》城田安門《たやすもん》近くに学校があったことがうかがい知れるのみだ。年月は確実に流れ、やがては中野校を知る世代も定年退職していき、府中校しか知らない世代ばかりになるのだろう。

学生たちと共に、『警視庁警察学校府中校の歌』を仁子も大きな声で歌う。

開会式が終わり、学生たちは各教場旗の出ている場所へ集う。仁子は教官助教の席があるテント下に向かったが、塩見が心配そうに顔を覗《のぞ》き込んできた。

「顔酔いしたんじゃないですか。目が真っ赤ですよ」

「校歌に感動して泣いちゃったの」

塩見は噴き出した。冗談だと思ったらしい。二人そろってテント下に入ろうとして、仁子はぎょっとする。

校長が座る来賓席の二列目の席に、調布署の宮本が座っていた。イタリアンレストランで喧嘩《けんか》した以来だった。塩見が宮本に声をかけた。

「こんにちは。その節は……」

宮本は、仁子と塩見にいま気が付いたというそぶりで、腰を少し浮かせた。

「どうも。年に一回の体育祭は、警視庁警察学校の一大イベントですからね。近隣所轄署として遊びにきちゃいました」

「ずいぶん暇人なのね」

仁子の嫌みに、宮本は眉毛《まゆげ》を上げてわざとらしく笑った。つかみどころのない態度だ。

「かつての場長がリレーに出るとなりゃ、そら応援に来たくなる。そもそもさほど大きくはないグラウンドに千人近い人が集まっている。仁子は走れるのか？　顔酔いしちゃうだろうし、どの学生を応援するのか、競技が始まったら区別がつかないだろ」

塩見が口をはさむ。

「甘粕教場はこの日のために、そろいのティーシャツを作ったんですよ」

白地が多い中で、仁子がすぐに区別がつくように、紺色のティーシャツを発注した。背中には根岸流で『甘粕教場』と入っていて目立つ。阿部がまた鼻で笑いそうだ。学生たちは開き直っている。体育祭で長田教場をこてんぱんにやっつける気満々だ。この三週間の放課後の練習の間も、たびたび甘粕教場と長田教場の学生たちはにらみ合っていた。

「ところで、なんで相撲っぽい雰囲気を出してるの？」

宮本が塩見の隣に移動し、尋ねた。宮本の意図がわからないまま、仁子は塩見を宮本とはさんで座る。塩見は場長が元力士であることを話した。宮本は感心した様子だ。

「へえ、最近じゃ警視庁は元力士も採用しているのか。ちなみに現役時のしこ名は？」

「玄松ですよ。幕下だったんで、まだ苗字《みょうじ》でした」

「どこの部屋ですか」

「玄煌部屋です。父親が元横綱の玄煌というサラブレッドだったんですが、腰を痛めて十両を前に引退したんです」

宮本から返事がない。彼は宙を見て硬直してしまっている。塩見が顔を覗き込んだ。

「どうしました？」

「いや――玄煌部屋かぁ。確か杉並区富士見ヶ丘に部屋があったような」

「よくご存じですね。相撲は好きですか」

「大好き、大好き。たまに国技館に行くくらい、相撲が好きなんですよ」

嘘だ。宮本とは教場時代から十年以上の付き合いだが、相撲が好きなんて聞いたことがない。案の定、宮本からぷんと甘い刺激臭がした。

綱引きが始まる。まずは去年の秋に入校した大卒期、一三三四期八教場が対戦する。赤組に割り振られた教場がグラウンドの西側の空き地に、青組は北側、白組は東側に陣取っている。南側は来賓や教官助教のテントの他、救護テントなどが集まり、警察学校所有の警察車両が『警視庁警察学校体育祭！』の文字を電光掲示板に表示させている。

塩見は審判を務めるため、席を外した。仁子は席を詰めて宮本の隣に座る。

「玄煌部屋に引っかかってたね」

「は？」

仁子は宮本の太ももをぴしゃりと叩《たた》いた。

「何年の付き合いだと思ってるの。言って。どうして玄煌部屋に反応したの」

「なんの話？」

仁子は宮本の太ももをつねり、来賓席から出た。いってーと背後で聞こえる。女警のアナウンスがかき消す。

「続きまして、一三三五期の対戦です。西、甘粕教場。東からは長田教場の登場です」

学生たちが応援席からグラウンドに走って登場する。赤組、白組から怒号にも似た応援の声が響き渡った。仁子は甘粕教場の綱のそばに立ち、応援する。古河が半袖《はんそで》を肩までめくりあげ、太い腕をさらけ出す。最後尾では玄松が両手に滑り止めをスプレーし、裸足《はだし》でグラウンドの砂をならしている。取組前の力士のようだ。

長田はテントの下でテキトーな調子で応援していた。高杉が代わりに出てくる。四股《しこ》を踏むような恰好《かっこう》で長田教場の脇に立ち、「がんばれよ！」と応援する。荒畑の姿はどこにもなかった。彼も競技の審判などの仕事が割り振られているので、忙しくどこかを駆け回っているのかもしれない。長田教場の先頭は女警で、いつも甘粕教場をあおる阿部はどこのポジションについているのか、仁子は見つけることができなかった。

審判が合図のピストルを打つ。

「のこったのこったー！」

長田教場の学生たちが叫んだ。綱引きでこんな掛け声はやらない。古河は驚きと戸惑いからか、手を滑らせている。

「古河、気を抜くな！」

仁子は叫び、思い切り足を踏ん張って綱を引く学生たちを鼓舞する。

「あおりをまともに受けるな。綱を引け。力いっぱい引けー！」

最後尾の玄松は両手で握り脇を締めて綱をぐいと引く。裸足がしっかりとグラウンドの土を踏みしめている。背中が地面に付くかと言うほど体をのけぞらせているが、滑ることも体勢を崩すこともなく、般若《はんにゃ》の面のような形相で綱を引いた。長田教場の先頭の女警が前につんのめって転ぶと、あとは数珠《じゅず》つなぎになって長田教場の学生たちが崩れる。綱は甘粕教場が引く西側へずるずると引きずられた。まだ審判が終了のピストルを撃っていないのに、阿部はあきらめて棒立ちだった。

「阿部！　あきらめるのが早いぞ！」

高杉が叫んだ瞬間、審判が終了のピストルを撃った。

「甘粕教場の勝利です！」

アナウンスが入り、甘粕教場の学生たちは拍手をして喜んだ。東西が入れ替わって二回戦が行われたが、結果は全く同じだった。長田教場は勝負を捨てているようだ。甘粕教場の学生たちは飛び跳ねて喜んでいたが、玄松は不満げな顔だ。これまで阿部の挑発には乗らず、ただ睨《にら》み返すだけだった玄松が、つかつかと最後尾から長田教場の方へ近づいてきた。

「玄松。やめておけ」

仁子は言ったが、玄松は見向きもしない。勝負の世界で真剣に生きてきたからこそ、本気を出さず捨て試合をした長田教場が許せなかったのだろう。

「なぜ本気を出さない」

阿部は優雅に鼻で笑うだけだ。

「警察学校の体育祭なんてただの遊びだ。なに本気になっちゃってんの」

「勝ち目のない試合は捨て、後半に余力を残しておく作戦か？」

「ちょっと何言ってるのかわからないね」

「そういう作戦ならば、ただの遊びに必死こいて作戦を敷いて、ダセェ教場だな」

玄松は捨て台詞《ぜりふ》を吐き、応援席に戻っていった。阿部は顔を赤くし、いつまでも玄松を睨み続けている。

仁子は止めに入るタイミングを失い、心配が募る。学生たちにひとこと物を申すべく、応援席に行こうとした。高杉が止める。

「今日はやりたいようにやらせよう」

普段、学生は朝から晩まで座学と術科の授業で絞られ、厳しい寮生活のルールに縛られている。スポーツでの発散が必要なのはわかる。いまも、声を嗄《か》らして大きな声で声援を送る学生たちは、表情が生き生きとしていた。

仁子はテント下に戻った。長田はプロ野球の観戦に来たサラリーマンみたいだった。

「こりゃ、騎馬戦は流血沙汰《ざた》間違いなしだな！　あ〜酒が飲みたい」


校長など警察学校幹部は来賓対応に忙しい。警視庁本部からは警務部長の他、東京都公安委員会からも客が来ている。東京第三十区選出の衆議院議員なども観覧に来ていた。彼らは午前中の競技が終わらないうちに本館へ戻っていった。応接室で弁当を食べて、警察学校内の見学をしたあと、十三時には帰るようだ。

現在は午前中最後の競技、ムカデ競争が行われていた。女警がメインの競技で、男警たちの野太い応援の声で地響きがする。

甘粕教場のムカデは、先頭が真央、その後ろに二人の女警がいて、森や片柳と続く。前の女警たち三人の歩調が合っておらず、一位の教場とだいぶ差が開いていた。最下位は長田教場だ。こちらも全く歩調が合っていない。何度も立ち止まっては、「右から行くよ、せーの！」と先頭の女警が声を嗄らして足並みをそろえようとしていた。ようやく勢いづいた長田教場はスピードが上がり、甘粕教場の最後尾をとらえた。

「追いつかれるぞ、急げ！」

塩見が声をあげるも、ゴール直前で長田教場の先頭と真央が並んだ。

「がんばれ、がんばれ！」

仁子も並走しながら応援した。

「逃げ切れ、その調子だー！」

荒畑助教も応援を浴びせる。五月病で調子が悪そうだったが、いまは大声を出している。荒畑の声援に押されるように、長田教場のムカデ隊のスピードはあがっていく。

「真央、スピードあげろ、掛け声のテンポを上げるんだ！」

塩見が叫ぶ。真央は後ろに背中をつかまれてふらつきながらも、必死に両手でバランスを取り、期待に応《こた》えようとする。

「右、左……右左、右左、右左右……！」

タイミングがめちゃくちゃだった。長田教場の真ん中の女警がつんのめり、後方にいる学生の足が乱れた。先頭女警はゴールテープに向かって前のめりだが、足が出ない。

「行け行け、逆転だ！」

塩見が叫んだ途端、真央がバランスを崩した。固定された足は右、左と進むのに上半身がふらふらだ。後ろにいた女警たちや森、片柳にもアンバランスな状態が伝わり、隊列が大きく前後へ揺れて将棋倒しになった。

片柳が倒れて森を押しつぶし、森は前の女警二人を巻き込む。結局、ゴールテープ目前で甘粕教場は全員が倒れてしまった。

「やったー！」

長田教場の先頭の女警がこぶしを上げて、ゴールした。七位だが、甘粕教場に勝てたことが嬉《うれ》しいようだ。

塩見と仁子は救護に向かいたいが、まだゴール前だ。ここで助けると棄権だ。学生たちはそれぞれに体勢を整え、手を取り合って、立ち上がっていく。全員の下敷きになっていた真央が地面に伏したまま、動かない。

「真央、大丈夫か！」

塩見が棄権させようとした。真央は腕に多少の擦り傷があったが、後ろの女警たちの助けを借りるまでもなく、あっさり立ち上がった。

「よかった」

仁子はホッと胸をなでおろした。甘粕教場もゴールする。長田教場と最後まで競っていたから、互いの健闘をたたえ合ってもいいのに、長田教場は知らんぷりで立ち去っていく。荒畑だけが「怪我はなかったか、よくがんばったな」と甘粕教場の面々にも声をかけてくれた。

長田はトイレにでも行ったのか、どこにもいない。高杉が救急箱を持って駆け寄ってきた。塩見と仁子も、押しつぶされた真央が心配だった。

「真央。けがはないか？」

仁子は髪や顔についた土を払い落としてやった。気が付けば自分も、真央を呼び捨てにしていた。教官と学生の距離が縮まるのもまた、体育祭のいいところだった。

「全然大丈夫ですけど、ビリですみません」

「いいよ。よくがんばった」

各自、足を結んでいた手ぬぐいを取る。真央は自由になった足でぴょんぴょん跳ねたが、右肩に違和感があるのか、肩を回すたび、首を傾げた。

「本当に大丈夫か。倒れるとき、地面に両手をつきそこねていた。顎《あご》や胸を強打したように見えたが」

塩見が心配しているが、真央は他人事《ひとごと》のような顔をしている。

午前中の全ての競技が終わった。アナウンスが入る。

「速やかに昼食を取り、一二五〇《ヒトフタゴーマル》にグラウンドに戻りましょう。午後一発目は千五百メートル競走、借り物競争、一四三〇《ヒトヨンサンマル》からはいよいよ騎馬戦が始まります！」


十五時前、予定より三十分近く押して、騎馬戦が始まった。来賓席は空っぽになり、警視庁警察学校のグラウンドは、関係者のみになった。濃密な空気だ。

「雨、降らなきゃいいけどなぁ」

高杉が不安そうに曇天を見上げる。

仁子は、甘粕教場が陣取る西側赤組席を見つめた。甘粕教場の出番だ。騎馬戦に出る男たちが上半身裸になっている。騎手をつとめる男たちは裸足《はだし》だ。騎馬戦用の鉢巻きをきゅっと結ぶ音が聞こえてきそうだ。

東の白組陣営からは、早くも長田教場の面々がグラウンドに出始めていた。こちらも騎手は全員、上半身裸で裸足だ。ウォーミングアップをしている者が多くいる中で、中心線のすぐ手前まで、大将の阿部とその騎馬役の中島修矢が出てきた。阿部が鉢巻きを巻く。どこからともなく黄色い歓声が聞こえてきた。東側は一般道に面している。道路よりもかさ上げされているので、道路の歩行者からグラウンドは見えづらいが、若い女の子たちがガードレールに乗り、街路樹に手をついて撮影しているのが見えた。

「危ないですね。注意してきましょうか」

仁子が言った。荒畑が答える。

「あれ、たぶん阿部のファンです。よく歩道からグラウンドを見にくるんですよ」

「警察学校の体育祭の日程をよく知っていましたね」

阿部が教えたのだろうか。行事とはいえ、内輪の行事で公開はしていないし、学生家族の参観もない。おいそれと外部に教えていい情報ではない。

「撮影されたものを拡散されてもよくないし、注意してくるか」

長田が立ち上がる。フェンス越しではなく、外に出て直接、注意しに行くようだ。

北側に陣取る青組からも次々と騎手や騎馬の学生たちが出てくる。仁子は改めてグラウンドを見回したが、今回、女警はひとりも出場しないようだった。

「これは相当なガチンコ対決になりそうね」

いつもは本館の医務室で仕事をしている理事官も、今日は白衣を脱ぎ、上下ジャージ姿で観戦している。理事官は医師免許を持った職員だ。

「とは言っても、最近の騎馬戦は緩やかなものでしょう。私が赴任して五年になりますが、けが人は出ていませんよ」

安全対策を徹底しているというのもあるし、若者たちが年々、争いごとを好まなくなってきているというのもある。

「俺は思い切り引っかかれて血が出ましたけどね。ちょっと荒っぽく鉢巻き奪っちゃってましたし」

塩見が苦笑いした。高杉はファイティングポーズを取る。

「俺らのころは普通にぼこぼこに殴り合ったがな」

「中野校のころは激しかったでしょうね」

「千代田校時代は死者が出たという都市伝説もあるらしいぜ」

「戦争帰りの人もいたでしょうから、すさまじかったのかしら」

グラウンドの黄色い歓声が一層、大きくなった。阿部が騎馬に乗ったのだ。腰まである長く太い鉢巻きが風にたなびいていた。高身長で顔が小さい阿部は絵になる。

直後、青組の教場の大将騎も立ち上がる。ぱらぱらと拍手や歓声が上がった。やがて赤組、甘粕教場の大将騎に、玄松がまたがった。二週間前までは立ち上がるのがやっとだった騎馬だが、いまでは堂々としたものだった。さすが、玄松は体が大きいので、圧倒的な存在感だ。赤組から大きな歓声が、他の組や教場、教官席からは、どよめきが上がった。

騎馬の先頭にいる古河は目が血走り、阿部の騎馬の先頭、中島とにらみ合っている。青木はあまり顔色が変わらない。勝気だが小粒の森は結局、騎馬のバランスが悪いということで、大将騎から外した。ぎりぎりまで騎馬として体を作ろうと努力していたので、三番手の騎手に塩見が大抜擢《ばってき》した。いまは玄松の後方に控えている。騎手が小さくて軽いおかげで、騎馬の動きは俊敏だ。誰よりも森は負けん気が強いから、ダークホース的な存在になるかもしれない。

騎馬の練習と編成の変更をしたり、阿部に煽《あお》られたりするうち、男警たちの闘争心に火がついた。最初はみな尻込《しりご》みしていたが、玄松の騎馬の立候補が何人も出た。いまは古河や青木と同じく大柄な男子が、元力士の玄松を安定して支えている。

玄松と阿部の視線の高さはほぼ同じだ。二人は五メートルほどの距離を保ち、にらみ合っている。北側にいる青組はすでに及び腰になっていた。

体育祭実行委員よるアナウンスが続いていた。三つの教場の大将騎手と彼らを支える騎馬の三名の名前を紹介しているが、玄松の紹介だけなぜか独特だった。

「赤組、甘粕教場の大将騎手は玄松一輝巡査、東京都出身、玄煌部屋」

まるで力士の紹介アナウンスのようで、場内はどっと沸いた。教官連中も笑っている。こういったちょっとしたジョークも、行事の中では許される。仁子は教官の応援席を見渡した。玄煌部屋という言葉に大いに反応していた宮本がどこにもいない。昼食をどこで食べたのか知らないが、午後の競技が始まるときには教官席に座り、応援をしていた。いつから姿がないのだろう。

審判が対戦開始の旗を振った。

互いにけん制し合いながらも騎馬が動き出した。騎馬の動きは三組とも緩やかで、互いの出方を見ているふうだ。阿部の騎馬の動きが早かった。すぐさま後ろに下がり、七つある騎馬たちに守られるような態勢になった。大将が先頭になって敵陣に切り込むスタイルを取らないあたり、長田教場らしい。

玄松の騎馬は青組の教場へ突っ込んでいった。青組は大将騎が踵《きびす》を返して逃げ出す。玄松は背を向けた騎手たちの背後をとらえ、するりと鉢巻きを奪っていった。

「玄松はリーチも長いからな。そりゃ有利だよ」

長田がいつの間にか戻り、教官席に座っていた。沿道に集まっていた応援の女の子たちはいなくなっていた。

「素直に帰ってくれましたか」

「俺の顔を見た瞬間に逃げて行った」

青組の騎馬が次々と崩れていく中、長田教場の騎馬たちが甘粕教場の陣地になだれ込んできた。背後で、玄松らの後に続けとうろついていた赤鉢巻きたちが、不意をつかれて次々と長田教場に鉢巻きを奪われていった。俊敏な森の騎馬はグラウンドを疾走し、長田教場の騎馬を翻弄《ほんろう》している。逃げたと思ったらするりと向き直り、不意打ちで三本ている高杉は、青組の応援に回った。

仁子も塩見も声を上げた。長田も荒畑と共に長田教場に声援を送る。両方の教場を見

「森、いいぞ、その調子！」

も鉢巻きを奪取していた。

「青、がんばれ！　最後の一騎になっちゃったぞ！」

甘粕教場も背後を長田教場につかれたので、最後尾に控えていた四騎が崩れたり、鉢巻きを取られたりしていた。森の騎馬が果敢に攻勢に入り、また長田教場の鉢巻きを奪っていた。

青組の最後の一騎は戦わずに逃げ回っている。玄松の騎馬は追うのをやめて、いよいよ、白組の敵陣に入る。そこには最後尾で守られていた、阿部の騎馬がある。玄松は青の鉢巻きを四本、白の鉢巻きを一本取っている。阿部は体力温存か、一本も取っていない。だが、二番手に控えていた二つの騎馬が、赤を四本、青を三本、取っていた。

仁子は残っている騎馬を数える。

「青一騎、赤二騎、白三騎、か……」

青そっちのけで、赤と白がグラウンドで混ざり合う。いよいよ決戦だ。グラウンドの東西に分かれた赤白の教場の激しい声援もぶつかり合う。

玄松の騎馬が果敢に阿部に挑む。阿部の騎馬はするりとかわす。グラウンドの隅で呼吸を整えていた青組最後の一騎の鉢巻きを、背後から奪った。まるでサラブレッドのよ

うに軽々とかけ回る。

「阿部は頭がいいというか、狡猾《こうかつ》というか……」

高杉は呆《あき》れ気味だった。仁子は玄松の騎馬が心配だった。当初から全力で相手にぶつかっていったので、騎馬役は疲弊しているはずだ。古河は肩で息をしていて、足元がおぼつかなくなってきている。青木ら背後の二人は顔が真っ赤だ。長田が時計を見る。

「あと三分か……玄松の騎馬は持たないいんじゃないか？」

なんとか持ちこたえて、と仁子は祈った。塩見が悲鳴のように叫ぶ。

「やばいぞ。玄松、後ろ！」

呼吸を整えていた玄松の騎馬の背後から、阿部の騎馬が怒濤《どとう》の勢いでしかけてきた。阿部の手が、風になびいていた玄松の鉢巻きをつかむ。玄松は後ろに引っぱられた。

「ツッコめー！」

森が甲高い声を嗄《か》らし、大将騎を守ろうと間に乗り込んでいった。阿部は森に阻まれて騎馬ごと一歩下がる。翻った阿部の鉢巻きを、森が摑《つか》んだ。ぐいと引っ張ろうとした瞬間、何が起こったのか、森の騎馬が先頭から崩れてしまった。阿部の騎馬は間一髪で逃げていく。地面に落下した森はすぐに立ち上がったが、先頭の騎馬役の男警は鼻血を流していた。顔が砂だらけになっている。森は阿部の騎馬に向かって激怒する。

「反則だぞ、阿部！　お前、騎馬の顔を蹴《け》っただろう！」

どうやら阿部の足が、森の先頭騎馬の顔面に当たったらしい。阿部は「ちょっと触れただけだ」と叫び返している。その間も他の騎馬があちこちで接戦を繰り広げているので、審判役の教官は森の言い分を聞いている暇がない。

「ちょっと触れただけでこんなに流血するはずないだろ。元サッカー選手が足を使うなんて卑怯《ひきょう》じゃないか！」

鼻血が顎《あご》から垂れ、裸の胸までこぼれた騎馬役の学生が、グラウンドの外に出てくる。保健係と理事官に付き添われ、医務室に直行した。

仁子は付き添おうか、森の言い分を聞こうか迷っているうちに、応援席から怒号と悲鳴が湧き上がる。

「いけ、取れー！」

「危ない、逃げろ！」

玄松と阿部の騎馬が再衝突していた。阿部が背後から玄松の鉢巻きを引っ張って奪おうとしている。玄松の騎馬が崩れかけるも、玄松は僧帽筋を膨らませて、思い切り首を前に倒しつつ、引っ張られた鉢巻きをわしづかみして引き返した。鉢巻きのすそをつかんでいた阿部が前に引っ張られ、騎馬のバランスも崩れる。

「向き直れ！」

玄松が叫ぶ。騎馬がくるりと転回し、阿部の騎馬と玄松の騎馬が正面衝突した。グラウンドに激しい怒号が湧き上がる中、雨がぽつり、ぽつりと仁子の顔を打つ。

玄松の鉢巻きは阿部の手からすり抜けた。玄松が腕を伸ばして、阿部の髪をつかみ、引き倒そうとした。阿部は髪をつかまれて首を押し込まれ、前が見えない状況ながら、右拳《こぶし》を思い切り振った。玄松の顔面にクリーンヒットした。玄松は阿部の右手首をつかみ上げてひねり、そのすきに鉢巻きを奪おうとしたが、「下がれ下がれ！」という阿部の合図で、相手方の騎馬が素早く離れていく。玄松は前のめりになりすぎて、騎馬が崩れかけた。

「危ない、落ちる！」

仁子は叫んだが、なんとか玄松の騎馬は持ちこたえる。阿部が背後に下がっている隙に、体勢を整え、再び玄松が背筋をぴんと伸ばす。

雨脚が強くなる。

両者は雨の中、しばし、にらみ合いになった。

玄松はクリーンヒットを受けて、鼻血を流していた。阿部は鉢巻きを奪われそうになったときに引っかかれたか、目の上が切れて出血している。

来賓を見送り、グラウンドに戻ってきた校長が、びっくりしている。

「おいおい、雨も降ってきたし、中止にしたらどうだ」

「ここで辞めさせたら、却《かえ》って禍根が残りますよ」

高杉がグラウンドから目を離さず、つぶやいた。教官連中は誰も何も言わない。いつしか声援もやみ、祈るように応援する学生たちが増えた。

グラウンドに水たまりができていく。玄松の騎馬は持ちこたえたが、阿部の騎馬が引いたまま、両者、にらみ合いが続く。

玄松は何度も何度も、体勢を立て直している。

「雨で滑り始めているな」

体勢を立て直すたびに玄松の体に力が入るので、下の騎馬に負担がかかる。古河は足が完全に止まってしまい、青木ともう一人は顔が真っ青になっていた。

阿部の騎馬が動き出した。正面には来ない。わざわざ後ろに回る。玄松の騎馬は、転回することすら難しくなっていた。玄松が向き直った瞬間、阿部の手が再び玄松の鉢巻きをつかむ。二重、三重と手に巻き付けて思い切り引いた。今度は玄松が拳を振り上げて、阿部の頭頂部に拳骨《げんこつ》を食らわせた。ガツンと大きな音がする。

「あれは痛いだろ、元力士だぞ……」

長田が気の毒そうにつぶやいた。阿部がうめいたが、鉢巻きのすそは離さない。

「引け、引けー！」

そのまま騎馬ごと離れて玄松の鉢巻きを引いて奪うつもりだ。もしくは玄松がバランスを崩して騎馬が倒れるか。玄松は引きを許さず、阿部の鉢巻きをつかんでグイと引いた。下がろうとしていた阿部の騎馬は、騎手が前につんのめり、バランスが崩れた。

阿部は鉢巻きを引いたまま、玄松を殴ったり、引っかいたりする。玄松は避《よ》けることなく、パンチも全て食らっていたが、あまりダメージを負っていない。じわじわと阿部の鉢巻きを手に巻き付けていく。下の騎馬は正面同士がぶつかりあっている。古河と中島は額を押し付け合い、目を血走らせ、歯ぎしりしてぶつかり合っている。すさまじい争いに、応援席の学生たちも拳を突き上げて応援する。まるでプロレス場のようだった。

玄松が張り手を繰り出す。バチンと大きな音を立てて阿部の頬を張り、喉をつかんで押し上げげた。阿部がのけぞり大きくバランスを崩す。阿部の騎馬がとうとう崩れた。

「崩れた。よっしゃー！」

「勝った！」

仁子と塩見は思わずガッツポーズして歓声を上げたが、隣の長田と荒畑も勝利の雄たけびを上げている。

「鉢巻き、取ったぞー！」

「勝った！」

阿部の騎馬は崩れたが、玄松の鉢巻きを奪っていた。阿部は地面に降り立ち、自分は玄松の鉢巻きを取ったのだと周囲にアピールする。玄松らは、騎馬が崩れているじゃないかと反論し、騎馬の上から勝利宣言している。

「阿部の騎馬が崩れたのが先か、鉢巻きが外れたのが先か……」

高杉が首を傾げた。応援席にいた学生たちはグラウンドに飛び出しそうな勢いで声を上げ、どちらの声が大きいかで勝敗をつけようとしているかのようだ。審判をやっている教官はどちらに軍配をあげるべきか迷っている。

本館から傘を差した事務員が、教官用テントに走ってきた。

「盛り上がっているところ、申し訳ないのですが、近隣住民からうるさすぎるとクレームの電話がちらほらと入ってきました」

統括係長がマイクを取った。

「静粛に！　静まれ！」

やかましい声が止んだが、どよめきは収まらない。

「ちょっと落ち着こうか。盛り上がりすぎているぞ」

苦笑いがあたりを包む。

「いまの勝負だが、どうするか……」

赤組、白組からやいのやいのと声が上がる中、統括係長が教官たちの意見を求める。審判が決めたらいいとか、ビデオ判定はどうか、といろんな意見が出た。

「誰がビデオなんか撮ってるかよ」

長田が鼻で笑った。結局、統括係長が裁いた。

「雨もひどくなってきたことですし、両者引き分け、ということで」

グラウンドはブーイングであふれた。階級がずっと上の統括係長に対してブーイングなどと仁子も塩見も慌てたが、若い彼らは統括係長とあまり接触することがないから、階級差を意識できないのかもしれない。統括係長はもともと弱腰の人なので、苦笑いするだけだった。審判がマイクを引き継ぐ。

「大将騎馬同士の戦いは引き分けですが、勝敗は鉢巻きの数で決まります」

　審判が三つの組から鉢巻きを回収し、数える。微妙な顔になった。

「結果発表です。青組、三本。白組、九本。赤組、九本」

　またしても赤と白の引き分けに、地鳴りのようなどよめきが起こる。近年まれに見る盛り上がりだったから、教官助教や職員からは大きな拍手があがった。仁子は塩見とともに、タオルと救護セットを持ってグラウンドへ走った。阿部は頭頂部や右頬を冷やしている。玄松は引っかかれた傷跡であちこちに血が滲《にじ》み、鼻血をぬぐっている。

「二人とも、大丈夫か」

　塩見が玄松だけでなく、阿部のことも気遣った。玄松は一礼したが、阿部は塩見を見向きもしない。

「ふざけんな、俺は鉢巻きを奪ったのに！　あの審判も統括係長も相撲ファンかよ」

　玄松がぎろりと阿部をにらんだ。

「お前は森の騎馬の顔面を蹴《け》っただろ。元サッカー選手のくせに、足で人の頭を蹴るなんて、卑怯《ひきょう》を超えて犯罪だ」

「お前だって張り手や喉輪《のどわ》をしかけてきたじゃないか。元力士が素人にそんなことをしていいのか」

「本気でやったと思うのか。素人のお前に本気で張り手をやったら秒で死ぬに決まってるだろ。手加減してやったのに、よほど怖かったんだろうな」

「なに！」

阿部が拳を振り上げて突っかかろうとした。

「やめないか！」

塩見がその手首をつかんで、おろさせた。阿部は手を振り払い、頭についたまま誰にも取られなかった白鉢巻きをかなぐり捨てた。


天気予報の通り、雨が降り続けた。グラウンドのあちこちに水たまりができてしまい、体育祭の続行は困難だった。いちばんの見ものである教場対抗リレーは中止、第一三六回体育祭は終了となった。

学生たちはがっかりした様子だったが、統括係長が「今日の十五時以降は特別日程として、自由時間とする」と言ったとたん、喜びの声が上がった。普段は十六時近くまで授業、十八時までクラブ活動があり、自由時間は食事と風呂《ふろ》でつぶれてしまう。素直な学生たちの態度がほほえましい。

びしょ濡《ぬ》れの体をタオルで拭《ふ》きながら、教官たちも本館の更衣室へ直行する。若い塩見は先輩教官たちにシャワーの順番を譲っていて、最後尾に並んでいた。

仁子は予備のタオルを渡してやった。あざす、と塩見は微笑んだ。

「甘粕教官、お手すきでしたら真央の様子を見てきてくれませんか」

塩見は、真央がムカデ競争で倒れたときのことを心配していた。

「本人はけろっとしていたけど」

「あの子は控えめで我慢しちゃうところがあるから」

仁子は学生棟に向かった。入って右側にある西寮の五階に甘粕教場の女警たちは固まって入っている。五階の廊下に出たが、どの部屋もがらんどうだった。今日は自由時間が長いので、女警たちはのんびり浴槽につかっているのだろう。

一階の大浴場をのぞいたが、真央が見つからない。早めの夕食で混雑する食堂に入ってしまったら、相貌失認《そうぼうしつにん》の仁子が見つけるのは困難だ。

仁子は一旦《いったん》、学生棟を引き上げて、本館に戻った。行列ができていた男子更衣室の前にはもう誰も並んでおらず、扉が閉ざされていた。中から物音がした。最後尾にいた塩見だろうと、仁子は扉の前で待った。

扉から出てきたのは宮本だった。

「なにやってんの、こんなところで」

「いや、ちょっと濡れたからさ。シャワー借りてた」

ボディソープやシャンプーのにおいがしない。代わりに宮本から漂ってきたのは、ツンと鼻にくる甘いにおいだ。

「ここは更衣室だよ。そもそも何をしに体育祭に来たのよ。観戦に来たわけじゃないことはわかってる。玄煌部屋のことを気にしていたけど――」

もしや、玄煌部屋で起こったとされるおかみさん殺人未遂事件を宮本はかぎつけたのだろうか。だが宮本は調布署の交通捜査係で、管轄も違うし担当も違う。

「まさか、教官助教たちの私物を狙っていた？」

窃盗に入ったかのような言い方をしてあおった。

「そんなわけないだろう。俺は警察官だぞ」

「そう思われても仕方ないような行動でしょう。私が調布署に入り込んで女子更衣室に勝手に忍び込んでいたらどう思う？」

宮本はため息をつき、人目を気にした。

「わかった。白状するが、警察学校には捜査で来た。証拠が固まり次第、正式なルートで話す」

立ち去ろうとした宮本に、仁子は食い下がった。

「警察学校では何も事件は起きていない。一体何を調べているの。そもそもここは住所的には府中市だよ。管轄は府中警察署であって、調布警察署じゃない」

「だから、岡倉の転落死だよ」

「自殺で処理されたと言ったじゃない」

「いったんはな。だがガイシャのスマホが発見された」

岡倉が転落して軽トラックにはねられた際、私物が周辺に散らばった。彼のポケットにあったと思《おぼ》しきスマホは衝撃で外に飛び、軽トラックの前を走っていたユニック車の荷台に紛れ込んでいたようだ。

「転落事故から一カ月半近く経って見つかったということ？」

「いや、三日後に荷台のクレーンを動かしたときに、アームの根元の可動部位にスマホが入り込んで、一部が潰《つぶ》れてしまったんだ。従業員や関係先にもスマホをなくした人はおらず、仕方ないから近隣交番に届けたそうだ」

会社は横浜《よこはま》市中《なか》区にあり、神奈川県警加賀町《かがちょう》警察署の尾上町《おのえちょう》交番に届けられた。加賀町警察署は横浜市の海沿いにある。

「電源が入らないし、神奈川県警は落とし物として保管していた」

「拾得物の倉庫に眠っていたものを、どうやって見つけ出したの」

「お前、殺人者のにおいがするとかなんとか、こだわっていただろ。それに岡倉の母親が、息子はスマホを持っていたはずだというから、消えたスマホが気になっていた」

捜査本部が解散しても、宮本は空き時間を見つけては、スマホを捜していたらしい。

「現場の生垣、近隣店舗の駐車場などを捜し回ったし、周辺を走っていたトラックの荷台に紛れ込んだ可能性も考えて、もう一度、転落時に付近を走行していたドライバーをひとりひとりあたっていた」

仁子の直感を信じ、宮本は仁子の知らぬところでひとり捜査をしてくれていたのだ。

胸が熱くなる。

「スマホは壊れていたが、幸い、データは残っていた」

かつての教場の仲間で鑑識課員になった同期に拝んで、データを取り出してもらったそうだ。

「それで、なにかわかった？」

正式なルートで伝えると言っていたくせに、宮本は結局、仁子に教えてくれる。

「岡倉はあの日、武蔵野の森総合スポーツプラザで開催されていたアニメイベントの電子チケットを買っていた」

世間に訴えて自殺するため、調布の人だかりに行ったわけではなかったのか。

「イベントに参加するために、並んでいたということよね」

だがその会場目前で自殺する——。やはりあの転落は自殺とは思えない。

「それから、マップアプリで当日の岡倉の行動履歴を調べた」

スマホに当日の足取りがしっかり残っていたようだ。

「やつは自宅を出て京王線で飛田給駅に出たあと、イベント会場には行かず、寄り道をしている」

岡倉は転落死する直前、警察学校に立ち寄っていた。

第三章　接　点

体育祭終了後、塩見は急いでシャワーを浴びて着替えた。仁子に真央の様子を見てくるように頼んだので、髪を乾かさないまま学生棟に行き、西寮に入る。風呂《ふろ》上りの女警たちが部屋に戻るところだった。そもそも男子禁制、抜き打ちチェックをする教官助教だけは入ることが許される女子寮は長くいたい場所ではない。

真央は室内に洗濯物を干しているところだった。レース使いの上下黒の下着が目に飛び込んできて、塩見は思わず個室を出た。廊下から声をかける。

「真央、甘粕教官が来なかったか？」

「いえ、来てませんけど」

「そうか……肩の調子はどうだ」

「平気ですよ」

ランドリールーム帰りの女警が脇をすり抜けていく。洗濯籠《かご》の中に下着が見えた。逃げるように女子寮を出て、仁子を探した。

仁子は本館の男子更衣室前で、宮本と話し込んでいた。かなり深刻そうだ。

塩見は踵《きびす》を返し教官室に入った。まだ十六時半だったが、今日は教官たちも早めに切り上げて帰る者が続出していた。高杉に肩を叩《たた》かれる。

「塩見。『飛び食』行くぞ」

「いいですけど、早くないですか。仕込み中かも」

「十七時からだろ。いま出ればちょうどいい」

「俺も行くから待ってろよ」

長田が嬉《うれ》しそうに手を挙げたが、高杉が注意する。

「お前、ビール一杯だけだからな」

「そう言うなよ、後夜祭だろ」

「昨日は前夜祭だと日本酒を飲んでたじゃないか」

荒畑の姿が見当たらない。五月病と思《おぼ》しき彼は、最近は飲み会にも全く顔を出さなくなっていた。長田が毒づく。

「荒畑はもう帰った。つきあいが悪いやつ」

仁子が神妙な表情で教官室に戻ってきた。高杉が声をかける。

「仁子チャン、『飛び食』行くか」

宮本とこのままデートに行くのではないかと塩見は思ったが、仁子は頷《うなず》いた。

「もちろん、行きます」

ひどい作り笑いだった。宮本と何を話していたのだろう。仁子は塩見の顔を見て、なにか思い出したようだ。

「真央だけど、風呂に行っちゃってて会えなくて……」

「僕が様子を見てきました。大丈夫そうです」

開店前に『飛び食』に到着してしまったが、大将が店を開けてくれた。高杉や長田は乾杯の声を上げて、今日の体育祭を振り返る。

「いやあ、今期の体育祭は素晴らしかった。やっぱりリレーをやりたかったよなぁ。俺は出ないけど」

長田は無責任に楽しめただろう。中止になったリレーの話で男たちは盛り上がるが、仁子は無言でビールをちびちび飲んでいた。塩見が呼ぶと、仁子は我に返った顔をする。

「宮本さんとなにか、深刻そうに話していましたけど」

「そういや、あの調布署の宮本ってのは刑事なのか？」

長田が話に入ってきた。

「お前ら審判だ応援だで殆《ほとん》ど教官席にいなかったけど、俺は宮本と午前中はずっと一緒だった。警察学校のことを根掘り葉掘り訊《き》いてきて、変な奴だった」

「玄煌部屋のことについて気になっている様子じゃなかったか？」

高杉が言った。長田が身を乗り出す。

「そうだそうだ、玄松だよ。あいつも妙だ。宮本は玄松を調べに来たようだしな」

仁子が否定する。

「違いますよ。先月あった飛田給の転落事故の件です。宮本君は交通捜査係の捜査員で、刑事事件は担当しません」

「その件は自殺として終結したんじゃないんですか」

塩見の問いに仁子が事情を説明しかけたが、長田がかぶせてくる。

「いやいや、俺は玄松が引っかかるんだ。もう十年ここにいる。直感でわかるんだよ。玄松は裏がある」

高杉は鼻で笑った。

「そりゃ、おかみさん殺人未遂疑惑を知ったら、誰だって裏があると疑いたくなる」

「だいたいさ、玄松は今日だって大活躍だったじゃねぇか。おかしいだろ。力士を引退するほど腰が悪い奴がさ、なんで騎馬戦ではあんなに活躍できちゃうのよ」

塩見は思わず仁子を見た。仁子も、熱心に体育祭の指導をするうちに、どこかで玄松の腰が悪いことを忘れてしまっていたようだ。「確かに……」とつぶやく。

「騎手は見るからに腰に負担がかかるポジションだろ。バランスを取るために腰を使う。敵と取っ組み合いになったとき腰にかかる負担は半端ない。しかも今日は途中から雨降りになった。腰が急速に冷えていたはずだ。でも玄松は腰を痛がるそぶりもかばうそぶりも全くなかった」

高杉は神妙だ。

「玄松が患っているのはヘルニアだろ？　あれは怪我で腰が痛くなるんじゃなくて、神経の痛みだ。腰そのものに外傷があるわけじゃないから、発症しなけりゃ普通に動けて当然だろう」

「しかし、ぎっくり腰で動けなくなった記憶はトラウマになるもんだろ。俺の兄貴がヘルニア持ちだけどよ、発症していない時もしょっちゅう腰を気にしてるぜ」

「長田の兄貴ならもう還暦近いだろ。二十歳の若者と比べるなよ」

高杉は長田を揶揄《やゆ》したが、塩見は確かに妙だなと長田の視点に納得する。

「普段はそこまで気にならない程度のヘルニアなら、なおさら相撲を引退したことが解せませんね」

玄松が入校してきたことで、塩見は大相撲をチェックするようになった。先日、夏場所が終わったばかりだ。

「相手の休場で不戦勝する力士もよく耳にしますし、ヘルニアならブロック注射で数週間しのげば復活できます。膝《ひざ》や足首の怪我が治癒できずに引退を考えるならまだしも……」

高杉も難しい顔になった。仁子はため息をついた。

「そもそも玄松はまだまだ相撲が大好きなんだろうね。だから、阿部に力士だったことを揶揄されるのが許せない。ひどく逆上するんだ」

「忙しかった上に飛田給の転落事故の件があったから先延ばしになっていましたけど、おかみさん殺人未遂の件を含めて、やっぱり一度、玄煌部屋を訪ねた方がいいですよ」

仁子が首を振る。

「実は飛田給の転落事案でもとんでもない事実がわかったの」

飲み会は二十二時過ぎにお開きになった。仁子は当直なので、警察学校に戻るという。別れ際、岡倉の話になる。

「転落当日、岡倉が警察学校の敷地まで入ったわけではなさそうなんだけど、マップアプリのGPSの足取りでは、正門の前で引き返しているというのよ」

中に入ろうとして躊躇《ちゅうちょ》したのか、正門で誰かと待ち合わせて引き返したのか。

「もしくは中に入ってみたけど、練交で引き止められて、追い出されたか」

正門の脇には練習交番があり、学生たちが本物の交番さながらの立番勤務を行う。

「それなら当日の出入表や日報に記録があるかもしれませんね」

宮本も調べたはずだが、改めて塩見も確認したい。当日の練交当番を見つけ出し、話を聞くのもアリだ。

「宮本君は警察学校に設置されている監視カメラ映像の押収だけはしていった。いまはまだひとりで捜査している段階だから、令状もない。私たちでできることは協力してやらないとね」

仁子は当直がてら、調べるつもりのようだ。

「それなら、俺も手伝いますよ」

二人で夜の警察学校に戻った。練習交番に直行し、転落事案のあった四月十六日の記録を見る。

「宮本君によると、岡倉は十七時四分ごろに警察学校の正門に到着している。甲州街道へ引き返してきたのが、十七時二十分」

「正門から甲州街道まで徒歩で三分ほどの距離ですから、正門付近に十五分近くいたことになりますね」

当該時刻の出入表を見たが、清掃業者が十七時半ごろ出たのみで、それ以外の外部の出入りはなかった。当日の練習交番は、一三三四期の学生二名だった。

「もう点呼の時間よ。川路広場に出てくるだろうから、気づいたことがないか、聞いてみようか」

当直の仁子が警察制服に着替えに行った。塩見は、スーツ姿のままで川路広場に出た。学生たちがわやわやと川路広場に出て、各教場で整列を始めている。体育祭があった日ということもあり、いつもはきびきびしているのに学生はけだるそうだった。

塩見は当該の学生二人を見つけ、事情を聞いた。一人は四月十六日の練交当番の日の話をしても、思い出せないようだった。特異動向なしということだろう。もうひとりの学生はこう証言する。

「十六時から十八時の間は、帰宅される教官助教の他、外出の用事がある学生の行き来がある時刻です。正門は全開で人の往来が激しいので、正門の前に通行人がいても、記憶に残らないです」

人の往来がない時間は、正門の半分以上を閉めて車止めを置く。この時分だと、通り沿いの通行人が警察学校の正門の前で立ち止まったり、中をのぞきこんだりしたら目立つ。往来の激しい時間はそうもいかないだろう。外出していた学生が警察学校に入るときは、PAカードと呼ばれる身分証を提示するので、そのチェックもある。めぼしい証言を得られない。仁子は朝礼台の脇で、各教場の場長から点呼報告を受けているところだった。長田教場は副場長の中島が点呼報告していた。

「一三三五期長田教場、現在員三十九名、事故者一！」

仁子はチェック表に記入しながら、中島に尋ねる。

「阿部が事故か？　どうした」

「騎馬戦で頭部を元力士に激しく殴打されましたので、頭痛を訴えており、大事を取って個室で休んでおります！」

大声で中島が言った。背後で点呼報告の順番を待つ玄松を意識しているようだ。

「医務室には行ったのか？」

「いえ、たんこぶができていましたので、医務室に行くほどではないかと」

「頭痛が残っているのなら、行くべきだろう」

「しかし、医務室は十八時で閉まってしまいますので……」

「今夜は私が当直だから、なにかあればすぐに病院に連れて行くと本人に伝えるように」

「はい、承知しました！」

中島はしっかりと十五度の敬礼をし、回れ右をして学生棟に戻ろうとした。玄松とぶつかる。中島は謝罪せず、立ち去っていった。玄松は咳払《せきばら》いし、点呼報告する。

「一三三五期甘粕教場、現在員四十名欠員なし！」

「みんな元気でよろしい。お前も騎馬戦で殴られていたが、鼻血は大丈夫か」

「全く問題ありません」

玄松は頼もしかった。塩見は念のため、忠告する。

「阿部やその取り巻きがまたあおってくるかもしれないが、相手にするなよ」

玄松は一礼し、甘粕教場の学生たちに解散を伝えた。塩見は真央を目で探す。肩が心配だったが、とぼとぼと歩く後ろ姿はいつもと変わりない。今日も他の女警二人とは距離がある。ひとりぼっちで学生棟に戻っていった。

振り返る。仁子がじっと塩見を見つめていた。

「例の件、話を聞いてきました」

「当直室で聞くよ。いまごろ高杉さんと長田さんは〆のラーメンの時間かな」

「俺たちも夜食になんか食いますか」

教官室にいったん戻り、塩見は買いだめしていたカップラーメンを二つ取り出して、当直室に入った。二人でカップラーメンをすすりながら、塩見は練交当番の学生たちの証言を伝えた。

「うーん、なにもわからずじまい、か」

「宮本さんが監視カメラを押収していったのなら、その分析結果次第ですかね」

仁子がテレビをつける。深夜のスポーツ番組をやっている。夏場所を振り返る特別コーナーをやっていた。玄煌部屋所属で幕内にいる関取は怪我で休場していた。十両には三人の力士が名を連ねている。テレビでは取り上げられない。

「玄松は入門してすぐの前相撲デビューが十七歳。九州場所で序ノ口デビューしたようね」

十八歳で序二段、三段目とかなりのスピードで昇進し、二度目の九州場所でもう幕下にまで駆け上がった。

「すごい早さだよ。幕下でもほぼ全勝していた。辞めなかったら、あっという間に幕内に駆け上がったでしょうね」

テレビでは幕内力士の夏場所の結果が流れている。

「いまごろ、『前頭何枚目の玄松は勝ち越しました』とか放送されていたんだろうな」

玄松の『こころの環』は、夏場所についても触れることはなかった。時事ニュースや新聞には目を通すように教場で指導している。玄松は一切、相撲の話を書いたことがない。

「阿部はよくサッカーの話題を『こころの環』に書いているみたいよ」

阿部は神奈川県出身だが、Jリーグのチームの本拠地がある清《し》水《みず》のサッカー強豪校に入学している。五月は静岡高校総体サッカー競技会があるらしく、たびたび『こころの環』で当時の熱い思いを振り返っていた。

「たぶん、阿部はサッカーの道をあきらめたことに納得している。だから懐かしく振り返ることができるんだ」

「玄松はそうじゃない、ってことですか」

仁子はぼんやりと頷《うなず》いた。

「相撲のことを思い出すと焦燥してしまうんじゃないかな。だから一切目を逸《そ》らしている。だけど好きだからバカにされると過剰反応する」

わかるな、と仁子は箸《はし》を置いて、頬杖《ほおづえ》をついた。

「私も怪我をして入院中、捜査一課の同僚がお見舞いにくると、嬉《うれ》しいし感謝したけど、焦ったもん。もう二度と彼らのように現場に立つことはできないんだと思うと、さ……」

酔いもあるし、疲労のせいもあるのだろう、仁子は少し目が赤かった。

塩見はいつか、捜査一課に戻る気持ちがある。だが仁子は相貌失認《そうぼうしつにん》を患っている限り、捜査の現場に戻ることはできないだろう。いまはよくなるどころか、嗅覚《きゅうかく》過敏という新たな症状に悩まされている。警察学校から一生、出られないかもしれない。そんな閉塞《へいそく》感《かん》を仁子が持っていたとしても、おかしくはない。

大相撲の特集は終わっていた。仁子は瞼《まぶた》がかなり重たそうだ。

「もう仮眠を取った方がいいですよ」

塩見はふすまを開けて、布団を敷いてやった。仁子はジャケットを脱いではいるが、警察制服のままだ。足を崩して座布団に座り、うとうとし始めた。ストッキングの足の裏に、形のよい尻《しり》が乗っかっている。

「俺、いったん外に出ますから、着替えてください」

塩見は当直室の外に出た。男子トイレで酔い覚ましに顔を洗う。少し髪を整えてから、当直室をノックした。返事はない。案の定、仁子は全く同じ体勢のまま、ちゃぶ台につっぷして寝ていた。

起こそうとしたら、突如、びくんと体を震わせ、真っ青になった顔をあげた。

「大丈夫ですか」

夢か、と仁子はうなだれた。ぼそぼそ訊《き》いてくる。

「疲れてうとうとしているときって、寝落ちする直前に転落する夢を見ない……？」

「たまにありますね。俺はよく階段で足を踏み外す夢を見ますが」

「私はいつも落ちる夢。実際、落ちてるしね」

お台場のレインボーブリッジの高所から、逃走犯ともみ合いながら落下したことだろう。目が覚めてしまったのか、仁子は布団の上に座り、スマホをいじりはじめた。

「なにを検索してるんですか」

「例のアニメイベント。岡倉は引きこもりなのに確かにイベントを申し込みしてた。よほど好きなアニメだったんだよね。どんな話なのかな」

アニメイベントは転落とは関連がないと思い込んでいたが、仁子はもう調べていた。

『転生ギルド〜青い王冠と死の葬送』

いかにも中世ヨーロッパを舞台にしたふうのタイトルだった。

「ギルドって確か、中世ヨーロッパの職業組合のことですよね」

「現代人が中世ヨーロッパの商人に転生する話だろうね」

第一話のみ無料で配信されている。仁子は布団に寝転がって枕に頭を乗せた。塩見にも見えるようにスマホをちゃぶ台の脚に立てかけた。塩見はジャケットを脱いでネクタイを外し、畳の上にあぐらをかいて、一緒にアニメを見た。

「甘粕教官、アニメで描かれた顔は識別できるんですか？」

「実写よりはわかるかな。作品による」

アニメ開始から五分で、仁子と塩見は歓声を上げて、食い入るように見入った。

「まさか主人公が警視庁捜査一課の刑事とは……」

「刑事が中世ヨーロッパのパン職人に転生だって」

主人公はパン好きの冴《さ》えない捜査一課刑事、二十五歳という設定だった。やる気が空回りし、犯人を追跡していたら頭部を殴打され、気を失う。

主人公が目覚めたのは、中世ヨーロッパの石畳の路上だった。彼は貴族の馬車に轢《ひ》かれて気を失っていたところを、厩《うまや》役の娘に助けられていた。ありがちな展開ではあるが、転生した主人公が捜査一課刑事という設定が斬新だ。

第一話では、主人公が自身の転生に混乱したまま、馬車に乗っていたマリー・アントワネットと出会う。

「ていうかマリー・アントワネットって中世じゃなくて近世の人ですよね」

「そうなんだ。このあとベートーヴェンも出てくるみたいよ」

「ベートーヴェンも近世の人ですね。ぶっ飛んでいるけど、これからどうなるんでしょうね」

塩見はネットであらすじを調べてみた。このあと、マリー・アントワネットと個人的に親しくなった彼は、持ち前の捜査力で宮廷での事件を鮮やかに解決し、パン職人の組合であるギルドの中で確固たる地位を築くのだそうだ。もともとパン好きの彼は現代風のアレンジを大失敗してしまうが、自警団顔負けの推理力を発揮し、庶民の困りごとも解決している。相次ぐ盗作に困り、引っ越しを繰り返していたベートーヴェンのために、張り込みまでしていた。

「課金すれば第二話を見ることができますが、どうします？」

仁子から返事がない。仁子は頬を枕に埋《うず》め、寝息を立てていた。ちょっと口が開いていて、よだれが垂れそうだ。

「寝ちゃったのか……」

塩見はティッシュを取り、仁子の口元を拭《ふ》いてやった。仁子はうざったそうにそっぽを向く。

「着替えてないし……制服が皺《しわ》になっても知らないぞ」

塩見は足元に丸まっていた布団を仁子の肩までかけてやった。官舎に帰宅するのがおっくうで、塩見はそのまま座布団を折って枕にし、畳の上に寝転がった。自分のスマホで課金して『転生ギルド』の第二話を見た。動きや変化が多かった第一話に比べて、第二話は退屈だった。しかも中世のシーンは全体的に青みがかり、画面が暗い。

ネットの記事によると、この『転生ギルド』はかつてのヨーロッパの民衆の日常をリアルに描いているのが特徴とかで、照明のない夜の暗黒や下水道が未発達だったことによる不潔さもリアルに描いている、ということだった。

塩見も眠たくなってきた。ここで寝てしまうのはまずいので、顔を叩《たた》き、気合で起き上がってジャケットを羽織った。

仁子が寝返りを打つ。またぽかんと口を開けて、無防備だ。抱き寄せたい衝動が湧き上がるのを、抑える。頰《ほほ》にかかった髪を指先でかきあげてやる程度には、触れてみる。仁子は全く起きなかった。そのまま掌《てのひら》で彼女の頭を覆う。いつになったら自分の顔を認識してくれるのだろうと寂しく思いながら、当直室を出た。

以前、結衣と会った話を食堂でされたときは動揺してしまった。仁子に元恋人のことは知られたくないし、話したくもない。仁子は宮本との関係をあっけらかんと話すし、塩見の前でも平気で親密そうな様子を見せる。仁子が塩見のことをひとりの男として見ていないというのが、よくわかる。

結衣のことも気になった。彼女は勘がいいから、塩見が誰に心変わりしたか気が付いているはずだ。破局の原因である仁子には会いたくなかっただろう。彼女のプライドを傷つけないためにも、塩見がフラれたことにしてしまったが、あの時「あなたが好きだから別れたんですよ」と言えたら、どれだけラクだっただろう。二人で大切に育てていている教場がどうにかなってしまいそうで、絶対に本心は言えない。
スマホの振動の音で塩見は目が覚めた。布団も敷かず、自宅官舎の畳の上で寝てしま
っていた。仁子からの着信だった。
「悪い。大至急、学校に戻ってきてくれるかな」
なにか学校でトラブルがあったのだろうか。シャワーを浴びて別のスーツに着替え、
急いで警察学校に戻った。
正門脇の駐車場で、警察学校所有のミニバンのエンジンがかかっていた。仁子が運転
席に座り、ナビの設定をしていた。
「教官、おはようございます。どうしたんですか」
仁子が心配そうに後部座席を振り返る。真央がうなだれるようにして、後部座席に座
っていた。塩見は隣に乗り込んだ。真央は汗びっしょりで顔色が悪かった。
「どうした。体調が悪いのか」
真央は少し躊躇《ちゅうちょ》したが、ジャージの前のジッパーを開けた。右鎖骨部分が赤く腫《は》れあ

がっていた。

「ひどいな。昨日のムカデ競争のときのか」

「昨日の深夜から急に腫れ出して……。寝返りを打つとピリッと痛むので、あまり眠れませんでした」

ナビは病院へ案内を開始した。

「真央、そういうときは遠慮せずに当直室に来ないとだめだよ」

「はあ、でも医務室があいてないし……」

「私はいたよ。近くには二十四時間営業の薬局があるんだから、湿布や痛み止めくらいは買ってきてやるし」

ナビは調布インターチェンジへ向かっているようだった。中央道に乗るつもりだろうか。学校内で急病人やけが人が出て、医務室の理事官が不在だったり手に負えなかったりした場合、調布市内か府中市内の総合病院にかかる。

「甘粕教官、どちらの病院に向かっているんですか」

「杉並の方。近隣の総合病院は土日は救急車じゃないと診療時間待ちが半端ないからさ」

かといって、杉並は遠すぎる。

「もしかして、富士見ヶ丘近辺だったりします？」

バックミラー越しに仁子は「ビンゴ」と微笑んだ。

「杉並区富士見ヶ丘の整形外科医が土曜診療していたのよ。某相撲部屋の後援会リストにも名前が入ってた」

真央の手前、名前は出さなかったが、玄煌部屋のことだろう。


土曜日の朝、中央道はすいていた。十五分かからず高井戸インターチェンジを降りて、杉並区内の京王井《い》の頭《かしら》線富士見ヶ丘駅の商店街にある『みよし整形外科』に到着した。仁子は駐車場を探しに行き、塩見は先に受付をするため、真央と共に医院に入った。真央はひどく眠そうで、痛がる様子が全くなかった。

「真央、それだけ腫れていると首を動かすだけで激痛がありそうだが」

真央は首を傾げる。

「私、昔からあんまり痛みを感じないところがあって……」

続きを待ったが、真央はそのまま口を閉ざしてしまった。三好《みよし》という高齢の医師が触診をし、レントゲンを撮ることになった。駐車場がなかなか見つからなかったようで、レントゲンの結果がわかるころ、ようやく仁子が医院に入ってきた。

三人で改めて診察室に入る。レントゲン写真を見た三好医師は目をこらし、「ひびが入ってるね」と震える指先でさした。かなり高齢のようだが、診察は的確なようだ。

「ムカデ競争で転んだの？」

真央は口数が少ないので、塩見が代わりに詳細を説明した。

「倒れた衝撃と、あとから他の学生が押しつぶしてきたのが重なって、骨にひびが入っちゃったんだろうね。しかし、昨日の何時ごろ？」

「ムカデ競争は午前十一時ごろです」

「もうすぐ二十四時間経つけど、痛くなかったのかい？　警察学校の学生さんなら、我慢しちゃったのかな」

　医師は苦笑いした。真央は「はあ」と言うばかりで、首を傾げている。

「痛みに鈍感な人はたまにいるんだよね。骨折しているのに気が付かないとか」

「そんなものですか……」

　医師は面白そうに、看護師に湿布を貼ってもらっている真央を見た。

「こういうの、初めてじゃないんじゃないの。怪我しているのに気が付かなかったとか、悪化するまで病気に気が付かなかったとか」

　そういえば、と真央は思い出す。

「中学生のときに、痛みに気が付かなくて盲腸が破裂しちゃって、腹膜炎を起こして一カ月入院したことがあります」

　破裂するほど炎症を起こしていたのなら、相当に腹が痛むだろうに、気が付かなかったというのか。仁子も目を丸くする。

「一カ月の入院は相当な重症だよ」

「高校の剣道大会のときも、県大会の準決勝で足の小指を骨折していたのを気が付かなくて、決勝に出て優勝したんです。その日の晩に、小指が親指と同じくらいに腫れているもんで、父に慌てて病院に連れて行かれて、骨折していることがわかったんです」

医師は淡々と電子カルテに内容を打ち込み、驚くそぶりはない。さほど珍しいことでもないのだろうか。真央がぼんやりと続ける。

「なんだか、それで私、勘違いされちゃったんですよねー。優勝するために指の怪我をしのんで出場して優勝を勝ち取った、すごい精神力だ、我が校の誇りだって……」

真央は母校の剣道教師の推薦で警視庁に採用されている。本当は警察官になりたくなかったのではないか。診察が終わったところで、仁子はその場に残って「ところでお聞きしたいことがあるのですが」と丸椅子に座った。玄煌部屋のことを尋ねるのだろう。

塩見は仁子に聞き込みを任せ、真央と待合室に出た。改めて尋ねる。

「真央。お前は本当に警察官になりたいのか？」

「えー」

真央の返事は全くの無感情だった。

「推薦されたというのは、さっきの事情があったのか。つまり、お前が剣道の師匠に頼んだのではなく、師匠が、お前は精神力があると勘違いしたというのか」

「まあ、そうですね」

「そうって、なにが、だ」

「私、別に警察官になりたいと思ったことはないです」

塩見は呆気《あっけ》に取られた。警察学校に入校して二ヵ月、面と向かってこんなことを指導官に言う学生など前代未聞だ。警察学校は厳しい。警察官になりたいという強い想いがない学生は門前払いだし、生き残れない。

「お前――まだ卒業まで八ヵ月以上ある。大丈夫か」

「んー」

「そもそも警察官の人生は長いぞ。定年までと考えたら高卒期は四十年近くあるんだ。決して楽じゃない。なりたいと思ったことがない、なんて平気で口に出して言えるような気持ちで乗り越えられるものではない」

「あ、でも――」

真央はゆったりした調子で、言い訳する。

「なりたくない、とも思わないんです。他にはなりたいのもないし」

塩見は頭をかいた。診察室の扉が開き、仁子が厳しい表情で塩見を手招きする。

「玄松の件の聞き込みだよ。一緒に出て行かないでよ」

「そうですけど、真央が……」

仁子は一旦《いったん》、診察室の扉を閉めた。

「確認したら、やっぱりあの医師は玄煌部屋の後援会長だった。タニマチだ」

診察室の本棚に、化粧まわしをつけている現役時代の玄煌横綱と二人で撮った写真が飾ってあったという。仁子と共に診察室に戻る。医師は次の患者を呼ぶように看護師に伝えていたが、仁子が拝む。

「すみません、もう少しお願いします」

「学生さんのこと、それとも玄煌部屋のこと？」

「玄松一輝君のことはご存じですか」

医師はおぼつかない手つきで電子カルテに入力していたが、はたと手を止めた。

「元幕下力士の、玄松です」

「知ってるよ。ご両親や部屋だけでなく、角界の期待も背負っていたのに、折れちゃった。最近の若いのは全く胆力がない」

「彼、現在は警察学校で警察官になる訓練をしているんです」

「いいんじゃないの。本人がそんなに警察官になりたいのなら」

「警察官への憧《あこが》れは幕下のときからあったのでしょうか」

「そんなこと、知らんよ」

「先生は玄煌部屋のタニマチで後援会長でしたよね。整形外科医ですから当然、怪我をした力士たちの治療をしたはずです。玄松君の腰の具合を診ていると思いますが」

「何度かブロック点滴をしたよ。一度ヘルニアを起こすと、歩けないからね。そうなったら車椅子でここまで運ばれてくる」

「点滴の間、力士としての将来を悲観する会話などしていませんか」

「点滴は看護師の仕事。私は次の患者さんを診ないと――」

いまにも次の患者を呼んでしまいそうだ。塩見は切り込む。

「では、こちらでおかみさん——玄松弥生さんの治療をしたことはありますか」

三好医師はしわくちゃの口元をすぼめる。

「医者には守秘義務があるの」

「いま、玄松一輝の症状についてはぺらぺらしゃべったじゃないですか」

仁子が鋭く突っ込んだ。

「我々は警察官です。係は違いますが、司法権は持ち合わせています」

「なにが言いたい。私を捜査するというのか」

三好医師が声を荒らげた。

「嘘はつかない方がいいと言っているんです。玄松弥生さん、誰かに腰を刺されてこちらに駆け込んできましたよね」

塩見はあえて直球で突っ込んだ。守秘義務を建前に言わないだろうから、三好医師の表情の反応を観察したかったのだ。だが三好医師はあっさり認めた。

「全く。どこからかぎつけてきたんだか。玄松君が言ったのか」

塩見は面食らった。

「やはり、おかみさんは誰かに刺されていたんですね」

「タオルや手ぬぐいを何重にも腰に巻いて、こちらに駆け込んできたよ。最初は、鶏の処理をしていて手が滑ったとか言っていたけど、調理中に手が滑って包丁が腰に刺さるようなことにはならん」

三好医師は電子カルテを見せてくれた。右腰部刺創《しそう》と記されている。五針ほど縫い、抗生物質と痛み止めを投与していた。

「深さはさほどなくてね、骨盤にあたって、それ以上深く刺せなかったんだろう。内臓に損傷はない。深さ二センチほどの傷で、命に別状はなし。全治一ヵ月」

「どうしてそのような傷を負ったのか、おかみさんは真実を語りましたか」

「いいや。頑《かたく》なに言わなかった。私はもちろん、警察に行くように勧めたよ。どう考えたって誰かに包丁で刺された跡だもの」

「医師には通報の義務があったかと思いますが」

仁子が言った。

「守秘義務だってある」

「万が一、犯人がお弟子さんのうちの誰かだとしたら、大問題ですからね。部屋は解散、後援会も消滅でしょうか」

医師は苦々しい顔になった。塩見は尋ねる。

「結局おかみさんは最後まで犯人を言わずじまいですか」

「言ったよ。僕が警察に言うべきだときつく進言したものだから、やけっぱちという様子でね。でもそこで泣く。悪いのは自分たちだから、と」

「刺された自分が悪いという意味ですか？」

「玄煌部屋全部が悪いという意味。発端は騒音をはじめとするご近所トラブルだったの」

刺したのは玄煌部屋の近隣住民らしい。

「東隣の家の人だよ。あの家は引きこもりの青年がいるんだ」

親のすねをかじって静かに暮らしていたそうだ。四年前に玄煌部屋が開かれて以降、稽古《けいこ》の掛け声などの騒音の他、夜間に若い弟子たちが路上に集まったり、ごみを放置したりのトラブルを起こしてしまい、長らく玄煌部屋の力士たちともめていたようだ。

「ここは相撲の伝統や文化が根付いている両国じゃないからね。休日におすもうさんがちょっと騒ごうが、激しい稽古の声を上げようが、廻《まわ》しを表門にずらりと並べていようが、両国の住民はなんとも思わない。でも一般的な住宅地はそうはいかないよ」

隣人は騒音の他、廻しの天日干しについてもクレームをいれていたそうだ。

「力士は廻しを洗わない。勝利が水に流れていってしまうかもしれないというゲン担ぎで、基本は天日干しするんだ。股間《こかん》にあてているものは臭くて汚いとクレームを言ってきたそうだよ。実際はにおいなんかしないのにさ」

厄介なのは、と医師が若干荒々しく続ける。

「その引きこもりの青年は自宅に引っ込んだままなの。母親がしゃしゃり出てくる。うちの息子があーだから、なんとかしてくれないか、って毎日口うるさく訴えていたそうだよ」

積もり積もった我慢が爆発して、引きこもり男性が直接、相撲部屋に押しかけてきたのだろうか。

「ちゃんこ鍋《なべ》のにおいがきつすぎる、いますぐ料理をやめろといって、包丁でおかみさんを刺したそうだ」

犯人も状況もはっきりしてきたが、塩見は首を傾げる。

「なぜおかみさんは近所の引きこもり青年をかばうのでしょうか」

「ご近所トラブルから発展した事件だよ。下手にマスコミにかぎつけられたら何を言われるかわからないし、相撲協会からは目をつけられる。玄煌部屋は一代年寄が立ち上げた新興部屋だから、ちょっとしたことで容易につぶされちゃうの」

確かに、トラブルを起こして新しい部屋が取り潰《つぶ》された話は聞いたことがある。年寄名跡《みょうせき》を買った親方が引き継ぐ伝統ある部屋は、似たトラブルがあってもお取り潰しまでいくことはない。不公平であるという論調もあった。

かなりの情報を得られたが、仁子はまだ食い下がる。

「最後に。タニマチのおひとりとして、後援会長としてのご意見を聞かせてください」

玄松の十両を目前にした引退について、問う。

「一部が、十両への昇進を目前にして引退するのはおかしいと言っています。私は相撲に詳しくないので、角界の常識がよくわかりません。玄松の引退は自然なことでしょうか。それとも、不自然なことでしょうか」

三好医師は少し考えたあと、仁子と塩見を順繰りに見た。

「彼は力士というより、アスリートだった」

ずいぶん当たり前のことを言っているような気がして、塩見は首を傾げた。

「真のアスリートは、自分の体を誰よりも知っている。専属トレーナーよりも、かかりつけ医よりもね。外野がとやかく言うべきではない。彼の体は、彼だけのものだ」

駅の反対側にあるコインパーキングまで歩いた。真央はもともと口数が少ないが、仁子も無言だ。医師の言葉を教官としてかみしめている様子だ。

真央を先に後部座席に座らせ、自動精算機の前で話し合う。

「この後どうしますか。犯人が隣人であると証言が出た以上は、玄煌部屋を訪ねるべきですよね」

「もちろんそのつもりだけど、あの医者、引っかかるな。守秘義務があるって押し通してもよかったのに。意外とあっさり真相を話したよね」

虚偽の証言をした可能性も仁子は考えているようだ。

次は塩見がハンドルを握った。仁子は後部座席に座り、真央の怪我を慮《おもんぱか》ったが、彼女は痛そうなそぶりが見えない。

「ちょっと寄り道していくけど、つきあってくれるかな」

「はあ、どうぞ。あの、私はしばらく剣道はできないのでしょうか」

「その体じゃ無理だ」

「でも痛くないですよ」

「そういう問題じゃない。骨がくっつくまで術科は禁止。けん銃の授業も難しいよ」

引き金を引いたときにそれなりに反動があるものだ。鎖骨にも響くだろう。

「治癒したら、放課後に補習するから、いまは体を休めること」

気の抜けた真央の返事に、仁子は肩透かしを食らったようだ。こちらは授業の遅れを心配しているが、真央はどうでもよさそうに見える。

玄煌部屋は玉川上水《たまがわじょうすい》のすぐ北側にある住宅街の中の、三階建て雑居ビルに入っている。塩見はナビと目の前の景色を見比べながら現地を確認したが、相撲部屋の看板が見当たらなかった。

「このビルですよね」

白いタイル張りの築三十年くらいのビルだった。一階はシャッターが下りている。二階、三階はマンションのような造りだ。仁子がスマホの地図アプリで確認した。

「確かにここが玄煌部屋のはずだけど……」

マップアプリの写真には『玄煌部屋』の筆書きの看板が掲げられており、力士の稽古用の白い廻しが柵《さく》に天日干ししてあった。一階のシャッターが開け放たれており、入ってすぐの右手に土俵が備え付けられている。

塩見は路肩に駐車した。とても静かな住宅街で、タイヤが地面を擦《こす》る音すら聞こえてくる。

「暑くなったら、降りてこいよ」

真央に言い残し、ビルの表に回ってみた。看板だけでなく、備え付けの郵便ポストは口にガムテープが張られていた。シャッターの貼り紙を仁子が読む。

「移転のお知らせ――玄煌部屋は令和六年四月をもって江東区《こうとう》に転居いたしました」

近隣住民や後援者への感謝の言葉が丁寧な筆書きの文字でつづられている。最後の一文を仁子が指ではじいた。

「何かの折にはぜひ、新しい玄煌部屋へ遊びにいらしてください、だってさ。そんなこと言われたら、遊びにいきたくなっちゃう」

なんだか逃げられたような気がして、塩見も鼻息が荒くなった。

「とはいっても江東区は遠いですね」

中央道を東へ走り、首都高を抜けて川をいくつも越えないといけない。重症を負った真央もいることだし、帰宅のことを考えるといま容易に行ける場所ではなかった。

「だとしても、これで医師の態度が変わった理由がわかったね。玄煌部屋の力士たちを一手に診ていたはずなのに移転されたんじゃ、商売あがったりでしょう」

腹が立っていることもあり、おかみさんから口止めされていたことを、医師は警察にしゃべったのだろうか。

「しかしどうして移転したんでしょうね」

塩見は腕を組み、ビルを見上げた。

「もともとは店舗付き単身者向けマンションですよね。確かに古そうですが、土俵を入れられる広さもあるし、二階三階は共同生活を送る力士や親方一家の住居として便利だったでしょうに」

都心からもそう離れてはいない。仁子がうなる。

「だとしても、国技館からは遠いよ。クルマで一時間はかかる。江東区からなら二、三十分てところだろうし」

塩見は考えた。

「おかみさんの殺人未遂が去年の二月。玄松の引退がその直後。部屋の引っ越しは今年の四月——。医師によると、犯人は隣人」

東隣に隣接する住宅へ、塩見は目を向けた。

「近隣トラブルの末に刺されたのなら、怖くて移転しますよね。話を聞きますか」

いきなり本丸に行くのかと仁子が驚き、真央を気にした。

「今日は暑いから熱中症になるかも。長く路駐はできないし、駐車場を探して、真央だけファミレスか喫茶店で待っていてもらおうか」

塩見はクルマに戻った。

「真央。ちょっと時間がかかるかもしれないから、どこかカフェにでも行くか」

「荒畑助教と待ち合わせしてるんですか」

なぜここで唐突に、荒畑の名前が出るのだろう。

「いまそこの家から出てきましたよ」

真央が東隣の一軒家を指さした。引きこもり男性が住んでいる家だ。三階建てのペンシルハウスで、屋上にはパラソルがちらりと見える、個性的な邸宅だった。

「確かにあの家からか？」

「はい。でも車内にいた私と目が合ったとたん、行っちゃいました」

塩見は仁子と共に、隣家の門扉の前に立った。一階のガレージは空っぽで、門扉に『岡倉』という表札が出ていた。仁子が目を丸くした。

「まさか、飛田給で転落した引きこもり青年の自宅……？」

塩見は後先考えず、インターホンを押した。不在か、応答はない。仁子がスマホで調布警察署の宮本に連絡をつける。二言三言で電話を切り、塩見に向き直った。

「間違いない。ここは転落死した岡倉竜二の現住所よ」

第四章　自供

　仁子は調布で塩見を拾い、タントで東京都多摩市の高杉の官舎に向かった。高杉の妻は、フリルの付いたローラ・アシュレイのエプロンに、気合の入ったメイクをしていた。仁子は顔の全体像が把握できないが、濃く縁取りされたアイラインややたら光るアイシャドーで化粧の濃さはわかる。お肌はつややかで、化粧品特有のにおいは殆《ほとん》どしなかった。オーガニックの高級化粧品を使っているのだろう。

「お二人とも、よくいらっしゃったわ。塩見君に、あなたが仁子チャンね」

　いきなり下の名前で呼ばれた。高杉は妻によく職場の話をしているのだろう。塩見は慣れた様子で上がり、廊下の先のリビングへ進んでいった。カタログから飛び出してきたように整っている部屋だが、油臭い。塩見は何も感じないようだ。

「すみません、昨日の今日で急な訪問でしたよね」

「いいのよ、我が家は子供もいないし、主人も五十を過ぎて女の子に相手にされなくなって、週末はいつも暇そうにしているのよ。いつでも誰でもウェルカムよ〜」

　アクの強い高杉の妻に仁子は困惑するが、塩見は気軽に話している。

「いつも洋食ばかりだから、今日は中華ね。お楽しみに」

高杉は「よう」とだけ言うと冷蔵庫から次々にビールを出す。その後ろで妻が大きな中華鍋《なべ》を振るい始めた。高杉の背中に肘《ひじ》がぶつかっても、見向きも謝りもしない。高杉は「いってーな、くそババア」と悪態をつきながら、ダイニングテーブルに座る。

早速、高杉が仁子にビールを勧めたが、運転があるので断った。

「帰りは俺が運転しますから、どうぞ」

塩見が奥さんに頼み、ノンアルコールビールを出してもらっていた。飲み始めてすぐに長田までやってきた。

「おい、お前は呼んでねえぞ」

高杉が笑いながら玄関の扉を開けた。

「朝、長田さんにも電話してたじゃないの。大変なことになった、って」

麺《めん》を揚げながら、妻がツッコミを入れた。高杉は無視し、長田にノンアルコールビールを押し付けた。

「それにしてもなんてことだよ。飛田給で転落死した引きこもり男性が、おかみさん殺人未遂事件の犯人だったってことか」

「そこへ来て荒畑助教の登場ですよ。僕も甘粕教官も大混乱でした」

塩見が言った。仁子は長田に尋ねる。

「荒畑助教の詳しい経歴を調べてくる、ということでしたが」

長田が懐から三つに折ったA4の紙を出した。みなが身を乗り出す。

「本籍地は東京都新宿区、入庁した際の住民票も新宿区になっていますね」

「ここが実家なんだろう。以降、卒配先の待機寮を出た後は、世田谷《せたがや》区内の官舎に入って、現在に至る」

結婚はしていない。杉並の家は、知人の自宅だろうか。

「それならば、一緒に出てきたのが白髪のばあさんというのがな」

塩見がスマホに転送した学校のクルマのドライブレコーダー映像を見せた。荒畑は白髪頭の女性と共に歩きだしている。女性は終始クルマには背を向けていて、顔はわからなかった。高杉が太い眉毛《まゆげ》をしならせる。

「荒畑の野郎、学校のクルマに気が付いてあきらかに慌てているな」

「事実、目が合うや逃げるように立ち去った、と真央が言っていました」

「で？　この家に住む岡倉竜二が、四月某日に飛田給で転落死したんだな」

「その直前、警察学校に立ち寄っていました。正門で特に理由なく引き返したのか、誰かと待ち合わせしていたのか……」

「イベント会場に行こうとして道を間違えた、とも思えないな。武蔵野の森総合スポーツプラザは飛田給駅から一本道だ。間違えようがない」

「岡倉家に出入りしていた様子を見るに、岡倉は転落直前、荒畑に会いに来た、もしくは待ち合わせしていた可能性がないか？」

長田が指摘した。

「玄松に用があった可能性も捨てきれないぞ。玄松にとって岡倉は、母親を刺した憎き犯人だろう」

高杉の妻が前菜を出した。長ネギとザーサイをゴマ油で和《あ》えたサラダとバンバンジーだった。みな箸《はし》が進む。毎日こんなにおいしい料理を食べられたら男性は幸せだろう。

「こういうときはやっぱり五味だよな」

高杉がスマホで五味を呼び出そうとした。すかさず妻に止められる。

「やめておきなさいよ、いま五味さんはワンオペでてんてこまいじゃないの」

「なら、ブーちゃんとツインズごとこっちに連れてきたらいいんだ」

ブーちゃんというのは五味家の次女のことらしい。変わったあだ名だ。高杉の妻は目を吊《つ》り上げている。

「もてなす私の身にもなってよ！　しかもいまギトギトの中華料理作っているのに、その傍らで乳幼児用のミルクや離乳食を作れると思う⁉」

「うるせーな、わめくなよ、客が来ているのに」

「だいたいね、大人一人で乳飲み子三人連れてくる労力を考えなさいよ」

「クルマでぴゅっとここまでくるだけだ」

「車内でおしっこもらしたら？　ミルクって泣きだしたら？　あなたは子育てしたことないから平気で五味さんを誘うけどね、連休中のキャンプだってあなたひとりで飲んだくれて楽しんで、五味さんも綾乃ちゃんも疲れ切っていたじゃないの！」

「黙れよお前、早く次の料理出せよ！」

激しい夫婦喧嘩《げんか》が始まってしまった。

あまりに高杉夫婦の仲が険悪で、推理も先に進まなかったので、早々に高杉の自宅を辞した。塩見がハンドルを握ってくれる。仁子はスマホを出した。

「何の情報も得られなかった。宮本君を頼るしかないか」

体育祭の時に玄煌部屋という言葉に反応していた。岡倉の隣人だったことを知っていたのだろう。宮本はワンコールで電話に出た。早速、切り出す。

「宮本君が警察学校に来た本当の理由がわかったよ」

「本当の理由はこないだ話した。お前が白状させたんじゃないか」

「荒畑助教でしょう」

スマホの向こうが沈黙した。

「荒畑助教を探りに来た。だから長田教官に親しく話しかけていた。彼の直属の上司にあたるからね。私に押されて捜査情報をしゃべったようでいて、肝心なところは言わないんだから」

「荒畑はなにか証言したのか」

まるで容疑者のような呼び方をした。こちらの質問には答えず、自分は情報を得ようとするところ、宮本も狡猾《こうかつ》になってきたなと思う。仁子は正直に答える。

「昨日、玄煌部屋を訪ねたの。大切な学生の実家だからね」

「ふうん。それで」

「お隣さんが岡倉竜二の自宅だった。そしてその家から荒畑助教が出てきた」

宮本は苦笑いだ。

「ずいぶんなところに出くわしたようだな。まあ、偶然ではないか。法要の段取りなんかするため、かつての実家に足しげく通う必要はあるだろう」

「かつての実家って——二人は家族なの？」

ハンドルを握る塩見もかなり驚いた様子だが、高速道路を走行中なので慎重にハンドルを握っている。

「そうだよ。荒畑と岡倉は兄弟だ。両親の離婚で長らく別々に暮らしていたようだがな」

仁子は電話を切った。塩見は二人が兄弟だったことが衝撃的すぎて、言葉が見つからないようだ。

「岡倉が転落する直前、警察学校の正門で誰と会っていたのかがネックね」

ご近所トラブルで天敵だった元力士の玄松か。

それとも、生き別れていた兄の荒畑か。

週明けの朝礼で教場に立ち、仁子は改めて学生たちを眺めた。週末にいろんなことがありすぎて、体育祭が遠い昔のことのようだが、学生たちはまだ体育祭の余韻が残っているように見えた。いや、余韻ではなく、変化だろうか。

目がいきいきしている。体育祭で全力を出し尽くし、教場の結束が強まったようだ。警察学校生活にもすっかり慣れてくるころだろうし、充実感があふれていた。

「体育祭では本当にみんなよくがんばった。リレーができなかったのは残念だが、あの騎馬戦は警視庁警察学校史に残るものだったと思う」

騎馬として場長を支えた古河や青木たちを順に見る。社会人経験があり落ち着いていた古河は、目が少年のようにきらきらと輝いていた。青春時代に戻り、青くなっている。見分けが難しかった青木も、顔のごつさですぐに判別ができるようになった。

森は少し背が伸びて体が大きくなったように見える。最初は体力づくりを面倒くさがっていたのに、騎馬戦に出ると決めるや必死にご飯を食べ、筋トレをするようになった。若い男子だからすぐに結果が出ているようだ。

最後、玄松を見た。騎馬戦で阿部に引っかかれた傷がこめかみから左頬にかけて二本、くっきり残っていた。勝敗はつかなかったが、戦い抜いた充実感が表情に出ていた。

「玄松」

「はいッ」

「朝礼終了後、面談室に来なさい」

一限目、仁子は空き時間だった。玄松は逮捕術の授業が入っていたが、担当教官の高杉に頼んで休ませた。塩見は剣道の授業が入っているので、仁子ひとりで面談する。

「これから聞くことは、警察学校内での出来事についてだ。ここで虚偽の答弁をしたり、いつかのように黙秘を貫いたりしたら、退学だ」

玄松の喉仏《のどぼとけ》が上下する。

「四月十六日火曜日、放課後の行動を言いなさい」

玄松は思い出す顔になった。

「もう一ヵ月以上前のことですよね。正確には覚えていませんが……」

仁子は黙って続きを待つ。玄松はこめかみを押さえ、必死そうだ。

「火曜日はクラブ活動が休みなので、学生棟の学習室で勉強をしていたと思います。通常通り、十八時に夕食を取り、十九時に入浴、十九時半からまた学習室で勉強していたか、班のみなでマラソンをしていたか、術科棟で自主練をしていたか……」

仁子は『こころの環』を開き、四月十六日を読み直した。警察制服の着心地について語っていた。予想以上に硬くて重たく、動きにくいと思ったようだ。交番に出たらもう少し動き回りやすい活動服になるが、防刃ベストに、十キロ近くの重さになる帯革《たいかく》を腰にまいて、無線機器も取り付けた状態で勤務する。このことに少し不安を感じているような文章がつづられていた。力士時代は廻《まわ》しひとつで普段は浴衣《ゆかた》姿だから、余計に動きにくいと感じるだろう。

「この日の行動は書いてないね」

「はあ……。毎日書いたほうがいいのでしょうか」

「いや、こういう素直な思いを書いてくれるので構わない」

仁子はパソコンを開き、学生たちが所持するPAカードの管理表を開いた。寮に入るときにPAカードをタッチすることで、出入りを管理している。

「朝の七時に出入りがある」

「駆け足訓練に出たものだと思いますが」

八時に再び寮を出入りしている。教場棟へ授業を受けにいくためだろう。そこから夕方の十六時半まで、寮には戻っていなかった。

「十六時半に寮に入り、次に寮を出たのは二十二時五十分か」

夜の点呼のために川路広場に出たのだ。PAカードによると、玄松は岡倉が警察学校の正門前に現れた十七時四分、学生棟から一歩も出ていない。もっとも、PAカードにタッチせず出てしまえば出入りは記録には残らない。駅の改札口のようなゲートはないので、タッチを失念する学生は時々いる。

「記録上、この日のお前のアリバイは完璧《かんぺき》だ」

「あの……部屋のことではないんですか」

彼がいう『部屋』とは、玄煌部屋のことだろう。

「玄煌部屋のおかみさん殺人未遂事件につながる事案があった」

玄松は変な顔をした。

「四月十六日のことですか？　アリバイって言いますけど、僕がその日なんらかの事件を起こしたとでもいうんですか」

嘘をつくと眼球の動きがせわしなくなるものだが、玄松はゆったりしている。仁子を見るか俯《うつむ》くか。上下の落ち着いた動きから、嘘はついていなそうだ。仁子の嗅覚《きゅうかく》もなにもとらえない。玄松からはしゃべるたびに歯磨き粉のにおいがするだけだった。

彼は飛田給の歩道橋で岡倉が転落死したことを知らないようだった。

「実はこの日の十八時半、味の素スタジアムの歩道橋で、人が転落死する事件があった」

仁子はもう「事故」とは言わなかった。

「そうなんですか。知りませんでした」

「当初は自殺か事故と思われていたから、全く報道されていない」

「なぜその件と僕を結びつけるようなことをしているんですか。いま僕のアリバイを確認していましたよね」

「亡くなったのが、岡倉竜二だからだ」

玄松は目を見開いてしばらく視線を泳がせたあと、前のめりに訊《き》く。

「――なんで」

ようやく絞り出した言葉には、彼の正直な反応がよく現れていた。

「事故ですか？　自殺のはずはないです」

「どうしてそう思う」

「岡倉君は友人です」

「友人？　君のお母さんを刺した人だろう」

玄松は身を引き、せわしなくデスクの上に視線を泳がせる。

「そのことは……だから、よく知りませんし、言えません」

玄松は絶対におかみさん殺人未遂のことは言わないつもりのようだ。

「岡倉竜二がおかみさんを刺したと証言している人がいる」

「誰ですか」

玄松は鼻息が荒い。友人・岡倉のために怒っているようだ。

「富士見ヶ丘のみよし整形外科の三好医師だ。お前もヘルニアの治療でお世話になったことがあるだろう。君のお母さんの腰部刺創《しそう》を治療したというカルテの記録も出てきた」

玄松は視線を逸《そ》らした。

「岡倉が刺したと医師は言っていた。おかみさんがそう証言したらしいが」

玄松は肩を丸め、目を閉じてしまった。

「岡倉家と玄煌部屋はトラブルになっていたようだね」

玄松はなにか言いたそうに仁子を見たが、結局、口をつぐんで俯く。

「岡倉竜二とは個人的には仲が良かったのか？」

玄松は貝になってしまった。まだ時間はたっぷりあるので、仁子も粘る。無言で玄松が言い出すのを待った。狭い個室の中で、掛け時計の秒針が動くたびに、室内の空気が重くなっていく。

　隣の面談室から長田の怒鳴り声が聞こえてきた。現在、隣では長田と高杉が荒畑と話し合っている。岡倉との関係をなぜ黙っていたのか、叱っているらしかった。岡倉が警察学校に来たときに会ったのかについても追及しているはずだ。

「隣で絞られているのは誰だと思う」

「……阿部巡査ですか」

　彼はなにもやらかしていない。

「荒畑助教だ」

「え、なんでですか」

　キョトンとしている。玄煌部屋のこと以外では、こんなに素直な反応を見せる。岡倉竜二の話をしたときに、友人だときっぱり答えたことにしろ、玄松はおかみさん殺人未遂事件に岡倉が関係しているとは思っていなかったのだろう。

「荒畑助教は、四月十六日の岡倉が転落死した直前に、岡倉と接触していた可能性がある。岡倉は死ぬ一時間半前に、警察学校を訪れていたんだ」

　玄松は視線を外し、なにかを考える顔になった。

「中には入っていない。正門の前で引き返している。玄松は寮から出ていないから、会っていない。そうだろ」

玄松は頷《うなず》いた。

「なら、荒畑助教かな」

「岡倉君と荒畑助教は、知り合いなのですか」

「知らないのか。二人は兄弟だ」

玄松は相当に驚いた様子だった。

「岡倉は生き別れた兄がいる話はしていなかったか？」

「そんな話をちらりと聞いたことはあります。お父さんが、兄だけを連れて出ていったと……その兄が、荒畑助教だというんですか？」

「そういうこと。おかみさんを刺したのは誰だろう」

仁子は口が軽くなった玄松に、間髪いれずに質問を差し込む。

「もし岡倉が犯人だったら、荒畑助教は困ったことになるね。弟は殺人未遂事件を犯したことになる。警視庁の人間として立場が悪くなる。今後の昇任にも響くかもしれない」

「だから荒畑助教が岡倉君を突き落としたということですか？」

「目撃者はいない。ちなみに当時、岡倉が飛び降りた歩道橋は、イベント開始直前で人があふれていた。歩道橋に荒畑助教がいたという目撃証言や映像はない」

「…………」

「荒畑助教はあの日を境にかなり落ち込んで元気がなかった。何も言わないからみな五月病だと思っていた。弟を亡くしたせいだろう。私は、荒畑助教は犯人ではないと思う」

身を乗り出す。

「岡倉の謎の転落死事件を解明するには、岡倉が起こしたとされるおかみさん殺人未遂事件がネックになる。お前が話してくれないと、岡倉がなぜ死ななきゃならなかったのか、わからない」

玄松は頑《かたく》なな態度で、仁子の話を聞き流している。

「玄松！」

仁子は思わずデスクを叩《たた》いて声を荒らげた。

「友達だったんだろう？」

玄松の目に涙が浮かんだ。

「それでも、言わないのか？」

「……勘弁してください」

玄松は額をデスクにこすりつけた。

五分早かったが、仁子は玄松を解放し、隣の面談室をのぞいた。長田は取調官のように厳しく荒畑から話を聞いている。

「弟の突然の死で、母も僕も参っているんです。もう、勘弁してください……」

「だったらあの日、岡倉と会ってたのかどうか、言えよ」

「だから、一カ月以上前のことなんか、覚えてませんよ」

「弟と会ったのかどうかすら、覚えていないというのか」

荒畑は口ごもっている。高杉は壁に寄りかかり、荒畑に助け舟を出している。

「記憶にないということは、会っていないってことなのか？」

いや、と荒畑は頭をかいている。

「岡倉が死の一時間半前に警察学校の正門前にいたことは確かなんだ。お前に会いに来たんじゃないのかよ」

「知りませんよ、そんなこと」

「弟の死を、どうしてそんな突き放すように言えるんだ」

「弟とは中三のとき以来、一緒に生活はしていませんし……」

高杉がやんわりと聞く。

「何年も会っていなかったのか」

「ええ。弟は、僕が警察官になったことすら知らなかったはずです。父が、母に報告したとも思えませんし。僕も母とは距離があったし……」

「離婚のあと、お前の父親は次男と交流しなかったのか？　長男のお前だけ引き取ったようだが」

「父と弟は、昔から折り合いが悪かったんです。弟は小学校から不登校ぎみで、父親は叱ってばかり、弟は泣いてばかりいました」

不登校の岡倉に父親は厳しく勉強をさせ、私立の中学校に進学できたようだ。しかしそこでも竜二は一週間と持たず不登校になったらしい。受験や進学に金がかかったこともあり、父親は更にきつく竜二にあたるようになった。

「母が弟をかばうと、お前が甘やかすせいだという。夫婦仲も険悪です。僕はそんな家庭環境の中で高校受験をせねばならず、痩《や》せてしまって……」

父親が荒畑だけを連れて家を出た。調停がもたれ、一年後に離婚が成立したそうだ。母と竜二は岡倉姓になり、富士見ヶ丘に越してきた。その八年後に、玄煌部屋がやってきたことになる。

仁子は口を出さずにいられなかった。

「岡倉は兄が警察官になったことすら知らないのなら、警察学校に赴任していることも知らないはずよね」

「おそらくは……。弟の死を知らされて、母とも十二年ぶりに再会しましたから」

離婚し、親権が父親になったからとはいえ、実母との縁は切れるものだろうか。岡倉と父は仲が悪かっただろうから、縁が切れるのはわかるが、荒畑と実母すらも疎遠になったのは不思議だった。実母は、父親に引き取られた長男に会いにいったり、気にかけて手紙を書いたりはしなかったのだろうか。

仁子が尋ねたら、高杉に止められる。

「いま荒畑の母子関係は関係ないだろ」

チャイムが鳴った。高杉は荒畑の肩を叩き「もう行っていいよ。ごめんな」と気遣い、面談室から出した。長田がコーヒーの残った紙コップを片付けながら「何で謝る必要があるんだよ」と高杉をにらむ。

「お前ら、刑事の取り調べみたいだったぞ」

仁子も含めて、高杉に注意される。

「長田は元自ら隊で職質ばっかしてたからだろうが、威圧感がありすぎる。仁子チャンは刑事の迫力そのまんまだったぞ」

仁子は頭をかいた。高杉が尋ねる。

「玄松はなんて言ってた」

「岡倉竜二と友人関係にあったことは認めました。おかみさん殺人未遂事件の犯人とは思っていない様子です。相変わらず、殺人未遂の件については貝です」

高杉はなにか言いたそうな顔で、仁子を見た。長田に続き教官室に行く中、「五味チャンがいたらな」とぼやく。

「……五味さんほど推理力がなくて、すみません」

仁子はちょっと不貞腐《ふてくさ》れた。

「違うよ。仁子チャンのいまの報告は刑事みたいだった。玄松にも刑事の取り調べみたいに迫ったんじゃないのか」

仁子はハッとした。

「仁子チャンはもう刑事じゃない。教官だ。学生はそんな教官に心を開くと思うか？」

「確かにそうかもしれません。玄松から真実を聞き出すことしか頭にありませんでした」

「そうだろ。奴の気持ちに寄り添ってなかった」

気にするな、と肩を叩かれる。

「五味も最初のころはそうだった。刑事みたいに学生と対峙《たいじ》して、距離感がなかなかつかめなくて、悩んでた」

五味にそんなころがあったなんて、意外だった。

「悩め、悩め。成長するぞ」

高杉は歌うようにアドバイスした。


六月に入ってから、毎日曇天だ。その日も朝から起きるとすぐに雨のにおいが鼻についた。降ってはいないが、いずれ雨降りになるだろう。嗅覚過敏《きゅうかく》になってから仁子は天気をあてられるようになった。

七時過ぎに出勤する。荒畑や玄松のことが気になるも、仁子のデスクにどんと置かれた段ボール箱の処理に追われる。刑事捜査授業の新しいテキストが届いていた。実際の殺人遺体の画像も掲載された、非常にデリケートな教科書だ。

「おはよう、仁子チャン。きたなー、死体の教科書」

出勤してきた高杉が不謹慎に笑う。

「そういや仁子チャン、刑事捜査授業はどんなふうに展開しているの？」

「カリキュラムどおりですよ」

「模擬捜査とかやんないのか。五味のときは模擬捜査が盛り上がっていた。五味が実際に捜査一課時代に取り扱った事案をやるんだよ」

「そんな無茶な。大卒期相手ならアリかもしれませんけど、まだ十九、二十歳の子たちに、捜査一課が取り扱うような事案を模擬捜査でやれる気がしません」

五味の刑事捜査授業を受けた学生の中には刑事に憧《あこが》れた者がたくさんいただろう。塩見もその一人だろうか。

塩見が朝の駆け足訓練を終えて教官室に戻ってきた。五味の模擬捜査の話をすると、懐かしそうに目を細めた。

「確かに、五味さんの模擬捜査は伝説ですよね。同じことやってる教官は他にいなかったし。俺らのときも、結構えぐい事件を取り扱ったんですよ」

「五味チャン、マネキンまで持ち込んで、傷を絵具で再現してたよなぁ」

誰がいち早く犯人をつきとめるか、教場同士を競わせていたようだ。

「教官助教が容疑者役をやって、学生たちは探偵気取りで聴取してくるんだ」

「確か高杉教官、犯人役でしたね」

「それな。何度逮捕されたことか」

二人はげらげら笑っていた。

「受けてみたかったなぁ、その授業」

思わずボヤいた仁子の肩を、高杉が強く叩《たた》く。

「仁子チャンはもう刑事捜査の教官じゃないか！」

塩見は仁子を見て目を輝かせた。

「甘粕教官も、ご自身が経験した刑事事件で、模擬捜査の準備をしてみたらどうですか」

「無理無理。そんな余裕ないよ。カリキュラムをこなすので精いっぱい。だいたい玄松の件もあるし、岡倉と荒畑助教の件だって、もうちょっと調べたい」

周囲に荒畑がいないことを確認し、仁子は塩見と高杉に言う。

「昨日の夜、宮本君から電話がかかってきた。転落直前、岡倉と荒畑が接触したとみて、必死に証拠を集めているみたい」

警察学校正門から転落場所まで、マンションや店舗の防犯カメラを集めたり、甲州街道のNシステムやオービスに映った通過車両を割り出したりして、一軒一軒ドライバーを訪ねては、ドラレコ映像を回収させてもらっているそうだ。

「宮本さん、刑事じゃないですよね。捜査本部もないのに……」

「やはりあの転落死はおかしいとみんな思っているのよ。なにか新たな物証が出たら、捜査本部が復活するかもしれないって話してた」

仁子は六限目が空き時間だった。高杉に事情を話して了承をもらい、夕礼を塩見に任せて、早めに警察学校を出た。それでも江東区にある玄煌部屋に到着するまで、二時間近くかかってしまった。

潮見《しおみ》は周辺を運河に囲まれた埋立地で、大規模な工場や公共施設がある。住宅街は碁盤目状の道路で整然としている。漢字は違うが塩見と同じ読みということもあり、初めて降り立つ町に親近感を覚えた。

京葉《けいよう》線潮見駅を降りて徒歩十分ほどのところに、新たな玄煌部屋はあった。周辺は住宅街だが、道路を挟んで向かいには鉄工所があり、大型トラックが頻繁に行きかう。

玄煌部屋は、富士見ヶ丘時代とよく似た三階建て雑居ビルに入居していた。二階より上はベランダが並ぶ。一階には土俵や稽古場《けいこば》、ちゃんこ部屋があるのだろうが、またしてもシャッターが閉まっていた。

相撲は場所や巡業以外は部屋で稽古《けいこ》をしているイメージだったが、朝稽古がメインなら、夕方のこの時間はもう閉めてしまうのだろうか。夕食のちゃんこを作るにおいがしてきてもいいはずだが、人の気配すらない。『玄煌部屋』という木彫りの看板は取り付けられている。

仁子は、シャッターの脇にある一般家屋のような玄関扉の前に立った。『玄松』の表札が出ているから、玄松の両親が住んでいるはずだった。仁子はインターホンを押したが、返答はない。

「いま流行《はや》りのスー女かい？」

背後から声をかけられた。向かいの工場で休憩中なのか、作業服姿の初老の男性がたばこを吸ってこちらを見ていた。

「いまは空っぽで誰もいないよ」

「もう夏の巡業が始まっていましたっけ」

相撲部屋の面々は場所の間に巡業で全国を回るものだ。夏の巡業は東北《とうほく》や北海道を中心に回るらしい。

「もしやお姉ちゃん、ファンになったばっかりか。いま玄煌部屋は海外巡業中だよ」

「海外⁉」

夏巡業が始まるまでの間に海外巡業に出かけることがあるなど、全く知らなかった。

もう少し相撲の基礎知識を勉強してから出直すべきだった。

仁子はその場で相撲協会のサイトで調べてみたが、いつ海外巡業から帰ってくるのかまでは掲載されておらず、近所の工場の人も知らなかった。

「ちなみに、おかみさんの様子は――というか、親方をはじめみなさん、お元気になさっているんでしょうか」

変な聞き方をしてしまったが、いまさら警察官とも言えず、仁子は尋ねた。

「うん、おかみさんはいつも通りてきぱきと切り盛りしているよ。親方が不愛想な分、あの部屋はおかみさんの外交努力で持っているようなもんだ」

誰に聞いても玄松の母親は評判が良かった。

「つい先日越してきたばかりで、ご近所さんは驚いたんじゃないんですか。両国から近いとはいえ、この界隈《かいわい》に相撲部屋はないですよね」

「驚いたし物珍しかったけど、早朝から朝稽古の声が界隈に響き渡って、うちの会社も活気づいたよ。次の社員旅行は取りやめて本場所のマス席を買い占めて、みんなで玄煌部屋の力士を応援にいこうって話しているところでさ」

「近所には住宅もありますけど、稽古の声がうるさかったり、騒音や悪臭があったりのトラブルはないですか」

「ないよそんなの。みんな喜んでるよ。子供たちはお相撲さんに抱っこしてもらったり、ころんと投げ飛ばしてもらったりしてね。ちょくちょくファンが朝稽古で訪ねてくるものだから、近隣の飲食店は潤っている。ここいらは観光施設がないから閑散としていたんだけど、地域も玄煌部屋のおかげで活気づいたよ」

富士見ヶ丘でのような近隣トラブルもなく、玄煌部屋は新天地で愛されているようだ。

仁子は礼を言い、玄煌部屋を後にした。帰り道、塩見にメッセージを入れた。

『接触不可。海外巡業中』

帰宅の途中で秋葉原《あきはばら》駅に降りた。仁子は刑事になってすぐ、秋葉原を管轄する万世橋《まんせいばし》警察署で修業をしていた。新人刑事だったころに対応したささやかな事案なら、模擬捜査授業で取り扱えるかもしれない。警察署の受付で、過去資料の閲覧をしたいと申し出た。塩見から電話がかかってくる。玄煌部屋の向かいの工場の人から聞いた話を改めて伝えた。

「ところで今日は直帰ですか」

「いま万世橋署なんだ。ここで刑事の修業をしたんだけど、模擬捜査で取り扱えそうな事案がありそうだなと思って」

「もしや、五味さんばりの模擬捜査にチャレンジするんですか」

手伝いますよ、と塩見は興奮気味だった。

「教科書に出てくる事案より、教官が実際に経験した事案の授業の方が、学生たちはよりリアルに感じて学びになると思います。教官は準備が大変でしょうが……」

「大丈夫。がんばってみる」

「ところで、俺がいなくて大丈夫ですか」

仁子は笑ってしまった。

「子供じゃあるまいし。平気よ」

「だって、警察署に行くのをずっと億劫《おっくう》がっていたじゃないですか」

仁子は相貌失認《そうぼうしつにん》を患って以来、所轄署に行くのが苦手になっていた。異動が激しい警視庁内では、かつての知り合いと出くわすことが少なくない。入庁して十年以上経ち、同期同教場の仲間以外にも、同僚や先輩後輩、捜査でお世話になった幹部など、顔見知りはゆうに数百人を超える。警察署でばったり会っても、仁子は顔がわからないから気が付けず、無視してしまうことがある。相手を傷つけてしまいかねず、なるべく警察署に行くことは避けていた。

事情を知ってからは、塩見がいつも横についてフォローをしてくれていた。仁子は今日、何も考えずに、万世橋署までひとりで来た。顔が見えなくともひとりで動き回ることに、いつしか不安がなくなっていた。もしわからなかったら、その場で事情を話して、謝ればいいのだ。

「当時は必死に隠していたからね。だから大変だったし、辛《つら》かった――」

塩見にそう言ったとき、はたと気が付く。

玄松もいま、辛いのではないか。真相を話したらラクなのに、どうしても話せない。仁子は教官として、そんな玄松の心をこじあけようとせず、心情を理解してまずは共感してやるべきだったのだ。

初めての模擬捜査をどうするのか、あれこれアイデアを書きだしたり、五味はどうやっていたのか塩見や高杉から聞いたりと、残業が続く。やがて梅雨が明けた。

その日は夕刻に真央を通院させなくてはならなかった。初診は富士見ヶ丘のみよし整形外科だったが、通院はやはり近場の方がいい。調布市内にある総合病院の整形外科にかかっていた。仁子は夕礼のあと、玄松を呼び止めた。

「玄松。今日、真央の通院があるんだけど、付き添ってくれないか」

なんのために、という顔をしたが、玄松は了承した。

「今日でたぶんギプスが外れるんだ。プチ祝いもかねてみなで夕食でも行こう」

玄松は久々の外食なのだろう、少し嬉《うれ》しそうな顔をした。

「体育祭で特に玄松はがんばったしね。なにか食べたいもの、ある？」

「寿司《すし》が食いたいです」

「じゃあ調布駅前にあるトリエの寿司屋でも予約しておくか」

玄松は途端に、警戒する。

「――俺、たとえ金皿をごちそうしてもらえたとしても、例の件は言いません」

「あっそ。じゃあ百円皿だけ食べておきなさい」

仁子が冗談交じりに答えたら、玄松は「えー」とやんわり抗議した。顔は笑っている。一緒に来てはくれるようだ。

放課後、真央と玄松を警察学校のクルマに乗せて、調布市内にある総合病院へ向かった。真央は玄松が一緒に来ることに対して質問もなく、相変わらずぼうっとしている。

「塩見助教は来ないんですか」

玄松が尋ねた。

「塩見助教は忙しいからさ。あんまり連れ回したら悪いじゃない。私の症状をよく理解している分、学校で必要以上に気を回していて、疲れるだろうし」

病院に到着した。二人に飲み物を買ってやり、長い待ち時間をやり過ごす。真央がレントゲンを取りに行き、玄松と二人きりになった。彼が警戒し始めたのがわかった。仁子はさりげなく、玄松に話しかける。

「さっき塩見助教の話になったけどさ。優しくて気が利いて誠実で、いつも助けてもらって……。でも最初はすごく苦手だった」

「そうなんですか。前期も教官助教でコンビを組んでいたんですよね」

自分の話ではないから、玄松は気軽に返した。

「教官と助教は学生の親であるべきで、ある意味夫婦のように親密で信頼し合うべきだとか、なんとかかんとかね」

「う～ん、男からそれを言われると引きますよね」

「そうじゃない。私、当時は相貌失認だってことを必死に隠していたから」

玄松は意外そうな顔をした。

「バレたらもう警察官でいられないと思ってたんだ。クビになるか、どこかの閑職に追いやられると思ってた。だってもう警察官としては役立たずだもの。人の顔がわからないなんて」

玄松は黙っている。

「だから女房役の塩見君にすら秘密にしていた。親しくならないように必死に遠ざけていたんだけどさ、あっちは親しくなろうと必死よ。お互いに空回り」

「結局、どんなきっかけで、相貌失認の告白ができたんですか」

仁子は首を横に振る。

「告白してない。バレたの。すっごい怒られた。塩見君は泣いて怒ってた」

仁子は当時のことを思い出し、少し、目頭が熱くなる。

「なんで言ってくれなかったんだ、って涙を流しながら言うのよ。バレた翌日から、私は気が抜けちゃった。教場でミス連発。学生を間違えまくってた」

「………」

「でもすごくラクになった。フォローに回る塩見君に迷惑をかけているのはわかるんだけど、隠さなくていいし嘘をつかなくていい。それだけで心から笑顔になれた」

玄松は黙り込んでしまった。仁子は、自分の手の倍くらいある、玄松の大きな手を握った。男女だから、はたから見たら変なふうに見えるかもしれないが、玄松に仁子の感情は伝わっているはずだ。かつては頑《かたく》なに隠していた右掌《みぎてのひら》を、彼は素直に開いた。刃物でえぐられたような深い傷が残っている。

「この時、痛かったでしょう」

真央がレントゲン室から出てきた。玄松を待合室に待たせ、仁子は診察室に入った。レントゲン写真を見る。ひびはどこにも見当たらなかった。

「もう今日でギプスを取ってかまいませんよ」

看護師が外すと、真央はぐりぐりと肩を回そうとし始めた。慌てて医師が止める。

「そんな急に動かしたら痛いでしょう」

「え……平気ですけど」

「いやいや、いま突然動かしたら筋肉や腱《けん》は悲鳴を上げるよ」

診察を終えた。待合室で玄松は涙をぬぐっていたが、真央は全く気が付いておらず、寿司に行くと言っても反応が薄かった。

「寿司は嫌いだったか」

「まあ、なんでもいいですけど」

なんでもいいと言ったわりに、真央はよく食べた。値段を気にする様子もなく、銀皿や金皿を注文している。玄松は最初、遠慮していたが、ラストオーダー直前になって、金皿の大トロを頼んだ。

仁子はそれを、彼の覚悟と見た。

次、教官に尋ねられたら、おかみさん殺人未遂事件の真相を話す。

おなかいっぱいになって警察学校に戻った。

「隠す必要はないが、寿司に行ったこと、あまりみなにぺらぺら言わないでよ」

僕も私も、と追随されたら断れないし、仁子の財布が持たない。真央が先に西寮へ入っていった。二十時を過ぎている。いまごろみな夕食も風呂《ふろ》も終え、各自、個室で自由な時間を過ごしたり、自習室で勉強をしたりしている。学生棟は食堂のレーンや売店のシャッターも閉まっているので、閑散としていた。

「教官」

玄松が向き直る。まずは頭を下げた。

「ずっと隠していて、すみませんでした」

パトカーの音が聞こえてきた。通り過ぎていくと思ったのに、すぐ近くで止まった。学生棟のガラス張りのロビーに赤色灯が反射し、玄松は目を丸くした。

「教官、警察を呼んだんですか」

「まさか。何事？」

仁子は学生棟を出て、正門へ向かった。本館前の駐車場に三台の覆面パトカーが停車したところだった。練習交番の学生は右往左往し、本館からも教官連中が出てくる。覆面パトカーからは、『刑事』の腕章をつけた男たちが次々と降りてきた。

仁子は咄嗟《とっさ》に、玄松を隠したくなった。ついてきた彼の腕を引き、学生棟へ戻る。

「様子を見てくるから、お前は個室で待機していなさい」

玄松が学生棟へ入ったのを確認し、仁子は急いで本館に向かった。

教官室で、男たちがもみ合っていた。調布警察署の宮本がそれを遠巻きに見ている。捜査員は玄松ではなく、荒畑に用があったようだ。調布署の捜査員と荒畑が言い争いをしている。間に塩見が入り、刑事を説得していた。

「ちょっと待ってください、逮捕令状もないし、本人が拒否しているのに……」

「荒畑巡査部長に署でお話をしたいと言っているだけなんです」

「あなた警察学校の先生でしょう。こんなところ、学生には見せたくないはずだ。だから我々は敢《あ》えて放課後の、学生が教場棟や本館にいない時間に来訪しているんです」

「一体どうしたの」

　仁子は宮本の腕をつかんだ。

「岡倉が転落する直前に周辺道路を通過したクルマの、ドラレコ映像を捜し回っていると話していただろ」

「なにか映っているものを見つけたの？」

「歩道橋近くの甲州街道沿いの歩道で、岡倉と荒畑が言い争いをしている様子がうつったドライブレコーダーを見つけた」

　これを受けて調布署の捜査本部が復活したようだ。

　仁子は唇をかみしめ、荒畑を見る。荒畑は涙目になって訴える。

「弟と路上で話していただけだ。なぜそれだけで署に連行されねばならないんですか」

　調布署の刑事がやんわりと言う。

「あなたも警察官ならわかるでしょう。不審死をした人物がいた、足取りを辿《たど》るうちに、死の直前に接触した人物に行き当たったんだ。警察はその人に話を聞かないわけにはいきません」

「ならばここで聞いて下さい」

　しょうがないな、というふうに、宮本が切り出した。

「あまりここでは言いたくなかったけど、じゃあ、言いますよ。あなたの弟さんが人を刺したかもしれないからだ」

「弟が人殺しだというんですか。ふざけるなッ……！」

り直しです」

「この暑さじゃ九月も厳しいんじゃないか。十月か、十一月か」

「勘弁してくださいよ、卒業査閲まで数ヵ月切っちゃうじゃないですか」

「お天気に言ってくれよなぁ」

高杉はスマホのお天気アプリを見た。昼間にゲリラ豪雨の可能性があるようだ。

「ひと雨期待して、午後にでも外に出られるくらいに気温が下がるといいけどな」

高杉が一年間の行事予定表を出し、掲示板に書き始めた。隣に掲げられた当番表を見た。仁子や塩見の苗字《みょうじ》はマグネットで張り付けられ、当直の日に赤い丸がつけられている。荒畑の欄には『当面休職』と記され、月末まで矢印が引っ張られていた。

「荒畑助教、八月には戻ってこられますかね」

「さあ、どうだろうな……」

荒畑は逮捕されているわけではないが、毎日のように調布署に呼び出されて、絞られていた。授業をしたり学生を指導したりできる精神状態になく、また捜査員が再び警察学校に来たら学生を混乱させるとして、自ら休職を申し出た。

長田教場はそもそも高杉が補助教官として入る三人態勢だった。荒畑が抜けたが、高杉が助教官のような役割をして、回っている。高杉はちょくちょく甘粕教場に顔を出していたが、七月に入ってから長田教場にかかりきりになっていた。

「最近どうだ、甘粕教場は」

「全体的には順調ですが、玄松の件がありますからね」

荒畑のもとに捜査員がやってきたその日、彼は仁子におかみさん殺人未遂事件の真相を告白しようとしていたそうだ。

だが、学校に刑事が押し寄せたことや、荒畑が連行されたことで、また口をつぐんでしまった。そもそもおかみさん殺人未遂事件は、管轄する高井戸署が事案として認知していない。おかみさん本人は海外巡業から帰国してすぐに名古屋《なごや》場所のため、愛知県へ行ってしまった。その後も東京に戻ることはなく、夏巡業で東北へ移動してしまった。

「なんだかサーカス団みたいだな。そんな子供向けの小説か漫画がなかったか？」

全国を流転するサーカス団が、行く先々で惨殺事件を起こしては逃げていくとか、なんとか、と高杉が笑った。幼少期時代に読んだ妖《あや》しいサーカス団の物語と、しっぽをつかめない玄煌部屋を重ね合わせて見ているようだ。

熱心な捜査員が高井戸署に一人でもいれば、私費で東海《とうかい》や東北に飛ぶだろうが、高井戸署にはさほどの切迫感はなく、誰一人おかみさんに接触できていない。

現場となった雑居ビルは一階の土俵やちゃんこ部屋がとっくに撤去されている上、リフォームが始まってしまっていた。

「おはようございます……」

仁子が出勤してきた。高杉が迫力ある声であいさつを返したが、仁子は覇気がない。

「甘粕教官、夏バテですか」

「参るね、この暑さ」

仁子は座った途端に深いため息をついた。玄松の件で気持ちが参ってしまったのだろう。玄松は仁子のがんばりで心を開きかけていたのだ。

仁子は学生との距離感がわからなくなったようで、すっかり元気がなくなっていた。


お昼休みの間にゲリラ豪雨が東京都多摩地域を襲った。警察学校もどしゃ降りだったが、五限目が始まるころには晴れた。今日は一ヵ月ぶりに教練の授業ができそうだ。

塩見は仁子と共に制帽をかぶりながら、川路広場に出る。いつもならコンクリートの地面からあがってくる熱気で、通りすぎるだけで汗だくになっていたが、今はひんやりとしている。だが太陽は強く照り付けている。暑くなるのは時間の問題だろう。

チャイムが鳴るのと同時に、二列横隊で整列させ、仁子と塩見が前に立つ。

「教官助教にぃ～、注目！」

玄松が叫び、旗手の古河も体の向きを変える。仁子と塩見は挙手の敬礼をして端から端まで見渡すように上半身を動かす。

「敬礼！」

久々だからか暑さからか、バラバラだった。

みなが手を下ろし、背筋を伸ばして、教官の次の指示を待っている。直立不動の体勢は、常に授業の前後で指導しているので、問題はなかった。ほぼすべての学生ができているだけに、ひとり、ぶらんと指先が揺れている学生は目立っていた。

「湯沢巡査、指に力を入れろ」

塩見は注意した。真央は返事をして、必要以上に胸を反らして立つ。極端に胸を反らす形になる鎖骨の固定ギプスをしばらくはめていたからか、真央は直立不動時にどれくらいに肩を開き背筋を伸ばすべきか、わからなくなっているようだ。

「いったん、休め」

学生たちが足を広げて手を後ろで組んだ。仁子が玄松に指示する。

「敬礼やり直し」

「気を付け！」

玄松が叫ぶ。ザッと革靴が地面を擦《こす》る音がして、一同が背筋をピンと伸ばす。真央だけが半秒、遅れていた。

「教官助教にぃ〜、注目！　敬礼！」

二度目の敬礼でも真央が遅れた。何度やっても、真央が少し遅れてしまう。本人も申し訳なさそうに目を泳がせている。

「右鎖骨を固定していたから、右腕の動きが悪くなっているのかしら」

仁子が塩見に意見を求めた。術科授業に復活してから二週間、剣道係の仕事はきちんとこなしているし、見本で塩見と竹刀を交えるときもあるが、右肩の動きが鈍いと思ったことはない。

「湯沢巡査。右肩が動かしにくいか？」

塩見は本人に確認したが、真央は相変わらず曖昧《あいまい》で、会話が進まない。日差しが強くなり、塩見も汗が垂れてきた。授業開始から四十分後に日陰で水分補給させた。二十リットル入りウォータージャグを三つ用意している。学生たちは冷感スプレーをかけたり、濡《ぬ》らして振ると冷たくなるタオルなどで体を拭《ふ》いたりしている。

塩見は地面の近くで改めて気温を測る。三十一度だった。

「本当に三十一度？　もう三十五度くらいに感じるけど」

仁子がスポーツタオルで顔をあおぎながら言った。

「湿度のせいでしょうね。七十パーセント超えました」

教練を中止するかどうか、判断が難しい。

「この先もしばらく川路広場で教練ができる日は少ないだろうし、まだ敬礼の練習しかしていない。あと二十分、体力づくりも含めて、やろうか」

五分後、教練の授業を開始する。休憩と水分補給をはさんだおかげで、学生たちはしゃきっと背筋が伸びていた。行進の練習を始める。時間がないこともあって、指導に熱が入る。

「指の爪の先まで意識しろ！」

「前の学生の足とタイミングを揃えるんだ！」

「顎《あご》を引け！　視線は前！」

川路広場を二周したところで、みなタイミングを思い出してきたのか、足が揃ってきた。

「いいぞ、きれいだ！」

塩見は思い切り褒めてやった。仁子が不安そうに真央を目で追っている。

「顔が真っ赤だな」

いったん行進をやめさせ、朝礼台の前に集合させた。真央は動きが緩慢になってきた。

「湯沢、顔がゆでだこのようだぞ、大丈夫か」

「え、なにがですか」

「気分が悪くないか」

「いえ、別に……」

チャイムが鳴った。仁子が教練の授業を総括し、敬礼で終わろうとした。真央がばたりと倒れる。

真央は熱中症で救急搬送された。塩見は保健係の片柳と共に、病院に付き添ったが、真央はけろりとした様子で点滴を受けていた。医師は、まだまだ深部体温が高いからと入院を勧めた。

「入院なんて大げさな。ここから歩いて帰れるくらい元気ですよ」

真央が言い、看護師を驚かせていた。

塩見が入院手続きをする。体育祭の骨折に続いて熱中症と、真央は病院沙汰《ざた》が多い。両親に報告をせねばならない。骨折したときは、仁子が実家に報告を入れたが「不愛想にガチャ切りされた」と嘆いていた。真央の実家は埼玉県北部で農業を営んでいる。

入院手続きを済ませ、スマホで真央の実家に電話をかけた。低いガラガラ声の男が電話に出た。

「恐れ入ります、警視庁警察学校、助教官の塩見と申します。湯沢真央さんのお父様でしょうか」

「はい」

返事が短い上に、相槌《あいづち》もない。すでに怖かった。

「実は、真央さんが野外活動中に熱中症を起こしまして、現在、病院で治療をしております」

「死んだのか？」

塩見は相手に見えもしないのに慌てて首を横に振る。

「いえいえ、意識ははっきりしておりますし、本人は元気だと言ってはいるんですが、中等症だろうということで、一日だけ入院をして様子を見ることになりました」

「はい」

「入院の費用や手続きは全て学校の責任で行いますので……」

塩見の説明をうるさそうに「はい、はい」とあしらい、電話はガチャリと切れてしまった。隣の片柳が心配そうに塩見を覗《のぞ》き込む。

「めっちゃ怒られた系男子ですか」

「なんだその変な言葉遣いは」

「まあいいじゃないですか。学校の外なんですから」

片柳はなかなか教官助教への態度が改まらない。

「大変ですよねぇ、教職というのは。いまはモンペも多いし」

「モンペではなかったよ」

かなり不愛想で間合いを取るのが難しかったが——。

「それにしても真央ちゃん、変な子ですよね。今日も、教官が気にしていたのに本人は全く自覚症状ない系女子でしたよね」

「だからその変な言葉遣いはやめろ」

「休憩中も、全く水分を取らなかったんですよ」

「そうなのか？」

「僕は保健係として、みなが水分補給できているかチェックしていたんですけど、真央ちゃんは汗を拭くだけだったんで、心配していたんです」

「あれだけ汗をかいていたのに水分補給しないなんて、バカなのか、あいつは」

塩見は頭をかいた。

「他の女警二人も真央ちゃんがあの調子なので、付き合い方が難しいと話していました」

片柳は噂好きなのか、女警の人間関係もよく把握していた。まるで井戸端会議の主婦みたいだった。

「三人でおしゃべりしてても、真央ちゃんはあまり会話に入ってこないんだそうです。話をふると、くねくねして、曖昧な返事しかしない。男警に対してもそんな態度だから、媚《こ》びを売っているように見えちゃうんじゃないですか。事実」

片柳が塩見の耳元に迫ってきた。

「古河っちは真央ちゃんに首ったけなんですよ。ああいうガテン系男子は基本的に単純でアホじゃないですか。あの手のタイプの女に弱い」

「待てよ、古河は妻子持ちだろうが」

「離れて暮らせば気持ちも離れますって」

片柳が塩見の肩を思い切り叩《たた》き、けらけら笑った。

「真央ちゃんが鎖骨骨折の固定バンドをうまく嵌《は》められなくて四苦八苦していたときも、ワイシャツがよれていたときも、いっつも古河っちが世話を焼いていたんです。真央ちゃんの胸元や襟足をガン見していて、すけべったらしかったですよ」

塩見は片柳の視点が怖かった。塩見も仁子の世話をよく焼いているが、もしかしたら鼻の下が伸びてしまっていなかったか。

仁子と高杉が病院に駆けつけた。塩見は二人に現状を報告した。高杉は病室で真央の様子を見てきたが、拍子抜けしていた。

「元気じゃねーか。あれで中等症か？」

「真央は自覚症状がないタイプですよ。骨折したときも腫《は》れあがるまで気が付かなかったわけですし」

「そうだな。真央より医師の診断を信じよう。で、入院準備だよな」

仁子は入院パンフレットを見た後、片柳に指示した。

「真央の個室から該当の物を袋に入れてまとめておいてくれる？」

「えー。西寮には入れませんよ」

「俺がついていくから、大丈夫だ」

仁子を病院に残し、塩見は片柳や高杉と共に警察学校へ荷物を取りに行った。

塩見がひとりで病院へ戻ったのは一時間後だったが、仁子はまだ待合室で待たされていた。入院準備が整い、診察室から病棟へ移動するまで、かなり時間がかかるようだ。

「暇だね。テストの採点、模擬捜査授業の準備……『こころの環』もまだ全然読めてない。仕事道具を持ってこれたらいいのに」

学生の個人情報や職務の秘匿性からいっても、警察官は外部に仕事道具を持ち出すことはできない。

「もうすぐ夏休みです。休み明けの通常モードに戻るころには、実務修習が目の前です」

学生たちにいよいよ警察手帳が配布される。彼らは管内の所轄署で一週間、実習を行う。教官は授業がないが、学生を受け入れる各所轄署に菓子折りを持って挨拶《あいさつ》に行く。

学生が迷惑をかけていないか様子を伺い、トラブルを起こしていたら謝罪行脚だ。学生たちは朝、緊張して飛田給駅を出発し、へとへとになって寮に帰ってくる。初めての現場にプレッシャーを感じてしまうものだ。ここでつぶれて辞めてしまう学生が毎年、何人かいる。教官助教も緊迫の一週間を過ごすことになる。

「いまのうちに、どの学生をどの所轄署で修業させるか、考えようか」

塩見は自動販売機で缶コーヒーを買ってきて、二人で相談を始めた。

「特殊な問題児、湯沢真央からいこうか」

「あの柳に風、暖簾《のれん》に腕押しの性格……。意外やどこに放り込んでも淡々と実務をこなしそうですけどね」

「事案がない静かなところだとぼーっとしちゃいそうだから、にぎやかなところにしよう。道玄坂上《どうげんざかうえ》交番とか。あそこなら午前中は割合に静かだから、疲れすぎないだろうし」

「いいですね。じゃあ真央は渋谷警察署で」

元ハードル選手の青木は騎馬戦以降、教場内で頭角を現している。

「千駄ヶ谷《せんだがや》駅前交番にしようか」

塩見は噴き出してしまった。受持区に国立競技場がある。ただそれだけだ。暇つぶしでしゃべっているだけなので、仁子は遊び半分で実務修習先を考えているようだ。

「古河は元トラック運転手だから、東京流通《とうきょうりゅうつう》センターあたりかな」

都心の物流拠点だ。大田区《おおた》平和島《へいわじま》にある。

「そんなテキトーな。荷物運びをさせるわけでもないのに」

森はどうするか、仁子は深刻ぶって提案する。

「中国語ができるからって調子に乗っているところがあるから、歌舞伎町《かぶきちょう》交番にぶちこんでやろう」

仁子は自分で言いながら肩を揺らして笑った。歌舞伎町を有する新宿警察署は、警視庁管内で最も多忙だ。外国人トラブルも多い。

「玄松はどうしますか。いまのところ、教場一、難しい学生になっちゃいましたが」

「本所《ほんじょ》警察署だね」

両国国技館を有している。仁子はカッと目を見開いた。

「これは冗談じゃなくて本気で思っているよ」

塩見は賛成した。

「おかみさんの事件にしろ、引退した真の理由にしろ、あいまいなことが多すぎますからね。かつての古巣に放り込むことでなんらかの化学反応が見えそうです」

ようやく受付に呼ばれる。真央は入院病棟に移動することになった。仁子や塩見が診察室に入ると、起き上がろうとしたので、慌てて仁子が寝かせた。

「熱中症の中等症なんだよ。安静にしていて」

「はあ、でも点滴も打ったし、すっかり元気ですよ」

看護師が注意する。

「まだ深部体温が三十八度を切ってないんですよ」

脇のデスクで電子カルテに入力していた医師が、顔を上げた。

「湯沢さんはついこの間まで、うちの整形外科にかかっていたんですね」

仁子が頭を下げた。

「はい。体育祭で鎖骨を骨折しまして、こちらで診てもらっていました」

「鎖骨の骨折も、気が付いたのは翌日ですか」

真央は肩をすくめ、仁子も苦笑いしたが、医師は深刻そうだ。

「これまでも同じようなことはありませんでしたか。怪我をしていたのに気が付くのが遅れたとか。発熱していたのに気が付かなかったとか」

なにか深刻な状況なのかと塩見は心配になる。真央は、足の小指を骨折したまま剣道大会の決勝戦に出たこと、盲腸の痛みに気が付かず腹膜炎を起こしたことがあることなどを、自ら説明した。

医師は黙ってその旨をカルテに打ち込む。うなりながら、仁子と塩見を見る。

「警察学校なら、集団行動の訓練があると思いますが、彼女は遅れがちではないですか」

塩見と仁子は思わず顔を見合わせた。教練でいつも真央だけタイミングがずれることを医師に話した。医師は合点がいった様子だ。真央は泣きそうな顔になっている。

「先生、私なにかの病気なんですか」

「命に関わるようなものではないですよ。ただ、集団行動が鉄則の警察学校の生活をこなすのは、大変かもしれません」

　思いがけず深刻な話が出てきて、塩見は戸惑う。

「感覚鈍麻という症状があるのを知っていますか？」

　特定の刺激に対する反応が極端に低い体質のことをいうのだそうだ。真央のように痛みや熱さを感じにくかったり、暑さ、寒さに鈍感な場合もある。真央が思い出す。

「そういえば、小学生のときに雪だるま作りに熱中して、危うく凍傷になりかけたこともあります」

　医師は更に質問を重ねた。

「彼女、例えば短距離走などのタイムが実力よりも遅いことはありませんか」

　仁子が身を乗り出した。

「確かに、リレーでは非常に足が速いのに、タイムにそれが反映されていないようなところはありました」

「感覚鈍麻を患っている人は、刺激に対する反応が低い体質ですから、当然、合図が聞こえてから体が実際に動くまでに、通常の人より時間がかかってしまうんですよ」

　剣道では俊敏なのに教練では動きが鈍い。スポーツテストの結果は悪いのにリレーは速い。全て感覚鈍麻が理由のようだった。

　彼女は警察学校でやっていけるのか。

　塩見は不安がよぎったが、驚いたことに仁子は笑顔になった。

「よかったね、真央。うまくいかなかったことや、変だなと思っていたことの理由がわかった。体質のせいだってわかったんだから、対処法を考えればいいだけだよ」

真央も驚き仁子を見上げる。

「私——警察学校にいていいんですか」

「いいに決まっている。私たちは現場で犯罪を取り締まるのが仕事だよ。泥棒や凶悪事件が、よーいどんの合図で始まると思う？」

「でも私は教場の足手まといじゃ……」

「真央が足手まといなら、顔のわからない私はどうなる？」

真央は勇気づけられたようだった。

「自覚症状を感じにくいことなんか、辛《つら》くても無言でがんばっちゃう人と同じ。体がそういう体質なんだ。倒れるまで、動かなくなるまでがんばっちゃうだけ」

仁子は真央の髪を撫《な》でた。学生に寄り添う姿は、母親のようだった。前期では見られなかった姿だ。

「だから、誰よりも体の声に耳を傾けてやるように、真央自身が意識を変えればいいの」

「はい。わかりました。もっと自分のこと、体のことを考えてみようと思います」

いつもぼうっとしている真央だったが、表情がぐっと引き締まる。

病院を出た。十九時を過ぎていた。塩見はタクシーを呼び、仁子に尋ねた。

「もうこんな時間ですし、一杯どうですか」

真央の指導の方向性が具体的に見えてきた。ひとつの壁を乗り越えられた喜びを、教官と分かち合いたかった。仁子は刑事の目になっていた。

「ちょっと思いついたことがある。調布署に行こう」

タクシーで調布警察署に到着した。アポを取っていないのはいつものことだ。受付で交通捜査係の宮本を呼び出してもらうと、宮本は迷惑そうな顔で、階段を下りてきた。

「あのね、ちょくちょく二人そろって顔出してくるけど、捜査状況は何も教えられない」

「って言いながらいつも教えてくれる宮本君、ありがたやー」

仁子は拝んでみせた。本題に入る前に、塩見は尋ねる。

「荒畑助教はその後、どう証言をしているんでしょうか。警察学校には何の連絡もありませんし」

「しませんよ、捜査情報を逐一教えるはずないでしょう」

「教えてもらわねば困るんです。助教とはいえ、学生たちは荒畑助教が突然いなくなって、動揺しているんです」

仁子も加勢する。

「うちの教場の学生のことだってあるし」

「玄松か。その後、教場ではどんな様子なんだ？　何か知っているはずなのに、絶対に口を割らない。警察官らしからぬ言動だぞ。ちゃんと指導してんのか」

塩見は素直に謝る。

「その点については言い訳できません。俺と甘粕教官の指導不足です。だからこそ……」

わかったわかった、と宮本は応接室へ通してくれた。

「今日はひとつだけだぞ」

そう言って、結局なんでも宮本はしゃべる。惚《ほ》れた男の弱みだろう。

「荒畑は、転落の直前に岡倉と接触があったことは認めているよ。そりゃこの音声がドラレコに残っていたんじゃな」

宮本はパソコンを持ってきて、直接、当時の音声を聞かせてくれた。

〝人を刺してしまったんだ。お兄さんに迷惑をかけるかもしれない〟

通常では騒音でかき消されるレベルの声だが、科捜研の音声解析班がクルマの走行音などをカットして割り出した音声らしい。

「荒畑は頭が真っ白になったそうだ。そりゃそうだ。弟とは十二年ぶりの再会だった。しかもアポイントメントもなく、帰宅時に正門の前でばったり行き会った。会話しながら飛田給駅へ向かううちに、突如、罪の告白を始めたというんだ」

詳細を言わぬまま、岡倉は逃げるように甲州街道を渡り、住宅街の中に消えてしまった。荒畑は結局その日は岡倉と話すのをあきらめて、自宅に帰ったそうだ。

「転落時、陸橋の防カメには全く荒畑の姿は映っていなかったんだし、彼はやはり転落死には直接関わっていないんじゃないの」

宮本はうなっただけだ。

「本人も、弟の転落死を知ったのは二日後のことだと言っている」

実母から十二年ぶりに連絡があり、知らされたという。

「荒畑助教は更に混乱したでしょうね。十二年ぶりの再会の直後に弟が転落死したんだから、罪の意識にも苛《さいな》まれていた。みなが五月病と勘違いするほど落ち込むのも頷《うなず》けますし、誰にも相談できなかっただろうし」

「それはあくまで、荒畑が犯人じゃなかった場合の話な」

宮本はなんらかの形で荒畑が岡倉の転落死に関わっているとこだわっている。

「それにしても、変な実母ね。父親に親権を奪われた長男に、十二年ぶりに連絡って。高校入学や卒業、大学入学、警視庁入庁……腹を痛めて産んだ長男の人生の節目節目で、手紙の一つもよこしたことがなかったということ？」

「確かに、長男と全く音信不通だったというのは変ですね」

仁子が腕を組んだ。

「離婚調停での面会交渉の取り決めがどうなってたのかにもよるけど、ちょっと珍しい例よ。そもそも岡倉自身の行動だって矛盾だらけ。十二年ぶりの再会で罪を告白する……そのために警察学校に来たということ？」

「それじゃ、アニメのイベントの電子チケットはなんのために取ったんでしょう」

「イベントを楽しみにしつつ、警官の兄に罪を告白したとなると、全く筋が通らない」

宮本も言った。

「強引に筋を通すのならば、兄の反応を見て改めて罪の意識に苛まれて絶望し、イベントに行く気にもなれず、自殺した、ということでしょうかね」

「いつか罪の告白をせねばならないと思っていたとして、わざわざ楽しみにしていたアニメのイベントの直前にするかしら。そもそもおかみさん殺人未遂事件は一年近く前の出来事なのよ。仕事をしていないんだから忙しかったとも思えないし、なぜイベントの日に重ねてくるのよ」

「イベントの日だったのに、期せずして兄に再会してしまい、改めて罪を思い出し、告白した、とか――」

宮本が強引に筋を通そうとしたが、言いながら首を傾げている。

「そもそも岡倉は、荒畑が警察官になったことすら知らなかったはず。とすると、期せずして兄に会い、しかも警官になっていたと知って動揺し、罪を告白するに至ったということでしょうか」

「荒畑と岡倉が会ったのが偶然だったとするならば、岡倉は何をしに警察学校の正門に来たんだ？」

「思い当たるのは玄松だよね」

仁子が不安そうにつぶやいた。

「岡倉はそもそも、警察学校にいる玄松に会いたいと思って訪ねたのかな。二人は友人だったと玄松は明言していたし」

「会いに来たのなら、事前に玄松に知らせますよね。玄松はそんな話はしていません」

「隠しているだけかもしれないがな」

宮本がいじわるに言った。

「まったく、警察学校の関係者は秘密主義者ばかりで困る」

「荒畑助教を責めるのはかわいそうよ。身内から罪の告白を受けた上に転落死されたんじゃ、上司に報告するのを迷って当然。自分が適切な言葉をかけてやらなかったから自殺したんだと自責の念に駆られるだろうし。だとしたら余計に、弟の罪の告白を組織に報告できないと思う」

仁子が荒畑の心情を慮《おもんぱか》っている。宮本は少し驚いたようだ。

「仁子、お前、変わったなぁ。勧善懲悪で犯罪者には容赦ない、竹を割ったような性格をしていたくせに。やけに同情するじゃないか」

「そもそも荒畑助教は犯罪者じゃないよ。ここからが本題。岡倉の持ち物について改めて教えてほしいの」

「捜査情報の提供はひとつだけと言ったろ」

宮本はそそくさと立ち去ろうとする。

「彼が身に着けていたのはヘッドフォンじゃなくて、イヤーマフだったんじゃないの？」

宮本が立ち止まり、驚いた様子で仁子を振り返る。椅子に戻ってきた。

「なんでわかった」

　けん銃の授業の時は必ずみなイヤーマフをつけるので、警察官には身近な物だ。ノイズキャンセリング効果があり、耳をつんざく発砲音から鼓膜を守ってくれる。宮本が後頭部をかきながら言い訳する。

「ヘッドフォンだと思われていたものは一部が粉々に砕けて復元に時間がかかった。市販されているものの中では最高レベルのノイズキャンセリング効果があるとかで、遮音値が三十デシベル、航空機のパイロットや滑走路誘導員が使用するものと同様に防音効果が高いものだった」

　塩見ははたと気が付いた。

「もしかして歩道橋の上で、岡倉はこのイヤーマフを装着していたんでしょうか」

人の話し声も、甲州街道のクルマの走行音も消えるだろうか。仁子がその場でスマホを使い調べた。

「クルマの騒音は平均で五十デシベルだから、完全には消えないよ」

「だとしても、遮音レベルが三十デシベルあると、音は二十デシベルまで下がります。二十デシベルは木の葉の音、雪の降る音レベルです」

　宮本が身を乗り出した。

「そうか――そういうことか。岡倉は、下にクルマが走っていないと勘違いしたのかも」

「普段引きこもりだったのなら、甲州街道の交通量についても、思い至らなかったかもしれませんね。下にクルマが走っていることを失念し、飛び降りた？」

「だけど歩道橋よ。高さは五メートルもある。飛び降りようと思う高さかしら」

「よほど切羽詰まっていた。なにかから逃れようとして、クルマが走っていることを失念し、歩道橋を飛び降りてしまったのかも」

宮本は恍惚《こうこつ》としている。

「不審者を目撃した人が誰もいないわけだ。岡倉は、どうしても会いたくない人、顔を合わせたくない人を歩道橋で見かけてしまった。とっさに逃げよう、隠れようとして、飛び降りたんだ」

仁子は納得がいかないようだった。

「岡倉がとっさにその場から飛び降りたくなるほど気まずい相手と言ったら……」

「玄煌部屋のおかみさん、玄松弥生しかいない」

「その日、彼女までもが飛田給にいたというの？」

「いたっておかしくないだろ。彼女の息子が警察学校にいるんだから」

宮本は勢いよく立ち上がった。

「捜査本部に報告してくる」

仁子は階段を駆け上がる背中を見つめながら、呆《あき》れたため息をつく。

「先走り過ぎだって……。そういう話をしに来たんじゃないのに」

「そもそも甘粕教官は、どうしてイヤーマフだと気が付いたんですか」

「真央の感覚鈍麻だよ。私は嗅覚過敏《きゆうかく》を患っている。なら、全ての五感が過敏という症状に悩まされている人もいるかなと思ったの」

仁子はスマホで『感覚過敏症』について記されたサイトを表示した。

「感覚過敏……」

塩見は思い出す。

「岡倉は亡くなった当日の持ち物や服装からして、すごく変だったじゃない」

「肌着がボロボロで全て裏返しでしたね。しかしティーシャツは新品でホームレス風情ではない。新刊なのに黄ばんだ文庫本を持っていましたし。イヤーマフをつけてもいた。騒音が苦手だったんでしょうが」

「『転生ギルド』も思い出して」

岡倉が推していたアニメだ。テーマソングは眠たくなるようなクラシックだった。

「イヤーマフをつけていたことにしろ、岡倉は聴覚過敏だったんだと思う」

一般の人より聴覚に敏感で、体調不良を引き起こす症状だ。

「そう考えると、芋づる式に、岡倉の所持品の違和感が全て拭《ぬぐ》える」

例えば、視覚過敏の人は白色がまぶしいらしい。仁子がサイトに記載されている症例を指さした。

「本の白さがまぶしくて文字が読めないから、わざと文庫本を黄ばませていたということですか」

「そう。紅茶のにおいがほんのりしたのも、嗅覚過敏があるから、自分のお気に入りのにおいの紅茶に浸したのかもしれない」

「肌着を裏返しに着ていたのは……」

「首の後ろのタグや、縫い目が痛かったのかもしれない。つまり、触覚過敏ね。直接肌に触れる肌着には特に敏感になるらしいわ。化学繊維のものは着られないとか、特定の素材の服しか着られないとか、あったのかもしれない」

「だとしたら、唯一着用できる肌着を、ボロボロになっても着続けるよりほかなかった、ということですか」

確かに筋は通る。

警察学校は八月十日から夏休みに入った。寮は閉鎖してしまうので、前日のうちに学生たちは実家に帰省している。帰省しない者は近場のホテルなどを取っている。

甘粕教場では実家に帰らず、調布市内のホテルに宿を取る人が二人いた。ひとりは古河だ。滋賀までの帰省費用を浮かせたいということだったが、お盆の時期にホテルに連泊するのも出費がかさむものだ。真央にぞっこんらしい古河と妻との関係が心配になる。

熱中症で入院していた真央は翌日には予定通りに退院し、学校生活に復帰している。古河を相手にしている様子がないので、不倫の心配はなさそうだ。真央は埼玉の実家に帰っている。

もうひとり、調布市内のホテルで寮があくのを待つのは、玄松だった。現在、玄煌部屋は夏の巡業で東北を転々としている。実家である玄煌部屋に誰もいないから帰らないのだろうが、江東区の新しい自宅に居場所がないのかもしれない。

夏休み初日の夕方、塩見は仁子と共に、専門医を訪ねることにした。

仁子は相貌失認《そうぼうしつにん》の治療のため、武蔵野市内にある脳神経外科に通っているらしかった。

「相貌失認は治療法がないから。いまの状況下でどうやって日常生活をこなすか、相談に乗ってもらっている程度なんだけど、心強い先生なのよ」

『葉山《はやま》クリニック』という開業医らしい。脳神経外科の他、精神科も入る病院だった。患者は仁子のように事故で脳障害を負った人の他、てんかんや認知症を患っている人、または心の病を抱えた人などもやってくるので、予約を取るのが大変だと仁子はぼやいていた。

タントで病院へ向け出発した途端、仁子は学生たちのことを心配し始めた。

「まだ夏休み初日ですよ」

塩見は笑ってしまった。

「だって、四月から毎日一緒だったのよ。心配でたまらないわ」

「みな実家で羽を伸ばしていますよ。親の目があるから大丈夫でしょうが、心配なのは古河ですよね」

「人の家庭のことをとやかく言いたくないけど、古河はまだ子供が小さいのに会いたいと思わないのかな」

「まあ最も心配なのは、玄松ですけど」

仁子が小さくため息をついた。高井戸署の刑事から昨夜、報告を受けたという。

「岡倉の件があったから、調布署と連携を取りながら、ようやく動き出したみたい。巡業の合間に東京に戻っていた玄煌部屋を訪ねたそうなのよ」

玄松弥生から直接話を聞いたそうだが、彼女は目を白黒させていたそうだ。

〝私が刺された？　一体なんの話ですか〟

玄煌親方も心当たりがない様子だったという。

「弟子たちも声をそろえて、そんな事件はなかったって言ったそうよ」

現場はもう消えているし、高井戸署内でも事件があったことに懐疑的な意見が多いらしい。高齢の三好医師のカルテが間違えているのではないかとみている。高井戸署は三好医師のもとにも何度か訪ねている。

〝警察学校の警察官たちが一方的に決めつけてくるから、適当にあしらっておいた。電子カルテなんて存在しないよ〟

仁子が口を尖《とが》らせながら、老人の口真似をしてみせた。

「まじでそんなことを言ったんですか。でも電子カルテは嘘をつきませんよ」

仁子と塩見は確かにパソコンの画面上でカルテを見たのだ。

「高井戸署の面々が訪ねたときには見つからなかったらしいよ。削除したんでしょうね」

「証拠隠滅罪じゃないですか。警察の捜査を前に医師がそんな大胆なことをしますか？」

カルテを削除したところで、保険診療だろうから、医療費を請求して受け取っているはずだ。下手をしたら診療報酬をだまし取った詐欺罪で立件される。

「三好医師が、玄煌部屋に連絡を取っていたとしたら？」

みなに口裏を合わせるようにかん口令を敷くことはできたか。

「しかし関係者が多すぎますよ。親方夫婦、弟子だけでも玄煌部屋は三十人います。それに医師まで、って……」

「ありえそうだけどね。独特の伝統がある世界ほど、組織防衛のために倫理なんか吹き飛ぶ。警察だってそういうところがあるでしょう」

警察の不祥事の隠蔽《いんぺい》は全国的にも多々ある。

「しかし、被害者自ら事件をなかったことにしてしまうのなら、警察は捜査のしようがないですよね。加害者とされる青年は亡くなっていますし」

そこで塩見は気が付いて「あ」と声をあげる。

「そうか……。加害者の口を封じてしまえば、完全に事件をなかったことにできますね」

「そういう考え方ができなくもないね。すると、岡倉の転落には玄煌部屋が一枚、噛《か》んでいた？」

玄松が引退したのも、角界の闇が嫌になったからか。

「玄松がおかみさんの事件を目撃しているのは確かだとは思いますね。あまりにショッキングで、記憶が混乱してしまったのか」

「友人が自分の母親を目の前で刺したら、誰だって気が動転する」

「あるいは、玄松が犯人なのか」

「ならば岡倉は、なぜ警察官の実兄に〝自分が刺した〟なんて言ったのかしら」

葉山クリニックに到着した。院長の葉山はフチなし眼鏡をかけた中年女性だった。

「今日は診察じゃなくて、感覚過敏のお話よね」

仁子が早速、飛田給で起こった転落死の話を始めた。死亡した男性の不可解な衣服や所持品についても詳細を話す。葉山は聞いているのかいないのか、背後の書棚を開けて精神医学の本を取り出したり、ネットに向かって情報を集めたりしている。仁子の説明が終わるのを待って、葉山は断言した。

「その転落男性はまさしく、感覚過敏を患っていた可能性が高いですね。職業はなんでしょう。学生さんなら不登校、成人しているのであれば、サラリーマンは厳しいと思う。自営業、親の仕事の手伝い、アルバイト、あるいは無職の引きこもりあたりかしら」

「転落男性は二十六歳でしたが、無職の引きこもりでした。小学校高学年から学校にも殆《ほとん》ど行けなかったようです」

「感覚過敏の症状で社会生活もままならなかったでしょうからね。甘粕さんが言っていた通り、新刊書籍が黄ばんでいたのは、白い紙に印字された文字がまぶしくて読めないからだと思う。視覚過敏の人にとっては白色は太陽の光と同じくらいまぶしいのよ」

「そんなに……ですか」

　塩見は思わずうなった。

「日本はコンビニやスーパー、家電量販店なんかも明るくて真っ白でしょう。そんなところには三十秒といられない」

「それじゃ、教室の蛍光灯もきついでしょうね」

「学校が黒板ではなくてホワイトボードだったら地獄ね。夏服のワイシャツやブラウスが白だったらさらに地獄。頭痛やめまいを起こしやすくなる」

「転落男性はイヤーマフをつけていたので、聴覚過敏も患っていた可能性があるのですが」

「それなら女の子の笑い声は黒板を爪でひっかくような音に聞こえたかも。男子生徒や先生の怒鳴り声は、お寺の鐘の中に頭を突っ込んだ状態で鐘を撞《つ》かれているような感じ？」

「そこまでですか……。触覚過敏はどうでしょうか」

「その男性、靴下を履いていた？」

「いえ。素足にスニーカーでした。触覚過敏ならば余計に痛そうですが」

「靴下の縫い目が痛いのよ。常に靴の中に石ころが入っているような違和感を持つらしいわ。その人、肌着も裏返しだったんじゃない」

「よくわかりましたね」

仁子も驚いた。

「触覚過敏は個人の思い込みや神経質さが原因じゃない。だから患者はだいたい同じ症状を訴える。例えばワキガ症ってあるでしょう。清潔にしている、していないは関係ない。アポクリン腺《せん》が発達している人に発生しやすいというれっきとした原因がある」

感覚過敏は原因がわかっておらず、治療法はないらしい。

「その男性は、ボロボロで穴だらけの肌着を着ていましたが、これも触覚過敏の症例にあてはまりますか？」

「他の種類のものは肌が受け付けなかったんでしょうね。同じメーカーのものでも、種類が違うと肌に合わないとか、同じ種類なのにメーカーが原材料を変えたら着れなくなってしまった、という人もいる。おそらくその男性も、肌に直接に身につけられる肌着が他になくて、穴があいても着るしかなかったんでしょう」

塩見ははたと気が付いた。

「それじゃ、学校が指定する制服などは着用が難しかったかもしれませんね」

葉山は大きく頷《うなず》いた。

「のりの効いたワイシャツは厚紙を身に着けているような感じじゃないかしらね。スーツなんてもってのほか。鎧《よろい》を着ているようなものよ」

岡倉が、せっかく合格した私立中学校に一週間で通えなくなったのも、制服のせいだろうか。まぶしさやうるささだけでなく制服という重荷まで重なり、とうとう力尽きた

――普通の子供と同じような生活をすることを、あきらめたのだろうか。

「感覚過敏は成長するにつれて症状がやわらいでいく場合が多いのだけれど、過敏症が残ったまま、社会からはじき出されてしまう人も多々いるわ。その彼は、嗅覚《きゅうかく》過敏はどうだったのかしら」

「転落死の状況ではそこまでわかりませんでした。関係者聴取を進めればわかると思いますけど」

調布署の宮本が岡倉の母から聴取しているはずだが、感覚過敏だったという情報は入っていない。母親が言わなかったのだろうが、なぜだろう。

塩見は岡倉が好きだったアニメ『転生ギルド』を思い出した。一般視聴者には画面が暗すぎると不評だった本編も、岡倉にはちょうどよかったのだろうか。穏やかなクラシックのBGMに、いまよりもずっと薄暗い世界に転生した主人公が、岡倉はうらやましかったのかもしれない。

葉山に礼を言い、塩見は仁子とタントに戻った。帰り道、仁子が点滅する青信号を見ながら、つぶやく。

「日本で感覚過敏を抱えながら生きていくのは大変よね。日本は、普通ではない人にとても厳しいところがあるから」

それは相貌失認《そうぼうしつにん》を抱えた仁子の実感だろうか。本人の耳にも入っているのかもしれないが、障害を抱えた仁子が警察学校で教鞭《きょうべん》をとることに異を唱える人は少なからずいる。

悪気はないのだろうが、長田の「相貌失認の女なんて、めんどうくさいだけだろ」というのも差別的だ。あの発言が当たり前に飛び交う日常の中で、仁子は自分にできることを探して生きている。

「日本人は障害を隠しがちですからね」

「なるべく人に見られないようにしよう、迷惑をかけないようにしようという世界観で回っているせいかな」

岡倉はそんな中で、アニメや小説の世界に逃げ場を求めて、必死に生きていたはずだ。

「不登校や、父親の無理解で苦しかったはずですが、離婚後は実母とあの町でひっそり生きていた。ところが相撲部屋が隣の建物に入ったことで、生活が一変してしまったんでしょうか」

仁子は首を傾げる。

「騒音やにおいのクレームをたびたび入れていたようだけど、感覚過敏という症状を抱えた人が、カッとなって刃物を持つに至るかなぁ」

「よほど腹に据えかねたんでしょうか」

「そうじゃなくて、触覚過敏なんだよ。肌に密着するものにこだわりがあった——というより、着用できるものとできないものにはっきり分かれていたはず。そんな彼が、なんでもかんでも不用意に触ろうと思わないでしょ」

「三好医師の証言によると、凶器はちゃんこ部屋の包丁だったようですけど」

すでにその証言は本人が翻してしまったが。

「どんな刃物を使っているか見てみたいよね」

「夏休み中に玄煌部屋に行っちゃいますか」

思い切って塩見は誘ってみた。

「いま大相撲は巡業中でしょう。夏は北海道や東北じゃなかったっけ」

「玄煌部屋はまたしても空っぽです」

「巡業、見にいっちゃう？　チケット余ってないかな」

東北や北海道は遠いが、塩見はスマホで巡業スケジュールを見てみた。北関東《きたかんとう》でもやっていることがわかった。明後日《あさって》は栃木県小山《おやま》市で行われる。

「前売りチケットは完売してますが、当日券もありそうです」

「それ、もう行くしかないね」


栃木県小山市まで高速道路を使えば二時間かからない距離だ。長距離なので塩見がハンドルを握り、早朝に出発した。仁子は助手席で渋滞情報を調べる。

「混雑予想は九時以降だね。それにしても巡業ってずいぶん長い時間やるんだね」

朝の九時に呼び出しの太鼓が鳴り、稽古《けいこ》が始まるらしい。昼の休憩を挟んで午後からは様々な催しがあり、幕内の取り組みが始まるのが十四時半から、終了は十六時だった。

「スポーツ観戦って、だいたい数時間で終わるのに、大相撲は長いね」

「長いと言われる野球でもせいぜい三時間ですからね」

「陸上みたいなものかなぁ。競技数と人数が多くて、朝から夕方までだらだらやっている感じ」

巡業の内容を聞かされる。

「熱唱のど自慢、なるコーナーがあるよ」

「力士のカラオケってことですか。土俵で歌うんですか」

サッカー選手や野球選手は、試合前に観客の前で歌わない。

「ファン感謝祭とか、ファンクラブイベントとかならありそうだけど」

「なるほど。巡業はファン感謝イベントみたいなものでしょうかね」

それを年に六回ある本場所の合間に、四度もこなし、全国津々浦々を回る。

「年四回って、ファン感謝祭をやりすぎだと思うけど、当日券のない会場は全て満員御礼みたいよ」

根強い人気があるのだろう。

大泉《おおいずみ》ジャンクションから外環道に入り、やがて東北自動車道に入った。通行量は多いが、渋滞はしていなかった。

小山市の総合体育館には八時半ごろに到着した。駐車場を探す間、仁子が先に降りて当日券を買いに行く。ようやくあいているところを見つけて入口へ向かった。すでに入場が始まり、敷地の外まで行列ができていた。呼び出し太鼓の音が聞こえてくる。キッチンカーが並ぶ脇には力士の名が記されたカラフルなのぼり旗がはためき、相撲を見に来たという雰囲気が漂う。

仁子は不貞腐《ふてくさ》れた様子で塩見を待っていた。

「当日券、立ち見も含めて完売だって」

塩見は天を仰いだが、仁子はしっかり警察手帳を持参してきていた。チケットのもぎりをする忙《せわ》し気な係員に、仁子は警察手帳を示す。

「えっ。警視庁？」

入場していく観客たちは驚いた様子で仁子や塩見を二度見するも、ロビーに入った先に限定グッズ売り場があり、その行列を目指して飛び込んでいく。

「捜査の一環でこちらを訪ねております。中に入ることはできませんか」

もぎりの係員は運営スタッフらしき人を呼んだ。恰幅《かっぷく》の良いスタッフが対応してくれることになり、会場の中に入ることができた。

ロビーはあちこちで黄色い歓声が聞こえ、人だかりができていた。浴衣《ゆかた》姿にちょんまげの力士たちが立ち、ファンサービスをしている。みな、気安く力士の体をさわったり、叩《たた》いたりしている。

応接室へ向かう間、塩見は、青い浴衣を着て女性ファンに体中をべたべた触られている巨体の力士を二度見した。

あれは横綱だ。名前がとっさに出てこないが、ファンから「横綱、横綱！」と騒がれてもみくちゃになっている。他にも、有名幕内力士が記念撮影やサインに応じている。応接室に通されてすぐ、塩見は思わず訊《き》いてしまった。

「大相撲というのはファンと力士の距離が近いんですね。横綱などが気軽にロビーに出てくるなんて」

横綱なんだから、ファンサービスなどは下っ端に任せ、体を守るために弟子やスタッフに守られていると思っていた。横綱になるころにはどの力士も満身創痍《まんしんそうい》だろうに、あんなふうに気安く触られて、見ている方が不安になる。

対応に出た青い作業着にスラックス姿の男性は、にこやかだ。

「あはは、横綱なんか別にえらくないからね。あれくらいのデブ、外国にいけばいくらでもいるよ」

ずいぶん毒舌なスタッフだが、当のスタッフもまたかなり恰幅がよい。

「で、今日はどうしたの。警察？　国技館で殺人事件でもあった？」

やけになれなれしく、たどたどしい言葉遣いだった。

「玄煌部屋の関係者からお話を伺いたいのです。できればおかみさんから。玄煌親方でもかまいません」

「玄煌親方ね。ちょっと待って。あなたファンなの？」

スタッフが仁子に訊いた。仁子は首を横に振る。

「捜査ですよ」

「あ、そう。玄煌はイケメンで現役時代から女のファン、多いからさ～」

変わった運営スタッフだなと思いながら、塩見は彼が内線電話をかけるのを見守る。

「玄煌親方？　あ、俺だけど。警察来てるよ。なんかやらかしたんだな、あははは。銀《ぎん》座《ざ》のクラブの件じゃないか。お前、カラオケのマイクこわした。あれはもう時効か」

スタッフは長く角界に関わっている人なのだろうが、元横綱に対してずいぶんとなれなれしい態度だった。

「こっち、こっち」

スタッフに手招きされて、再びロビーに出た。グッズ売り場は争奪戦になっていた。ファンサービス中の力士たちはもうすぐ公開稽古が始まるだろうに、いつまでも群衆の中でもみくちゃになっていた。大相撲関係の展示物のコーナーの前を通り過ぎるとき、スタッフが化粧まわしをつけた力士の肖像写真を指さした。歴代の横綱の写真が張り出されている。

「これ僕」

塩見は写真と目の前の太ったスタッフを見比べた。彼は三年前に引退した東の元横綱・豊嬰《ほうえい》だった。玄煌が西の横綱だったころのライバルと言われた、モンゴル出身の力士だ。

控室が並ぶ廊下に連れていかれた。元横綱、豊嬰は、仁子と塩見を玄煌部屋の控室の前に置いていくと、挨拶《あいさつ》もせずにどこかへ行ってしまった。支度部屋となった扉の前でおかみさん——玄松弥生が仁子と塩見を待っていた。驚いた様子で大笑いした。

「刑事が捜査に来たと豊嬰親方が言うものだから、親方と緊張していたんですよ。警察学校の先生方じゃないですか」

入学式の時に挨拶をしているとはいえ、よく仁子と塩見の顔を覚えていたなと思う。今日、仁子も塩見も制服姿ではない。私服で警察学校外でばったり会うと、学生ですら気が付かないことがある。おかみさんとして後援会メンバーやタニマチに失礼がないように、人の顔をきっちり覚える努力をしているのかもしれない。

玄煌親方は黒袴《くろばかま》姿で、畳の小上がりで茶を飲んでいた。仏頂面のままだが、立ち上がって頭を下げ、出迎えてくれる。

「すみませんね、変なのに案内させて」

周囲の弟子たちが親方の言葉にどっと笑う。豊嬰親方とは現役時代からしのぎを削ったライバルながら、いまは共に引退し、親方となって角界を支えているのだろう。かなり仲が良いようだ。

「あいつ、来日してもう二十年になるのに、相変わらず変な日本語をしゃべるんだ。息子の先生たちが来ただけなのに、捜査《あ》だなんて」

本当に捜査に来たのだが、仁子は敢えて訂正しないようだ。玄煌親方が小上がりに案内してくれた。弟子が茶やまんじゅうを出す。

「今日はわざわざ巡業を見にいらしたんですか」

「ええ、学校が夏休みに入りまして、北関東で巡業をやっているようでしたし、飛び入り参加してしまいました。しかし当日券が完売していまして……」

「あら、チケットを持ってらっしゃらないの」

おかみさんはすぐに弟子を呼び、関係者席であいているところを二つ確保するように指示をした。

「なんだかすみません……チケット代は払いますよ」

「部屋ごとに割り振られた席ですからお気になさらず。息子の先生方となれば、部屋の関係者も同然ですから」

塩見はにこやかに切り出す。

「しかし驚きました。まさか元横綱の豊嬰親方にここまで案内していただけるなんて」

「引退したら、力士は相撲協会のスタッフとして裏方に回ります。チケットのもぎりや案内、グッズの販売もするんですよ」

「かなりファンとの距離が近いんですね。これから公開稽古《げいこ》でしょうに、現役力士のみなさんがもみくちゃにされていたので、心配になりました」

他のプロスポーツ選手はあんなふうにファンにもみくちゃにされたら体を痛めてしまうかもしれない。もっと繊細であるべきではないのか、塩見は遠回しに訊いた。

「相撲はスポーツじゃありませんから」

おかみさんは断言した。

「アスリートとは違います。みなそんなに気にしていませんよ」

そんなものなのか……。必死に食べて体を大きくし、引退するころには体がボロボロになっている力士が多いが、不健康で怪我をしやすい体で戦うことに、危機感はなさそうだし、改革が必要とも考えていないようだった。塩見の考え方がおかしいのかもしれない。

「ところでどうです、うちの息子は」

玄煌親方が切り出した。仁子は曖昧《あいまい》にぼかした。

「警察学校は厳しいです。一進一退しつつ、よくやっていると思います」

「腰の具合はどうでしょうか。厳しい訓練があるのでしょうが、大丈夫そうですか」

おかみさんは実母らしく、息子の体を心配している。

「いまのところヘルニアは発症していません。本人も気を付けていると思います。体育祭の騎馬戦では大将騎手として活躍していましたよ」

「体育祭？　そんなものがあるなんて知らなかったわ」

息子の活躍を見たかったのだろうが、家族の招待はない。玄煌親方が言う。

「家族は参観できないんだよ、しょうがない」

「あらそうなの。残念……」

「ヘルニアが出ていないせいか、元気に過ごしています。引退したのは勿体《もったい》なかったような気がしますし、本人も相撲に未練があるようですが」

「あいつ、やっぱり角界に戻りたいと言っているんですか」

玄煌親方は不愉快そうだ。

「口には出しません。角界の話を一切しないんです。彼の中でタブーにしてしまっているように見えます。だからこそ、強い未練を感じるんです」

塩見は改めて、玄松が引退した経緯を尋ねてみた。玄煌親方は鼻息が荒くなる。

「そんなものはこっちが聞きたい。弟子の中であいつが一番、難しかった。血縁だから余計に気持ちが遠かった」

「本人はヘルニアを理由としていますが、引退直前の場所では全勝優勝しているんですよね」

おかみさんが頷《うなず》いた。

「確かに症状が出ると一歩も歩けず、車いすでしたけど、いつもブロック注射や点滴でしのいでいました。体質か、初めてヘルニア——ぎっくり腰をやったのは、中学生の時なんです」

当時から体格が大きく、中一で身長が一八五センチを超えていたそうだ。相撲部屋への入門を目指して家庭内でもよく食べていたようで、一年で二十キロも体重が増えてしまい、腰に予想以上の負担がかかっていたようだ。

「ある日、教室で立ち上がった瞬間、全く動けなくなったんです。それから数年に一回、入門してからは寒い日や、多忙で休暇が取れないときに痛みがよく出ていました」

　弥生は残念そうだ。

「腰回りの筋肉を鍛えることで、なんとか乗り切れると思ったんですよ。しかし力士は同時に体重も増やしていかなくてはならないので、結局、どれだけ体幹や腰回りの筋肉を鍛えたところで、腰にかかる負担は変わらないんですよね。一輝はそれで絶望しちゃったのかもしれません」

「子供のころから無口な子でね。本心をあまり口にしない。自分の息子ですが、理解できない」

　親方夫婦は体格に恵まれていた息子に期待していたはずだ。無念そうだった。

「しかし警官とは、突飛な選択をしたもんだ」

　仁子と塩見の手前か、親方がすぐに言い直した。

「警官が突飛な職業だと言いたいわけじゃないですよ。警官に憧《あこが》れていたなんて話、一度も聞いたことがなかったから、一輝が採用試験を受けると言い出してひっくり返ったものですよ」

　弥生が言う。

「あら、警視庁さんには相撲部があるんですよね」

　仁子が頷いた。塩見は付け足す。

「第八機動隊に相撲部があります。現在も学生相撲の経験者を中心に、二十名ばかりメンバーがいたはずです」

「しかし、一輝はもう二度と土俵にはあがらないと言っていたぞ」

親方の言葉に、弥生は目を丸くした。

「そんなバカな話がありますか。あの子はまだまだ活躍できるはずなのに……」

母は職業は違えど、どこかで相撲を続けてほしいと強く願っているようだ。スマホを出し、玄松本人に連絡を取ろうとしている。

「いまあの子は学校の寮にいるのかしら。なかなか連絡がつかないし、メッセージを送っても返信もくれないし……。警察学校の寮はスマホのルールが厳しいんですねぇ」

「あいつはいま夏休み中だから寮にはいないよ」

玄煌親方が教えた。弥生は知らなかったようだ。

「いまは学校の近くのホテルを取ってるよ」

「ホテルだなんて。どうして自宅に帰ってこないのよ」

「知らん。本人の意思だ。巡業中で俺たちもいないから、留守宅に入るのは気が引けたんじゃないか」

「転居先の私たちの家にも、ちゃんと一輝の部屋を用意したのに……」

この実母は、息子のことを知らなすぎる。父親は知っているのに、母親が知らないことが多すぎやしないだろうか。

弟子が関係者席を手配してくれた。すでに幕下力士たちの稽古が始まっているが、いまロビーは幕内力士のファンサービスに観客が流れ、総合体育館にしつらえられた土俵周りは閑散としていた。

「こちらへどうぞ」

案内されたのは、東のたまり席だった。仁子が目を丸くする。

「すなかぶり席だなんて、普通だったら数万円する席ですよね」

「関係者席ですから、おかまいなく。幕内の取り組みが始まったら、近くに玄煌親方が来ますよ」

彼は東の審判らしかった。

「すなかぶり席……確かに、土俵の砂が飛んできそうな距離感ですね」

「たまに力士も吹き飛んできますよ。昼にはちゃんこを作りますから、また控室に来てくださいね」

気遣いに感謝した。弟子が去ったあと、仁子がひっそりと言う。

「ちゃんこを作っているところを見られるかも」

「凶器があるかもしれませんね」

たまり席は小さな座布団一枚分しかないので、非常に狭い。あぐらをかくと仁子の太ももに膝《ひざ》先がぶつかりそうだった。仁子は反対側に初老の男性がでんと座っているからか、こちらに寄ってくる。

「しかしおかみさんが刺された包丁を、いまだに使っているかな……」

力士はげんを担ぐ。流血沙汰《ざた》を起こした包丁はすぐに処分している可能性が高い。

午前中の稽古が終わり、観客たちが一斉にキッチンカーのある会場外へ流れて行った。何人かは席で弁当を食べている。仁子は正座の足がしびれて動けなくなっていた。

弟子が迎えに来てくれた。

「どうぞ、ちゃんこができましたんで」

「なんだかVIP待遇、すみません」

「いやVIPそのものですから。玄松のやつは元気ですか」

その弟子は玄松の同期入門だったようだ。

「自分はまだ三段目です。玄松はあっという間に駆け上がって、その背中を必死で追いかけていたんですけど、あっさり辞めちゃった。俺にすら何も言わなかったんで、悲しかったんですよ」

入門同期にすら背を向けている……玄松は徹底的に角界から距離を置こうとしている。どうしてそうなったのか、同期の弟子もわからないようだった。

塩見はひっそり、仁子に尋ねる。

「例の件、彼に訊《き》いてみます？」

仁子は首を横に振る。

「高井戸署の刑事に全員そろって嘘をついているんだよ。いまは巡業中だし、刺激するのはやめておこう」

再び玄煌部屋控室の小あがりに案内された。ちゃんこ鍋《なべ》ができあがり、力士たちががつがつと食べていた。おかみさんは、観覧に来ている小山市長へ挨拶《あいさつ》にいっているとかで不在だった。玄煌親方は審判部の打ち合わせで、やはり姿がない。

「僕はどうにかしておかみさんの腰に残っているはずの傷を見つけたいと思ったんですが、やはり今日は無理そうですね」

「見せてくれるはずないよ。必死に事件があったことを隠しているんだから」

ひっそりと会話した。力士たちは外部の人間がいても気にする様子はない。挨拶はするが、気軽に話しかけてくることもなかった。

「おい、肉が少ないよ。追加で切ってくれよ」

力士がちゃんこ当番の弟子に催促している声が聞こえた。ちゃんこ当番が発泡スチロールの蓋《ふた》を開ける。ドライアイスの冷気が出る中、毛が抜かれた鶏を丸ごと出した。包丁で首や足を刎《は》ね飛ばして残飯入れに投げている。

「豪快ですね〜、本場のちゃんこは」

仁子はおかわりのふりをして茶碗《ちゃわん》と箸《はし》を持ち、こあがりを降りた。

「その包丁、よく切れそうですね」

調理をしている若い弟子は顔にニキビが残り、髪の毛がぼうぼうだった。ベテラン風の兄弟子が、愛想よく教えてくれた。

「市販の包丁じゃ、鶏の首や足を骨ごと切れませんからね、なじみの道具屋に作ってもらってるんですよ」

「やっぱりそうですか。鶏も丸ごと仕入れるんですね」

「その方が安いですし、いい出汁《だし》が出ますから」

「ちなみに、どこの道具屋さんに頼んでいるんですか。私、かっぱ橋に行くのが好きなんです。よくそこで調理道具をそろえるんですよ」

兄弟子はよくしゃべった。

「うちもかっぱ橋の道具屋さんですよ。一刀屋《いっとうや》さんというところです。玄煌部屋を開いたときにちゃんこ部屋の調理用具一式、注文しましたから」

「こんなに豪快に料理をしていると、すぐ刃こぼれしそうですけど、一刀屋さんのなら大丈夫ですか？」

「いやー、刃物は繊細ですから、慣れてない新弟子が力任せに使ってダメにしちゃうことはよくあります。そんな時でも一刀屋さんに持っていけば、すぐ修理してくれます」

塩見はいますぐ東京に戻り、かっぱ橋の一刀屋で事情聴取をしたい気分だった。仁子は「せっかくここまで来たんだから、もう少し相撲の世界のことを勉強してからにしよう」と、午後もたまり席で巡業を観戦した。

七五調の囃子《はやし》歌である相撲甚句《じんく》は、相撲の長い伝統を感じるし、横綱土俵入りなどにも圧倒された。満身創痍《まんしんそうい》で四股《しこ》を踏む横綱と、「よいしょ！」という観客の掛け声による一体感に感動した。だが『熱唱のど自慢』には戸惑った。

五人もの力士が浴衣《ゆかた》姿で土俵に上がり、カラオケを披露する。観客は手を叩《たた》いたり、合いの手を入れたり、サイリウムを振っている人までいた。土俵の上は神聖でいまだ女性はあがることができないのに、カラオケは歌っていいのだろうか。会場は盛り上がっていて、疑問を呈するファンはいなそうだ。やはり角界は独特だ。

取り組みが始まる前の最後の出し物は、初《しょ》っ切《き》りだった。二人の力士が相撲の決まり手や禁じ手を観客におもしろおかしく説明するコントみたいなものだ。二人の力士があーだこーだとやりあっていたが、塩見も仁子もこの初っ切りにはカラオケ以上に困惑した。

かごに盛られた塩を大量に土俵にぶちまけるボケをひとりの力士がすれば、

「お前、それはダメだろう！」

と相方の力士が頬を張ったり、尻《しり》を蹴《け》飛《と》ばしたりする。バチン、ガツンという大きな音がするたびに、塩見は不安な気持ちになった。観客たちは暴力的な応酬が繰り広げられるたびに歓声をあげ、大笑いしているが、全く笑えない。

警察学校の指導官として、日々、暴力を振るう指導をしないよう、パワハラにならないように強く意識している。だから暴力を振るったとたんに笑いが起こる会場に違和感を持ってしまう。勝負の真っ最中で出る音ならまだしも、これのどこが面白いのだろう。

塩見は、暴力的指導を受けた最後の世代だ。学校一厳しかった長田から、塩見は何度も唾《つば》を浴びるほど怒鳴りつけられたし、物を投げつけられた。尻を蹴られるのは日常茶飯事で、長田が別の学生に拳《こぶし》を振り上げたので止めに入ったら、代わりに殴り飛ばされたこともある。痛みは忘れたが、屈辱は心に染みついたままだ。

塩見がいま長田に遺恨がないのは、やられた屈辱を『授業ボイコット』という、指導者がやられたら最も屈辱的な仕打ちでやり返したからだ。自分も相当に長田に傷つけられたが、長田のことも深く傷つけたと思っている。

時代は目まぐるしく変わり、警察学校上層部からは学生に絶対に手をあげないように厳しく言われている。自分がされてきたことはなんだったのか、むなしく思う。だからこそ、ツッコミを入れるときに暴力的な行為をする初っ切りに、塩見は不愉快な気持ちになった。

隣の仁子は「あらあら」と苦笑している程度だ。仁子は女性だから暴力的な指導は受けていないだろう。だから苦笑いで済む。塩見が神経質すぎるのかもしれない。

初っ切りが終わると、まずは幕内力士が化粧まわしをつけて土俵入りだ。

仁子はスマホで撮影し始めた。地元の赤ちゃんを抱いた若い関取が土俵にあがり、観客は黄色い歓声を上げた。仁子は赤ちゃんと若い関取をズームして画像を何枚も撮っていた。頬を緩めているのかと思いきや、非常に厳しい目つきをしていた。

「甘粕教官——あの力士が引っかかりますか?」

仁子は耳元で囁《ささや》く。

「彼の目玉に追われている気がする」

赤ちゃんを抱いた関取が仁子と塩見を凝視していた、というのだ。確かに目が合ったような気がしたが、塩見は気にならなかった。人の顔をパーツでしか理解できないからこそ、仁子には顔面の器官に上乗せされる人の感情すら、読み取れるようになっているのかもしれない。

仁子は化粧まわしの柄をスマホで調べ、力士の名前を確認した。

「東の前頭十二枚目の豊真山《ほうしんざん》、二十四歳だって」

「豊嬰部屋所属とありますから、あの豊嬰親方の弟子のようですね」

豊嬰親方を通じて、警察官が見に来ていると知って、仁子や塩見を凝視していたのだろうか。

やがて取り組みが始まった。

本場所ではなく巡業だからか、軽く流すような取り組みの力士もいたし、本気で体をぶつけあって競り合う取り組みもあった。観客を楽しませようとしてか、ギャグをやっているような取り組みもあった。互いに廻《まわ》しを取りがっぷり四つに組んだ状態のまま、土俵上をダンスのステップを踏むように移動していく。観客は大笑いだ。結局、ひとりがちょこりと足を土俵の外に出す。行事は軍配をあげたが、東の審判の玄煌親方がすかさず物言いをつけた。四人の審判が笑いをこらえながら土俵にあがり、本場所さながらの審議を始めたものだから、観客は爆笑の渦に巻き込まれた。

「巡業ってやっぱり、ファンサービス、ファン感謝祭ですね」

塩見もつられて大笑いした。三役が登場すると本気のぶつかり合いが増え、横綱が入ってくるや総合体育館は大歓声に包まれた。横綱と小結が対戦する。小結は吊《つ》り上げられて土俵際に出されると、横綱にドンと背中をつかれ、東のたまり席に吹き飛んできた。塩見は仁子に覆いかぶさって守ったが、飛んできた小結のかかとが右耳を強打し、砂がわーっと顔にふりかかった。

騒然とする中で、呼び出しが駆けつけて、座布団や荷物を整えてくれた。隣にいた玄煌親方は涼しい顔で黒袴《くろばかま》にかかった砂を振り払っている。すっかり圧倒された塩見や仁子を見て、微笑んでいた。

弓取り式が行われる。たまり席にいると弓が風を切る音が聞こえてくる。弓取りの力士が四股を踏む。塩見も仁子と大きな声をあげた。

「よいしょー！」

「いやー楽しかった」

仁子は助手席でご満悦の様子で、撮影した画像を見返している。いまは観客が一斉に駐車場を出るので、渋滞に巻き込まれていた。塩見には理解できないところもあったし、力士にかかと落としを食らったも同然の右耳はまだ痛かったが、見ごたえはあった。

「それにしても独特の世界だなというのはわかった」

彼女は深刻そうな表情になった。

「角界は暴力事件がちょくちょく報道されるけど、初っ切りを見るに、暴力と笑い、指導が結びついちゃっているんだろうね」

「確かに、それは俺も思いました。ファンたちは何とも思っていないようでしたけどね」

「だから問題になりにくいというのもあるかもしれないね。それから巡業だからこそ、見せる取り組み、お笑いっぽい取り組みがたくさんあった」

「事前にどっちがどうやって負けるか、打ち合わせをしているんでしょうね」

「ひと昔前だけど、八百長《やおちょう》がかなり問題になったのを思い出したわ。数々の記録を残したかつての大横綱も、星を金で買いまくっていたって週刊誌が書いていたのよ」

どこまで報道が真実なのかはわからないが、八百長が蔓延《まんえん》していたことは事実らしい。

「本場所の合間合間に行われる巡業で、観客にみせるための取り組みを披露する――八百長もその延長線上にありそうだよね」

「事前打ち合わせしておいてそれなりの取り組みを見せることに、力士たちは慣れているんでしょうね」

クルマはようやく駐車場を出た。仁子は窓の外を見つめる。

「玄松は、確か玄煌親方が関脇《せきわけ》時代に生まれたんだよね」

物心つくころ、父親が横綱になった姿を見たか。巡業に本場所と日本全国を転々とする生活で、母親に抱かれて何度も父親の取り組みを見てきただろう。土俵の上で育ち、角界やそれを支える大人たちに見守られて育ったはずだ。父親が部屋を立ち上げるとやがて入門し、朝から晩まで土俵の上で過ごし番付で上を目指していた。それがある日突然、「警察官になる」と言って部屋を捨て、実家も出ていってしまった――。

「簡単じゃないよ。角界を去ることは」

仁子が深刻そうにつぶやいた。

翌日は夏休み最終日だった。昼以降に正門を開け、帰省から戻ってくる学生たちを受け入れなくてはならない。塩見は当直だった。出勤前にコンビニで弁当を買っていると、仁子から電話がかかってきた。

「教官、昨日はお疲れ様です。俺は一足先に学校です」

仁子はいま、かっぱ橋にいるという。仕事が早い。

「一刀屋に行ってきて、玄煌部屋に卸している包丁について聞いてきたよ」

仁子は声が弾んでいる。なにかよい情報を得たのだろう。

「玄煌親方が現役時代からの付き合いらしいよ。紫檀《したん》の柄のものを当時から愛用しているらしくって、最近だと去年の二月に肉切り包丁だけ買い替えている」

弥生が刺されたとされるころだ。

「一刀屋さんはその包丁を回収してたんだけど、残念ながら柄は捨てられて、刀の部分は再利用に回されてる。もうこの世には残っていない」

「そうでしたか――。しかし、買い替えがあったという事実は大きいですよ」

「そうね。回収品を見た職人さんによると、先端が曲がって刃も欠けていたらしいわ」

相撲部屋は毎日大量のちゃんこをまかなう。肉の卸問屋から直接、骨つきのブロック肉や鶏を丸ごと仕入れるので、新弟子などが加減がわからずに刃を折ってしまうことがよくあるらしい。刃物の交換がよくあることなら、いくらでも言い逃れはできてしまう。この線から玄煌部屋の面々の口を割らせることは難しいと思えた。

「それから豊真山だけど、過去の取り組みを全部ネットでチェックしてみた」

仕事が早いなと塩見は感心してしまう。

「玄松が最後に取り組みをした相手が豊真山だった。去年の初場所のことよ」

互いに全勝同士、幕下優勝がかかった一戦だったらしい。

「映像までは見つからなかったんだけど、結果は寄り切りで玄松の勝利。豊真山は優勝を逃した。けれど三月の大阪場所の番付発表前に、玄松が引退した。代わりに豊真山が十両に昇進したみたい」

かなり気になる関係者だ。

「捜査員だったら、いますぐ豊嬰部屋に飛ぶのに！」

いまは警察学校の助教官、しかも当直だ。

「とりあえず、宮本君には報告しておく。高井戸署に話しても動かなそうだし」

塩見は電話を切り、警察学校に向かう。正門脇の通用門のカギを開ける。付近の遊歩道をうろつくワイシャツにスラックスの五分刈りがいた。古河だ。

「早いな、お前」

「ははは、することなくて。チェックアウトは十時でしたし」

古河は学生だが、塩見の方が一歳年下だ。学校の性格上、塩見は古河に命令口調で接しているが、古河は塩見を気軽な先輩としか見ていないようだ。言葉遣いがたまになれなれしくなる。古河は術科授業で柔道を選択したので、塩見は直接授業をすることがない。なかなか古河のこの態度を改めさせることができない。

「家族がいるのに、盆休みはひとりで寂しかっただろ」

とんでもない、と古河は眉毛《まゆげ》をあげた。

「塩見助教も結婚してみればわかりますよ。ひとりでゆっくり好きなことして過ごせる夜なんて、ないんですから」

「夏休みに家族で過ごすことを奥さんは期待してたんじゃないか。普段から夫がいなくて、心細いだろうに」

古河は適当に肩をすくめるばかりだった。

「だから、塩見助教も結婚すれば女の現実を嫌と言うほど知ることになりますよ。所詮《しょせん》、男をウォレットとしか見てませんから」

「奥さん、働いていないのか」

「結婚前は働いてましたけど、仕事に対する向上心はゼロ。美容と芸能ネタにしか興味がない。実家の両親に子守りを押し付けて、俺の雀の涙の給料から仕送りしたお金でママ友とランチだエステだネイルだ……」

古河は妻への不満が相当にたまっているようだ。

「この先もしばらくは別居婚の予定なのか？」

「巡査の初任給じゃ東京で家族は養えないでしょう。ファミリー官舎に入れそうだったら呼び寄せようかなと思ってるんです。あいつはそれも理由にして、働かないんですよ。こっちは転職でいっぱいいっぱいなのに、ワンオペきついとかイクメンになれとか、勘弁してほしいですよ。なんで俺の給与で食ってる専業主婦のためにこっちが身を削らなきゃなんないのか……」

「お前、次の冬休みは帰った方がいいよ。ちゃんと話し合わないと、離れ離れのまま最悪の結末になりかねないぞ」

セキュリティを解除して本館に入る。すでに気温は三十五度を超え、今日の府中市も猛暑日になりそうだった。

人が誰もいない学校は異様な静けさだ。ついて回る古河の愚痴が校舎内に響く。四日間も空調を切ってあったので、本館の教官室や当直室もサウナのような暑さだった。

「もうしばらくしたら寮の個室も涼しくなるだろうから、お前、部屋にいけよ」

「いやいや、もうちょっとおしゃべりしましょうよ、塩見助教」

古河は荷物だけ置いて、教官室に戻る塩見の後をついてくる。夏休みの四日間、誰とも会わず、人恋しかったのかもしれない。

塩見が事務仕事をしている横で、古河は給湯室でコーヒーを淹《い》れて、隣の仁子のデスクに座る。

「いやーでも、助教とは年齢が近いから、しゃべりやすくていいっすね」

上下関係が身につかなそうで、塩見は心配になる。

「だって甘粕教官は女性で話しかけにくいし、長田教官とは馴《な》れ馴れしくできないし。高杉教官は年齢が離れすぎてるでしょ」

「結婚生活の愚痴なら高杉教官の方が強く共感するんじゃないか。あそこは結婚二十年だからな」

「二十年も一緒にいられるなんて、奇跡ですよ。よほど仲がいいか、子供のために我慢しているか、どちらかでしょう」

「高杉教官のところに子供はいないよ」

「すげー。奥さん、従順でよっぽどいい女なんでしょうね」

塩見は苦笑いしておいた。コーヒーを一口飲み、ツッコんでみる。

「お前さ、真央のことが好きなんだろ」

古河は顔を真っ赤にして慌て始めた。

「な、なんで知ってるんすか」

「バレてるぞ。噂している学生がいた」

「まじかー。本人にバレてますかね」

「真央は鈍感なところがあるからな。そもそも既婚者を相手にしないだろう」

電話が鳴った。

「はい、警視庁警察学校です」

片柳太陽の母親だった。困り果てた様子だ。

「疲れ切って帰省してきましたので、実家でちょっと私が甘やかしすぎたのかもしれません。本人が学校には戻りたくないと駄々をこね始めまして……」

夏休みの帰省で緊張の糸が切れて、そのまま辞めてしまう学生は珍しくない。母親は慌てている様子だが、塩見は冷静に伝える。

「そういう気持ちになることもあるでしょう。いまは静かに見守ってあげてください」

「しかし、もう新幹線に乗っていないと間に合わない時間なんです」

「今日中には戻れないということですね」

片柳は岡山県出身だ。

「もしかして、成績に差し障りますでしょうか。卒業できないとか……」

「明日になったら甘粕教官が出勤しますから、そこで今後の対応を相談します。いまは休ませてあげてください」

自分で言いながら、いまの警察学校の指導は本当にぬるくなったと思う。子供も人も余っていた高杉や五味の世代のころは、帰寮に遅れる学生がいたら正門から締め出し、容赦なく退職させていた。塩見のころだって、帰寮に間に合わないものならペナルティで始末書を書かされたうえ長田から殴られた。

「ところでいま、息子さんと直接、話せそうですか？」

嫌がるかと思ったが、片柳はあっさり電話に出た。

「塩見助教、すみません……どうしても気分が乗らなくて。家を出ることができませんでした」

「そういう日もあるよ。お前は夏休み前、保健係としてよくがんばっていたもんな」

片柳は電話の向こうで泣き出した。

「本当にすみません。俺、本当はがんばりたいんです。がんばりたいんですけど」

「わかっているよ。大丈夫」

「なんとか明日中には府中に帰ります。絶対に帰ります！」

「そうか。待ってるよ」

塩見は特になにも言っていないが、片柳は勝手に立ち直り、電話を切った。甘ちゃんな指導だとは思うが、頭ごなしに叱り圧力をかけるより、本人は立ち直りやすいのかもしれない。再び電話が鳴る。たどたどしい日本語だ。阿部レオンのフランス人の母だった。

「実は息子が、インフルエンザなりまして」

「そうでしたか。いま、体調はどうですか」

「まだ熱がありまして、ちょっと……」

「インフルエンザですと出席停止期間があります。発熱から六日間、もしくは熱が完全に下がってから三日間は、元気でも登校することはできません。発熱はいつごろですか」

途端に母親は口ごもってしまった。いまの説明は難しかったか。

「ドクターに行きましたか。インフルエンザの検査はしましたか」

「あ、はい」

相手は沈黙してしまう。こちらの質問を理解していないようだ。

「阿部君といま直接話せますか」

「無理です。熱があり寝ています」

長田に伝えるとだけ言い、電話を切った。インフルエンザをいつ発症したのかがわからないが、この先一週間くらいは戻ってこられないだろう。

「最近は夏でもインフルエンザになるんだなぁ」

「うちの子もしょっちゅうでしたよ。子供は集団生活でもらいまくりますからね」

古河が言った。

「お前んところの子、まだ○歳児だろ。奥さんは働いていないのに、もう保育園に通っているのか？」

「そっちの子じゃないです。前の奥さんとの子」

塩見は瞠目《どうもく》してしまった。

「お前、バツイチだったのか」

「あっ、もしかして申告しておかないといけないやつでしたか」

採用試験の提出書類に離婚歴を書く欄などない。

「入校前の面談で言ってほしかったな」

妻子がいる学生も珍しいのに、まさかその前にも別の女性と家庭を作っていたなんて、思いもよらなかった。

「最初の奥さんとの子は何歳なんだよ」

「上はもう小学生っすよ。真ん中が年長、下は年中だったかな」

あっけらかんとした古河に塩見は引いてしまう。

「お前……すでに四児の父か」

しかし、ひとりも真面目に養育していないことになる。

「警察官の初任給で現在の妻子に仕送りし、なおかつ、前妻の子たちにも養育費を払っているのか？」

「まー、前妻のところは正直、逃げまくってますね。離婚するときに月六万円と口約束はしたんですけど、無理ですもん。こっちが生活していけない」

「前妻は三人の子供をひとりで抱えて、どうやって生活しているんだ」

「さあ」

塩見は古河を心の底から軽蔑《けいべつ》した。

「お前、無責任だと思わないのか。四人も子供を作っておいて、どっちの家庭も放置して、挙句に今度は十九の女の子に片思いして浮かれているって、ありえないだろ」

電話が鳴る。塩見は「ちょっと待ってろ」と古河に言い、受話器を上げる。

「はい、警視庁警察学校です」

電話の相手は猛烈に咳込《せきこ》んでいる。「一三三五期……」と苦し気に絞りだす。

「玄松か？」

声ですぐにわかった。

「はい。二、三日前から調子が悪くて。病院へ行ったら、インフルエンザだそうで」

「お前もか」

塩見は頭をかいた。玄松は苦しげに返事をする。

「お前、実家に帰ってないんだよな」

「はい。まだ調布のホテルにいます。本当は今日チェックアウトするつもりだったんですけど、いま学校に戻るとみなにうつしちゃいますし」

「熱は下がったのか」

「はい。ただ、咳が……」

また咳込んだ。

「病院には行ったのか？」

「薬もらっていますので、大丈夫ですが、学校にはあと数日はちょっと……」

塩見は出席停止期間について阿部の母親にした説明を繰り返す。ホテルの延泊は手続き済みだそうだが、食事が心配だった。

「三食どうしているんだ」

「宅配を頼んでいます」

「なにか差し入れを持っていく。洗濯は大丈夫か」

「ひとりで大丈夫です、熱は下がっているんで」

「滞在中と同じホテルだな？」

「はい」

「わかった。とりあえず向こう三日間は休みとして、甘粕教官には伝えておく。お大事にな」

巡業に行ったことを話したかったし、豊真山関についても質問したかったのだが、しばらくは無理そうだ。

「インフルが二名か。夏休み前から蔓延《まんえん》していた可能性が高いな」

まだまだインフルエンザの学生が出るかもしれない。古河に話しかけたつもりが、隣の椅子は空っぽになっていた。

「あいつ、逃げたな」

十五時前には当直の他の教官たちもやってきた。正門を開ける。実家から帰ってきた学生たちが続々と学校に戻ってきた。よく日に焼けて元気があふれている者や、また地獄の始まりだと肩を落としている者など、いろいろだった。塩見は正門の脇に立ち、出迎える。

アフリカ人のように真っ黒に日焼けしている男がやってきた。青木だ。

「お前、海水浴にでも行ったか。いくらなんでも焼き過ぎだ」

「いや、それが……あとで始末書を書きます」

なにかやらかしたかのような口ぶりだ。

甘粕教場の女警二人がそろって笑顔で戻ってきた。真央は別行動で、姿は見えない。

「教官、お久しぶりです！」

森がやってきた。背筋がぴんと伸びて、また一回り大きくなったように見える。

「お帰り。どうだった、夏休みは」

「両親に甘えまくりで、少し太りました」

「いや、身長まで伸びたんじゃないか？」

「そうなんですよ！　自宅で測ったら一六〇センチになっていたんです！」

「まさか。入校してから四センチも伸びたというのか」

たぶん測り間違いだろう。

真央がやってきた。彼女も少し日に焼けていた。

「お帰り。夏休みはどうだった」

「はい、地元の仲間とプールにいって、ちょっと焼けました」

「体調は大丈夫だったか」

「甘粕教官に言われた通り、よく気を付けるようにしているので、大丈夫です」

真央の返事にはこれまでと違い、張りがあった。

青木が気になるので、塩見は学生棟の東寮に入り、甘粕教場の学生たちの部屋が並ぶ五階へ上がった。各自、四日ぶりに戻った寮の個室で、荷物を整えたり、ベッドに座ってため息をついたりしている。

青木は個室に備え付けの鏡で、日に焼け過ぎた顔を気にしている。すでに一部は皮がむけて、ピンク色の肌がむき出しになっていた。

「大丈夫か、お前。ほとんどやけどじゃないか」

「実は地元の仲間たちと海水浴に行って、ＳＵＰに挑戦したんです。そこで流されてしまいました。陸が見えなくなり……死ぬなと思いました」

「どうやって生きて帰ってきたんだ」

「仲間が通報してくれて、海上保安庁の巡視船に救助してもらいました」

塩見は天を仰いだ。これは関係部署を通じて、海上保安庁に謝罪の電話を入れたほうがいいだろう。巡視船の名前を聞き取った。海上保安庁の組織図がわからないので、どここにどう電話をして謝罪すればいいのかわからない。

「やれやれ。インフルが二人に海難事故がひとり、バツイチで養育費を払わないしょうもないのがひとり、か」

塩見は二階に降りて、長田教場の副場長、中島修矢を探した。彼は確か父親が海上保安官だった。塩見は個室の中に入る。

「お疲れ様です！」

長田が厳しく指導しているから、中島は塩見にきっちりと十五度の敬礼をした。

「どうだった、夏休みは」

「おかげさまで、実家でゆっくりすることができました」

彼は何度も視線を方々に逸《そ》らした。様子がおかしい。目が泳いでいるのだ。彼は唇が切れて血が滲《にじ》んでいた。一部はかさぶたになっている。

「唇、どうした」

「乾燥がひどく……」

「この湿気がひどい真夏に、か？」

「自分は、乾燥気味の体質です」

塩見は中島の頭の先から爪の先まで観察した。指先までしっかり意識が行き届いているが、左右で手の大きさが違う気がした。

「両手を前に出してみろ」

中島は言われた通りにしたが、掌《てのひら》を上にした。

「手の甲を見せろ」

あきらかに右手の方が一回り大きいように見えた。

「右手が腫《は》れていないか」

「いえ。そんなことはないと思いますが……」

「手をグーパーしてみろ。二十回連続で」

中島は言われたとおりにした。五回目を過ぎたあたりから右手が震え出し、額には脂汗が滲む。塩見は彼の右手をつかんで止めさせた。途端に中島は眉間《みけん》にしわを寄せた。

「痛むんだろ、右手が。その唇は誰かに殴られた。そしてこの右手で殴り返したか？」

中島は床を見つめ、喉仏《のどぼとけ》を上下させる。

「誰かと殴り合いの喧嘩《けんか》をしたんだな」

「……弟です。いま中学生で、生意気で」

「弟は怪我をしていないか」

「いえ。兄弟げんかはいつものことで、親も呆《あき》れています」

「お前は特殊な訓練校で学んでいる。弟とはいえ、中学生を殴っていいわけがない」

中島は殊勝な顔で頷《うなず》く。

「もう、弟には手をあげません」

その目は泳ぎっぱなしで、塩見は海上保安庁のことを聞きそびれた。

夏休み明けの甘粕教場は二名が欠席のうちにスタートした。教官室で塩見が申し送りをしているときに、片柳の母親から嬉《うれ》しそうな声で電話がかかってきた。

「いま息子が新幹線に乗りました。今日の夕方にも、警察学校に戻れると思います」

片柳はすぐに合流できそうだ。問題は玄松と、海難事故を起こしていた青木だ。仁子に報告をしたら、悲壮な顔をした。

「生きて帰ってこられてよかったよ。海保様様だね」

仁子はその場で海上保安庁の大代表に電話をかけ、謝罪と感謝を述べる。〝うちのバカ息子がご迷惑を〟と言わんばかりの口調はお母さんみたいだった。

「とりあえず統括係長にも報告だね。こうなると始末書を出させないといけないか」

仁子は放課後に青木と面談し、始末書を書くように指導したが、胸をさすりながら教官室に戻ってきた。

「青木、顔の皮が半分べろんとむけて恐ろしい顔になっていたよ……」

「死にかけたのに始末書はちょっとかわいそうですよね。俺はそれより古河に始末書を書かせたいですよ」

バツイチで前妻との間に三人も子供がいること、現在の妻子のこともほったらかし状態であることを話す。高杉が話に食いつき、大笑いしていた。

「私生活がだらしないタイプか。教官助教がいまのうちに絞っておかないといけないが、始末書を書かせる名目がないな」

「俺に任せておけよ。今度廊下ですれ違ったら前妻の分までボコしてやる」

別れた妻子に未練たらたらの長田は、指の骨をぽきぽきと鳴らし始めた。

「長田教官、暴力はダメですよ」

「わかってるよ、うるせーな」

初日は仕事が多く、あっという間に十八時になった。夏休みの四日間も、学生たちには『こころの環』を書くよう指導している。夏休みを満喫した内容は微笑ましいが、分量が多いので読む方は大変だ。日が暮れ始め、仁子と二人がかりでも、なかなかチェックが終わらなかった。

「青木の日誌がすさまじいよ。海難事故の日のことを五ページにわたって書いている」

海難事故の恐ろしさを詳細に記録し、警察官としての自覚が足りなかったことや、救助してくれた海上保安官への感謝を素直に記していた。人命救助という仕事に目覚めたような記述があった。

『僕ももっと体を鍛えて、頼りになる警察官になりたいです。機動隊や救助隊の道に興味がわいてきました』

仁子は嬉しそうに読んでいる。

「いいね、青木はちゃんと自分の失敗を次に生かしているわ」

「古河に青木の爪の垢《あか》を煎《せん》じて飲ませてやりたいですよ。あいつは過去の失敗を全く生かそうとしていない」

高杉も学生の『こころの環』をチェックしながら、肩を揺らして笑っている。

「あー。早く飲みにいきてぇ。どっかきりのいいところで切り上げよう」

『飛び食』で合流することにして、仁子と塩見は玄松の様子を確認するため、早めに警察学校を出た。

玄松が宿泊している調布駅前のホテルに向かった。部屋番号は聞いているので、ロビーを素通りして、客室フロアに行く。玄松の部屋の前に、ビニール袋を提げた母親がいた。玄松の部屋は扉が少し開いている。

「顔を見せてよ、お母さんは一輝が心配でここまで来たのに――」

「うるせぇな、早く帰れよ！」

聞こえてきた玄松の罵声《ばせい》に、塩見は戸惑った。仁子も立ち止まってしまう。

「いまの、玄松の声だよね」

「あんな言葉遣いをする学生でしたっけ」

親子は扉を挟んで攻防している。扉の隙間から玄松の太い腕が出てきて、おかみさんが手に持っていたビニール袋を奪い取る。扉は即座に閉ざされてしまった。

おかみさんは未練がましく扉に手を当てて、ため息をついている。仁子と塩見に気が付くや、気まずそうに俯《うつむ》いた。

「どうも……息子に差し入れに来たんです。失礼しました」

仁子は目の付けどころが鋭かった。

「薬局の袋でした。夕食の差し入れではないんですか」

「夕食は出前で済ませるというので、私は湿布や塗り薬を持ってきたんです」

「インフルエンザなのに、ですか？」

「あの子、咳《せき》がひどいでしょう。腰にぎっくり来ちゃったみたいです」

「ヘルニアが再発したんですか」

「はい。インフルエンザだから下手に整形外科にもかかれませんでしょう。それで、市販の痛み止めと湿布を差し入れに来たんです」

仁子はチャイムを鳴らした。扉の向こうから再び「帰れ！」と厳しい声が飛んでくる。おかみさんはあまり気にしていない様子で、肩をすくめただけだった。

「私だよ、塩見助教と一緒に来た。玄松、大丈夫か？」

教官助教を前に、玄松は慌てている様子だ。声音が一転した。

「失礼しました。母はまだそこにいますか」

仁子は考えた末、「もう帰った」と答える。母親は帰りそびれたふうだ。

「差し入れをしたお母さんにずいぶんな態度だったが」

「すみません、インフルがうつるから扉は開けられないと言っているのに、しつこいから……部屋にウイルスを持ち帰ったら、力士たちにすぐ蔓延《まんえん》してしまいます」

食事を買ってきてやろうかと塩見が改めて申し出たが、もう宅配を頼んだという。

「教官助教も、あまり心配しないでください。お二人にうつして、警察学校でインフルが流行《はや》ったら大変ですから」

「もう流行っているようなんだ。阿部もインフルらしい」

玄松が激しく咳込んだ。苦しそうなので会話もそこそこに、引き上げることにした。

「おかみさん、もしよかったら、少しお茶でもしていきませんか」

仁子が弥生を誘った。ちらりと意味ありげな視線を塩見に飛ばす。

三人で天神《てんじん》通りにある老舗《しにせ》の喫茶店に入った。調布駅から北へ離れた場所にあるが、布多天神《ふだてんじん》の参道に近い商店街の中にある。

「先日は巡業先でしたから、終わりのときにご挨拶《あいさつ》できず、失礼しました」

おかみさんは恭しく仁子と塩見に頭を下げた。紺色の麻のワンピースにパステルピンクのスニーカーを履いていた。最近の四十代はかなり若く見える。しっとりとした物腰は気品があった。

「こちらこそ、飛び入りでしたのに席を用意していただいてありがとうございました」

仁子も丁寧に挨拶を返している。

「先ほどは親子の見苦しいところを見せてしまいました。一輝があんなふうに怒鳴ることなんて、全くないんですよ。私がしつこすぎちゃったのかしら。どうしても顔を見たかったんです。これまでバラバラに暮らしたことなんかなかったから、私の方が子離れできなくて、ダメですねぇ……」

　弥生は困り果てた様子ながら、瞳《ひとみ》は息子への愛で輝いている。あんな風に息子から怒鳴られても、全く怒りがわかないようだ。

「ある程度の年齢になったら、母親というのはうざったく感じるものですが、一方で心の底ではとても大切に思っていると思いますよ」

　塩見は自分の母のことを思い出しながら言った。

「息子は、学校で私の話をしていますか」

　期待を込めて見つめられ、塩見は困ってしまった。仁子があっさり答える。

「ないですね。玄煌部屋、力士時代の話から角界の話題に至るまで、全くしゃべりません。敢《あ》えてその話題を避けている風にも見えます」

　弥生は苦笑いした。

「警察の世界を学ぶことに、必死なんですね」

　仁子が否定気味に説明をする。

「親元を離れて全寮制で、教官助教を親と慕い、心身を仲間と共に鍛える。警察学校は相撲部屋にとても似ていると思います。玄松君が警察学校の生活にスムーズに入れたのも、部屋での経験があったからだと思います。だからこそ、毎日の生活の中で、これは相撲部屋と似ているとか、これは全く違うなとか、思うところはたくさんあるはずです。しかし玄松君はがんとして相撲の話をしません」

弥生は曖昧《あいまい》に微笑んだ。この話題を深掘りされたくなさそうだ。塩見は切り出す。

「失礼ながら、親方と玄松君、もしくはおかみさんと玄松君の間で、仲たがいするようなことがあったのではないでしょうか」

そうですねえ、と弥生は遠い目になる。

「角界を愛する気持ちは私も親方も、息子も同じだったと思います。ただ全く違う点がひとつありました。相撲への考え方です。息子は相撲をスポーツととらえています」

巡業中にも話していたことだ。塩見はやんわり意見する。

「僕は、相撲はスポーツだと思いますが」

「違います。相撲は神事です。断じてスポーツではありません」

弥生の断言にはとりつくしまがなかった。

「そもそも相撲の発祥は神道の行事のひとつです。神様に捧《ささ》げる、武器を持たない、体と技、心だけで勝負する。世界一、無防備な戦いです」

廻《まわ》しひとつでぶつかりあうのだ。関取の廻しは正絹で特別に作られているものだが、形は、いわゆるふんどし、下着だ。

「下着一枚で戦うスポーツなどこの世にはありません。しかしまつりごと、宗教行事であれば、いくらでもあります。神輿《みこし》担ぎなんかみなそうでしょ」

「しかしルールがあり、勝ち負けがあり、番付、いわゆる順位がある。スポーツだと思いますが」

塩見の意見は即座に否定された。

「相撲は神様に捧げる伝統芸能の一種であり、勝敗を競う野蛮なものではないのです。外部の人は勘違いして大変困るのですが、そういう若手が台頭してきているのも確かです。息子もその一人でした。その点で、親子に相違があったと思います」

強気で断言していた弥生だが、説明するうちに声音をやわらげていった。おしとやかに咳払いすると、静かな手つきでコーヒーを混ぜて、会話を変えた。

「巡業を見てわかっていただけたのではないかと思いますが、初っ切りをはじめ、取り組みについても、力士には見せる相撲の技術が必要です。相撲の取り組みは、観客を、神様を楽しませるためのものなんです」

塩見はおかみさんの考え方にかなりの違和感があった。スポーツではないと言い切るのならば、勝負のために体を太らせ、星のために全身ボロボロになって戦う力士の存在意義はなんなのだ。神様や観客のために体を酷使しているというのか。勝ちたい、横綱になりたいという、勝負の先にある力士個人の喜びややりがいを否定しているようで、不快感があった。

「それにしても、警察学校の教官助教のみなさまは、仲が良いのですね。夏休みまで一緒に過ごされるなんて」

その場の空気を温めようとしたのか、弥生が巡業の話に変えた。仁子が意味ありげな視線を塩見に送ったあと、切り出す。

「教場の学生たちを鍛え、教育し、ときに悩みに寄り添うのが警察学校の指導官です。私たちは寝ても覚めても学生たちのことを考えています。仲が良いから休日も一緒に遠出するのではなく、心配な学生がいるから遠出したのです」

弥生の目が不安げに揺れる。

「一輝になにか問題があるような言い方ですが……」

「今期の甘粕教場の中で、いちばんの問題児です」

「息子がご迷惑をおかけしているようで、大変、申し訳ありません」

恭しく頭を下げるも、仁子を敵視するような視線を一瞬、見せる。

「ちなみに、私の息子のなにが問題なのでしょうか」

「お母さん。一輝君と信頼関係はありますか」

「どういう意味ですか」

「一輝君はお母さんを信頼しているのでしょうか」

「私たちは血の繋《つな》がった親子です。あの子は私が腹を痛めて産んだ、たったひとりの子です。あなた、何が言いたいんです」

仁子がなにか言おうとしたが、弥生が封じる。

「あなた、ご結婚は。お子さんはいるの」

仁子は弥生の土俵には乗らなかった。

「私は教場の学生ひとりひとりと信頼関係を築けるように、努力をしています。正直なところ、玄松君とは信頼関係を築けてはいません」

弥生は少し鼻で笑っただろうか。

「お母さんは？」

「だから――。母と子なんです。信頼関係もくそもないんです」

「なぜですか」

「あなたは子供を産んだことがないからわからないわ」

「玄松君の引退理由は、ヘルニアではないようです」

「そんなことは知っています」

――罠《わな》にはまった。仁子の尋問は鮮やかだ。ここで仁子は別の質問をぶちこんだ。

「ところで豊真山という、東の前頭十二枚目の関取がいますね。豊嬰部屋の」

弥生の目が泳ぎ始めた。やはり玄松や、玄煌部屋と因縁がある相手か。

「いきなりなんなんですか。意味がわからない」

「あなたは富士見ヶ丘に玄煌部屋があったころ、誰かに刺されていますよね」

このタイミングで仁子は核心に切り込む。弥生は狼狽《ろうばい》が止まらない。

「その事件がきっかけで玄松は引退した。刺したのは玄松ですか。豊真山までもが目撃していたとか？」

「そんなわけないじゃない！」

弥生が突如興奮し、テーブルを叩《たた》いた。まばらに座っていた客が、こちらを振り返る。

弥生は深呼吸し、身を引いた。こほんと小さく咳払《せきばら》いする。

「息子が私を刺すなんてありえません。私たちは親子なんです」

親子間の殺人事件などたくさんあるが、塩見はそれは言わず、切り出す。

「では、おかみさんを刺したのはどなたですか」

弥生はコーヒーを飲み、首を傾げながら、ちょっと笑う。

「先ほどから、何の話をしているのか、わかりません」

落ち着きを取り戻したところで、はぐらかした。

「刃物で刺され、タニマチだった整形外科医の先生のもとで治療をしていますよね」

思い出した、というふうに、笑顔で弥生は仁子と塩見を見た。

「そういえば、高井戸署の刑事さんも全く同じことを聞きにやってきました。その前にはマスコミの方まで来て、迷惑な話です」

弥生が揶揄《やゆ》するような目で仁子と塩見を順繰りに見た。

「視聴率や部数稼ぎの下世話な話を厚顔無恥に報道するマスコミの戯言《ざれごと》を信じて、警察が動いているというんですか？」

「治療をした整形外科医は認めましたよ。私はこの目で電子カルテを見ました」

「三好先生は耄碌《もうろく》しているし、電子カルテなど存在しないはずです」

塩見は思わず食らいつく。

「なぜ存在しないと断言できるんですか。あなたが削除するように言ったからだ」

「違います。私は刺されてなどいないからです。あなたが望むのならば、私はここで裸になったってかまわないわ。体中を調べて頂戴《ちょうだい》！」

弥生は啖呵《たんか》を切り、カーデガンを脱ぎ始めた。塩見は腰を浮かせて止めようとしたが、仁子は微動だにしない。

「どうぞ。脱いでください。確認しますから。ここではなんですから、一緒に女子トイレに行きましょうか」

仁子が立ち上がり、弥生の腕をつかんだ。弥生は腕を振り払い、ぴしゃりと仁子の頬を打った。

「人前で裸になれなんて、失礼な人！　こんな人が警察官、こんな人が息子の教官だなんて、警視庁はどうかしているわ。玄煌部屋のタニマチには議員筋の方もいます。その方のルートを使って抗議させていただきます！」

周囲に聞こえるような声で喚《わめ》き散らし、弥生はカーデガンをつかんで喫茶店を出て行った。

第六章　決　闘

仁子は目覚まし時計の音で目が覚めた。九月下旬になったが、暑い。朝晩くらいは秋の気配があってもいいのに、エアコンをつけていないと室内はあっという間に三十度を超える。

テレビのニュースを見ながら、朝食の準備をする。コーンフレークにドライフルーツをトッピングして、牛乳をかけた。口に入れた瞬間、びりびりと刺激するような味がして、口の中のものを吐き出した。

仁子は出勤途中のコンビニで塩むすびを買い、学校に入った。おにぎりは具材によっては食べられないものが増えてきてしまった。鮭や昆布は生臭く、ツナマヨもマヨネーズに刺激を感じる。塩見はおいしそうに牛時雨《しぐれ》煮のおむすびをよく食べているが、隣に座っているだけで牛臭い。

塩むすびを食べながら、模擬捜査の準備をした。十月の実務修習を無事に終えて授業が再開したら、いよいよ死体に見立てたマネキンを準備する。グラウンドの片隅にある模擬家屋に死体を置いて、模擬捜査はスタートだ。教官たちの誰を犯人役にし、関連人物に見立てようか。すでに協力を打診している。毎日本当に忙しかった。

玄松は夏休み明けの三日後には元気に出てきた。座薬を入れているとかで、腰の痛みは治まっているようだ。巡業や豊真山の話もできていない。おかみさんと言い争いになり、暴力まで振るわれている。このトラブルを玄松に伝えるべきかも含めて、仁子は慎重になっていた。

紫檀《したん》の包丁については高井戸署に情報をあげているが、反応は鈍かった。

高杉が出勤してくる。

「なに朝から味気ないもん食ってんだ」

仁子は塩むすびの三つ目を口に入れているところだった。

「他のものは臭いんですもん」

高杉は弁当の袋を出した。以前、自宅官舎を訪ねたときは夫婦喧嘩《げんか》していたが、たまに高杉は愛妻弁当を持ってくる。

「海苔《のり》くらい巻けよ。余分に持ってきているからさ」

保存袋に入った海苔がデスクに投げ込まれた。

「高級海苔だぞ。有明《ありあけ》海産のなんとか、って」

「奥さん、優しいですね」

仁子は一枚いただき、コンビニの塩むすびに巻いて口に入れた。途端にゴムのようなにおいがして、仁子は慌てて口から吐き出した。

「――どうした」

「ごめんなさい。なんだろ。ちょっと変な味が……」

高杉は眉間《みけん》にしわを寄せた。

「あのクソババ、海苔に毒物を仕込みやがったか。俺を殺す気だな」

どこまでが本気か冗談かわからないことを言い、高杉は海苔をかじる。

「普通にうまいが」

長田と塩見が一緒に出勤してきた。この二人は仲がいいのか悪いのか、よくわからない。高杉は海苔を長田と塩見に毒味させる。

「普通においしいですよ。分厚くて磯のいい香りがするから、高級品じゃないですか。奥さんの愛情を感じますよ」

塩見が言った。

「私、嗅覚《きゅうかく》がさらにおかしくなっているのかも」

仁子は高杉に謝った。長田はどうでもよさそうだ。

「それより阿部だよ、阿部」

インフルエンザに罹患《りかん》し欠席続きの阿部が、九月に入ってもまだ復活できずにいた。倦怠感《けんたい》が取れず、自宅で寝込んでもう一カ月になる。

夏休み明けの翌週、長田と高杉は横浜にある阿部の実家を訪れている。だが阿部は体調不良と感染を心配し、自室に引きこもったまま、顔を見せていないそうだ。

「その後も横浜の実家に行っているが、いまだに阿部と対面できないんだ」

「親御さんにもほとんど顔を見せないそうなんだ。三食は部屋の前に置いているとか。深夜にシャワーを済ませてすぐ部屋に戻ってしまうと言っていたな」

「それってインフルの後遺症というより、引きこもりっぽくないですか」

仁子も疑わしく感じる。

「フランス人の母親とは話がかみ合わないから、状況がよくわからない」

父親は海外赴任中で不在らしい。阿部の叔父《おじ》が神奈川県警の警察官だが、一緒に住んでいるわけでもないし、彼に問い合わせてもわからないだろう。

「しかも最近はスマホも不通なんだ」

「電源が切られている、ということですか」

塩見は驚いた様子だ。

「いまどきの若者がスマホの電源をそう長らく切ったままにできますかね」

試しに長田が阿部のスマホにかけてみる。やはり、電源は切られていた。

「そもそも阿部は本当にインフルだったんですかね。夏休み中にインフルが二人出たってことは、夏休み前から感染が広がっていたはずで、もっと発症者が出るかなと思ったんです。でも結局、二人だけでしたし」

高杉も長田も、それがどうしたという顔だ。仁子は違和感に気づいた。

「確かに変だね。二人は教場が違うし、寮の部屋も離れている」

玄松は五階、阿部は二階だ。

「二人が密に接触した様子はないのに、インフルにかかったのは二人だけ？」

「夏休み、一緒に仲良く遊んだのかな」

高杉が呑気《のんき》に言った。

「あの二人は犬猿の仲じゃないですか。仲良く遊んだとは思えません」

そういえば——仁子はファイルを取り出した。

「玄松から出席停止届やインフルの診断書が出てない」

どちらも医師に記入してもらうものだ。

朝礼の後、仁子は玄松を廊下に呼び出した。

「玄松。ちょっと夏休みのことについて聞きたいんだが」

玄松の態度は以前にも増してよそよそしくなっていた。おかみさん殺人未遂事件について聞かれないか、警戒を強めているようだった。

「夏休み、阿部と一緒に出掛けたか？」

「いいえ」

短い答えだった。仁子は玄松の警戒心を解きたくて、冗談ぽく尋ねた。

「犬猿の仲だしね」

玄松は殆《ほとん》ど表情を変えなかった。

「ところで、インフルエンザの診断書と出席停止届が出ていない」

「すみません、実はインフルの疑いというだけで、はっきり診断されたわけじゃないんです」

　盆休みだったこともあり、玄松が病院にかかれたのは発熱から三日後だったらしい。

「発熱から四十八時間以内に検査しないといけなかったみたいなんです。それ以降だと検査をしても、インフルエンザの陽性反応は出ないことがあるそうで」

「それなのに医者はインフルだと診断したのか」

「いや、なんというか。インフルだろう、ということで……」

「警察学校で流行《はや》っていたらそういう判断もしただろうが、お前が病院にかかったときは阿部の罹患を知らなかったはずだよね？」

「医者に電話をして、確かめてみます。もういいですか。一限目は体育でプールなので、着替えにいかないと……」

　仁子はかまわず会話を続けた。必要以上に怒鳴ったり、手を上げたりすることはないが、あくまで主導権は教官にあると態度で示さなくてはならない。

「実は夏休みに巡業を見にいった。楽しかったよ」

「……そうでしたか」

「ちょっと来てくれる？」

　仁子は玄松を連れて教官室に戻り、デスクの引き出しにしまっていたスマホを出した。豊真山の画像を見せる。玄松に大きな反応はなかった。

「巡業ではよく、地域の赤ちゃんを抱っこして土俵入りするんです」

「赤ちゃんじゃなくて、その力士。豊真山っていうんだね」

「ええ」

「玄松が最後に対戦した相手だ」

玄松の表情が曇り始めた。

「だからなんですか。彼が教官になにか言いつけてきたんですか」

――なにか言いつけてきた。

どうしてそういう思考に結び付くのだろう。豊真山になにか負い目があるのだと直感した。母親との関係についても深掘りしたくなった。

「お父さんとお母さんにも巡業先で会ったんだよ。とても親切にしてもらったから、改めて玄松からよろしくと伝えておいて――もう一ヵ月以上も前の話だけど」

「わかりました」

「お母さんのことなんだけど」

行きかけた玄松を呼び止める。迷ったが、正直に言うことにした。

「言い争いになって、ひっぱたかれた」

玄松は悲壮な表情で目を見開き、仁子の前に戻ってきた。いまにも謝りそうだったので、慌てて止めた。

「玄松に謝ってほしいわけじゃない」

「しかし――」

「いや。玄松は大丈夫だったのかな、と。あのお母さんは、なんというか……」

玄松は目を伏せてしまった。

「大切なお母さんを悪く言いたいわけじゃない。私は子供を産んで育てたことがないし、私の言い方が悪くてお母さんを怒らせたのかもしれない。でも、なんていうか――」

「わかってます」

玄松は深く頭を下げて、足早に立ち去った。


一限目、仁子は空き時間だったので、『こころの環』を読んだ。真央は自分の体調を気遣うようになっていて、毎晩、違和感がないか自分の体のチェック表を作るまでになっていた。青木は高杉の紹介で、機動隊の元特殊救助隊の隊員から話をきくことができた。人命救助の世界に益々《ますます》のめり込んでいる。

古河は、久々にテレビ電話で乳飲み子の様子を見られたと記していた。ハイハイができるようになっていて驚いた、としか書いておらず、親らしい発言はない。相変わらず無責任だ。座学も術科も成績はよく、やる気もあるし、教場では副場長として頼りにされている。私生活は滅茶苦茶《めちゃくちゃ》の古河をどう指導すべきか、仁子は考えあぐねている。

玄松の『こころの環』をめくろうとしたところで、長田のデスクの内線が鳴った。仁子は身を乗り出して受話器を上げた。相手は正門の練習交番で当番中の学生だった。

「長田教官に来客なんですが」

「授業中に来るなんて、アポなしね。一体誰？」

学生が名刺を棒読みする。

「株式会社鬼退治《おにたいじ》の福沢正勝《ふくざわまさかつ》さんという方です」

ずいぶんふざけた会社名だ。仁子は警戒する。

「ちょっと待って。私が対応するから」

仁子は小走りに正門に出た。濃紺のスーツに派手なネクタイをした若い男性が立っていた。仁子には顔がわからないが、物腰はとても丁重だった。

「失礼ですが、一三三五期の長田教官とお話をさせていただきたいのですが」

「いま授業中です。私でよければ対応しますが」

仁子は株式会社鬼退治の福沢という男を、本館の応接室に通した。ふざけた社名のわりに、名刺には堅苦しい肩書が連なっていた。労務関係のプロフェッショナルらしい。

「会社の名前が強すぎて、引きますよね。弊社の代表の趣味の悪さったら、すみません」

「いえ、ちなみにどのような業務をなさっている会社なのでしょうか」

「弊社は退職代行サービスを行っております」

仁子はまさかと目を丸くした。退職希望の新人警察官が、退職代行サービスを使う時代になったのか。

「長田教場の阿部レオンさんより、警察学校に退職を申し出たいということで、弊社に相談いただいております」

仁子は固まってしまった。退職の申し出があったら、面談し相談に乗ってやり、まずは共に問題点を共有して寄り添う。結論を急がせない。どちらが学生の将来にとって最良の選択なのか、教官助教は一緒に悩んで、学生と共に答えを出す。退職代行サービスなど使われたら、たまったものではない。

「まずは必要書類を整えたいと思っております。退職届を出すにあたりまして、正式なフォーマットや規定の用紙などは必要でしょうか。また、まだ学生ですが、表題は『退職願』でしょうか。それとも『退学願』か……」

「ちょっと待ってください」

「はい。どうぞ」

福沢は丁寧な調子で仁子に話を促した。

「私は担当教官ではありませんが、刑事捜査という授業で阿部君を指導しています。正直、全く知らない第三者から一方的に退職と言われても――」

「クライアントの意思ですから、ご了承ください」

「本人と話をさせてください」

「本人は誰とも話をしたくないのです。ご了承ください」

「阿部巡査は教場の場長でした。ちょっと毒舌だったり、人を見下したりするような態度は見られましたが、体育祭では教場を引っ張り、騎馬戦では全学生の拍手喝采《かっさい》を浴びるほど活躍しました」

福沢は何度も頷《うなず》いている。

「教場の仲間たちも納得できないと思います」

「そこは個人の退職の意思を尊重していただきたいと思います。クライアントは、教官や教場の仲間たちのために警察官をやらなくてはならないのですか」

「そういうことを言っているのではなく――」

「はい。どうぞ」

「とにかく、担任の長田教官にまず伝えます。私はここで阿部の退職意思を受け入れるわけにはいきません」

「わかりました。では第一回の面談は不承に終わったことを、クライアントに伝えます」

「そんな言い方はしないでください。退職は、学生の将来を左右する大きな事案です。第三者が勝手に進めていいものではないはずです」

「我々は退職に関する全権をクライアントに委任されております」

仁子は天を仰いだ。話が通じない。

「二回目以降は、アポイントメントを取らせていただきます。長田教官の空き時間はわかりますでしょうか」

「今日の昼か夕方以降でお願いしたいです。忙しくとも、長田教官は対応するはずです」

福沢はスマホのスケジュール帳を開いた。

「あいにく本日はアポイントメントが一杯でして、来週の火曜日以降になります」

「そんなバカな。退職という大事な話し合いをそんなに先延ばしにはできません。すでに一カ月以上欠席しているのに、さらにとなると、補習をしても追いつけなくなります」

福沢は仁子の意見をメモに書き留めた。

「その点は、クライアントに伝えておきますね」

「今日もう一度、もしくは明日にでも話し合いができませんか。できれば阿部巡査を含めて」

「クライアントから我々が全権を委任されておりますので、同席することはありません」

仁子は食い下がろうとしたが、そもそも、同席する気があるくらいなら、退職代行サービスなど頼まないだろう。

「それではこれにて失礼させていただきます。以降、守っていただきたいことがひとつだけあります」

紙を渡された。

「クライアント本人に絶対に接触しないこと。電話、メール、自宅訪問、一切ご遠慮願います」

「そんな――」

「労働者のこころと権利を守るためのルールです。ご了承ください」

「できません。学生本人と面談できないまま退職なんて――」

いたします。お約束を守っていただけない場合、労基署に通報をいたします。警察の場合は公的機関ですから、管轄する東京都公安委員会に抗議をさせていただきます。何卒《なにとぞ》よろしくお願いいたします」

「はあ?」

「それ、パワハラですよ」


仁子は授業が終わるまで待てず、長田を探した。川路広場で、荒畑が担当する警備実施の授業を代理で行っていた。ポリカーボネートの大盾を持ち、装具をつけて大盾訓練を行うもので、長田もヘルメットをかぶって学生を指導していた。

長田は、籠《かご》に入ったビール瓶や空き缶、石などを、大盾を構えた学生たちに向かって投げつけていた。学生は盾を隙間なく並べてその後ろに全身を隠すようにして構え、飛来物は後列の学生が盾ではじき返している。何人かはタイミングが遅れ、ビール瓶の中の水を浴びてしまっていた。


「いまのは火炎瓶だぞ、いまごろお前ら火だるまだ。もういっちょ!」

再び長田がビール瓶を投げつける。うまいことはじき返したのは副場長の中島だった。

阿部が一ヵ月以上不在で、現在は中島が長田教場を仕切っている。学生たちは場長がなかなか戻ってこないので、まとまりがないように見える。阿部が退職代行サービスを使って辞めたとなれば大きなショックを受けるだろう。

仁子は長田を呼びつけた。長田はヘルメットのシールドを上げた。

「いま訓練中だ！」

「わかってます！」

緊急事態であることを全身でアピールした。長田は学生たちに「大盾を持って川路広場を五周」と指示する。学生たちは勇ましく返事をしたが、誰を先頭にどう走るのか戸惑っている。これまで阿部の仕切りが完璧《かんぺき》だったから、余計にバラバラに見えた。

「なんだ、どうしたんだ」

仁子は長田にヘルメットを取ってもらい、耳元で事情を話した。長田のぎょろりとした目が血走る。


すぐさま高杉、統括係長へと報告があがった。統括係長は前代未聞の出来事に、校長に相談した。阿部と接触しようものなら東京都公安委員会に抗議するというので、もはや現場の判断では動けない。

学校幹部の判断が出ないいまま、昼食の時間になった。仁子は塩見や高杉、長田の四人で作戦会議も含め、食堂の片隅でランチを取った。高杉がため息をつく。

「それにしてもなに考えてんだ、阿部のやつ」

「退職代行サービスを頼む人って、ブラック企業に勤めている人で、辞めたくてもなかなか辞めさせてもらえない人だと思っていました」

仁子の意見に塩見もうなずく。

「基本はそうだと思いますよ。退職代行業者の方だってそういうクライアントが多いから、なるべく接触させないようにしたり、法的手段をちらつかせたりするんでしょうし」

塩見がちらりと長田を見る。

「本当に今回はパワハラとか度を過ぎた指導をしていないいんですよね」

「してねーよ、うるせーな」

塩見をパワハラ指導したという反省があるからか、長田は分が悪そうな表情だった。

高杉が助け舟を出す。

「俺がちゃんと見張ってた。パワハラはない。だいたい、阿部は長田が強い指導をいれなければならないほどの問題行動は起こしていない」

頭髪の違反があったので万年教場当番に指名したことがあるが、それも夏休み前の話だ。すでに阿部は反省文を書いて済んでいる。塩見がみなに問う。

「俺は阿部を直接指導していないんでわからないいんですが、授業態度はどうだったんですか」

「授業態度はまじめで、成績もよかったよ」

仁子は塩むすびにかぶりつきながら言った。高杉も手をあげる。

「逮捕術も優秀だった。やはり元スポーツ選手だから体幹ができていて、安定していた。技をマスターするのも早かった」

「刑事訴訟法の授業も成績はトップクラスだった」

長田が首を傾げた。

「なにが問題だったというんだ」

「学生同士の、人間関係ですかね」

塩見が切り出した。仁子もうなずく。

「そうだね。玄松と対立していたし、森も阿部を敵対視していた。阿部のあの、他人を見下すような態度は改まっていたんですか」

長田と高杉は顔を見合わせた。

「玄松には対抗心があったんじゃないか。教場内では落ちこぼれをフォローをしていて、優しかったぞ」

退職に至る理由が全くわからなかった。

「夏休みで気が抜けたのかな」

「夏休み前まであんなに調子よく頑張っていたのに、たったの四日間、実家に帰っただけで、ぽきりと折れるか？」

長田も高杉も全く心当たりがないようだ。本人と接触できないのがなにより難しい。

仁子は思わず、毒づく。

「警察外部の人って、東京都公安委員会をちらつかせればこちらを黙らせられると思うんですかね」

仁子は夏休み明けに、玄松の母親から議員筋がどうのと言われたばかりだ。公務員は政治家からの圧力に弱いと思っているらしい。今日の退職代行サービスの福沢も似たような対応だった。腹立ちまぎれに味噌汁《みそしる》を飲んだ瞬間、奇妙なにおいが鼻を抜けて、舌がぴりりとしびれた気がした。

皆の手前、吐き出すことができず、強引に飲んだ。

「今日の味噌汁、なにか変じゃないですか？」

食堂は味噌汁が飲み放題だ。味噌汁サーバーが何台か並んでいて、日替わりで具材がトレイに並んでいる。今日はわかめとネギ、豆腐だった。定食を食べている他の三人も、同じ味噌汁を飲んでいる。

「普通においしいが。なあ？」

高杉が言い、長田が頷《うなず》く。塩見が仁子のお椀《わん》を取った。

「俺が飲んでみましょうか」

塩見はスプーンですくって仁子の味噌汁を味見した。わからない、と首を傾げる。仁子は再びお椀に口をつけたが、口に入れた途端に洗剤のような味を感じた。

「やっぱりなんか変だよ」

仁子は立ち上がり、食堂の職員を探した。三角巾《さんかくきん》をかぶった女性職員が、コンテナに入った炊き立てのごはんを運んできていた。

「すみません。今日の味噌汁サーバー、味がおかしいと思うのですか」

「どの機械から出しましたか？」

仁子は五台あるうちの、いちばん右側のサーバーを指さした。

「右端のサーバーは週末にメンテナンスで内部洗浄を行ったんですよ。それでにおうのかしら。洗剤が残っているのか……」

女性職員は検査しようとしたが、仁子は止めた。おそらくこれは仁子にしか感じない味だろう。丁重に礼を言い、引き下がる。

テーブルに戻ろうとして、背後にいた塩見とぶつかった。深刻そうに訊《き》かれる。

「嗅覚《きゅうかく》過敏がひどくなっていませんか。これまで洗浄後の味噌汁サーバーに洗剤の味を感じたことなんてないでしょ。嗅覚過敏に付随して、味覚過敏も出ているのかもしれません」

仁子は必死に元気を振り絞った。

「そんなことより、いまは阿部だよ。『鬼退治』をどうやって撃退して阿部と話し合いを持てるか、考えないと」

テーブルに戻って作戦会議をした。男たちは阿部となんとか面談を取り付けられないか、様々な意見を出している。仁子は全く集中できなくなった。

相貌失認《そうぼうしっにん》から始まり、この春からは合併症のような形で嗅覚過敏の症状が出た。秋も近いいま、味覚までもが過敏になりはじめているのか。

十六時から緊急職員会議が行われた。退職代行業者を使った学生の対応について、警視庁本部警務部の労務に詳しい警察官が見解を示してくれた。業者が一方的に示した本人接触不可のルールは法的根拠がなく、電話もメールも直接訪問も問題はない、ということだった。長田は個別に呼び出され、これまで阿部に対して行き過ぎた指導がなかったのか本部で絞られていた。長田は前科があるだけに、警務部も長田への視線が厳しくなっているようだ。

「今後は、どれだけ迅速に少ない接触で結果を出せるか、です。阿部巡査へのメールや電話の数が多ければ多いほど、パワハラと相手が感じやすくなります」

警務部の担当者が言った。高杉が頷く。

「そうだな。電話はやめて、一回の突撃訪問で決着をつけよう。いつにする?」

退職代行業者も阿部宅を訪問するはずだ。鉢合わせしないほうがいいだろう。前に立たれて追っ払われるのがオチだ。

「そういえば、今日はアポがあると退職代行業者は言っていました。次は来週の火曜日以降に話し合いたいと言っていましたから、その間に、阿部と接触するはずです」

「なら、今日だ。これから阿部の自宅を突撃するぞ」

阿部の自宅は横浜市神奈川区の最寄り駅からバスで二十分の住宅街にあった。警察学校から公共交通機関を使うと二時間近くかかるので、塩見の運転で学校のクルマを使って向かう。

急な訪問で、誰が阿部と対話するのか調整がつかない。担当教官の長田や高杉が適任だが、年齢が最も近い塩見、そして退職代行業者の対応をした仁子も一緒にクルマに乗った。本来なら長田がひとりで行くべきだが、彼にはパワハラの前科がある。

「それじゃ、俺が対応するしかないか」

高杉は受けて立ったが、仁子は慎重だ。

「高杉教官は見た目にかなり圧迫感があります。阿部巡査と強い信頼関係があるのなら問題ありませんが……」

そもそも強い信頼関係がなかったから、退職代行業者など頼んだのだ。年齢が離れすぎているせいか、高杉もあまり自信がないようだった。

「俺が話しましょうか。年齢が一番近いですし」

多摩川を渡り、神奈川県川崎市に入ったところで塩見が言った。車内はエアコンが効いていて、窓を閉め切っているのに、多摩川河川敷の緑の濃いにおいが鼻につく。

「塩見は担当教官じゃない上に、授業も持ってない。阿部から遠すぎるだろ」

高杉が首を横に振った。仁子が手を挙げる。

「私が行きますか？　女性だとあちらも警戒せず、気軽に対応するかも」

みな納得しかけたところで、甘いバニラのかおりがぷうんと漂ってきた。クレープ屋の前を通ったのだ。仁子は力士の鬢《びん》付け油のにおいを思い出した。

おかみさん殺人未遂事件も、岡倉の謎の転落死事件も何も解決していない――と考えたところで、仁子は荒畑のことを思い出した。

事件に関わっているかもしれないということで、七月末に休職して一ヵ月半が経つ。高杉がいたおかげで長田教場の運営には差し障りがなく、すっかり存在を忘れていた。

「荒畑助教はどうかしら」

塩見も高杉も驚いた様子で仁子を見た。

「なにをいまさら。あいつこそ半分退職しているようなもんだろ」

「調布署や高井戸署の捜査の進展を聞きませんから、荒畑君もさほど絞られてはいないはず。でも警察学校に戻りたいという連絡すらありませんし……」

休職にかこつけてのんびり休んでいると塩見も思っているようだ。長田は腕を組んだまま、顎《あご》をさする。

「いや、実は俺も荒畑はアリかなと思っていた。阿部と仲が良かったからな」

荒畑の調子が悪くなったのは四月の中旬、岡倉の転落死の直後からだ。入校からたったの二週間だけだったが、荒畑は初めての教場で張り切っていたし、学生棟にしょっちゅう足を運んでいたそうだ。

「特に阿部は場長だったから、個人的に阿部にいろいろとアドバイスをしている姿を見た。阿部もよく言うことを聞いていた」

万年教場当番のとき、荒畑が阿部を助けてやっていたのを仁子は思い出した。

「そうだなぁ。同じく退職に足をつっこみかけてる荒畑になら、阿部は気を許すかもしれない」

高杉がスマホを出し、荒畑に連絡を入れた。すぐに向かう、ということだった。

阿部の自宅は陸上競技場や球技場がある三《み》ツ沢《ざわ》公園の近くにあった。昔からJリーグのチームのホームスタジアムにもなっていたから、阿部は幼少期からサッカーが身近だっただろう。荒畑が合流するまでの間、作戦会議も含めて、近所のファミリーレストランに入ることにした。もう夕食の時間だったので、男たちはがつがつと定食や丼ものを食べている。仁子はメニューを何度めくっても、食べられそうなものがない。塩見に強く言われて、豚しゃぶ定食を頼んだ。豚は獣臭い上に、冷凍庫のにおいがした。塩見のお皿に半分近く譲った。

「教官、ちゃんと食べないと……」

「もうこれだけで無理。気持ち悪くなっちゃう」

「じゃあ、ご飯は大盛で食ってくださいよ」

塩見はわりばしで自分の大盛りご飯を仁子に譲った。

「何だお前ら、カップルみてーに分け合いっこかよ」

長田が鼻で笑い、「ちょっと偵察してくる」と阿部の自宅の様子を見に行った。

「おい、そのまま突撃するなよ」

高杉が心配する。結局、煙草をつかんで長田の後を追った。

仁子も早々に食べ終わり、バッグからノートを出した。模擬捜査授業のシナリオだった。

「すごいですね、ここまで仕事を持ってきているなんて」

「隙間時間に作らないと間に合わないのよ。なにせ初めてだから削ったり書き足したり、だんだんわけがわかんなくなっちゃった」

仁子は強いメントールのにおいを感じて、はたと我に返る。

阿部のにおいだ。店の出入口では自動扉が閉まるところだった。

「阿部が店に入ってきている」

塩見は身を硬くし、キョロキョロする。

仁子は腰を低くして、客席を回った。阿部はティーシャツにジャージのズボン姿で、あいている席を探していた。においで阿部とわかったが、相貌失認の仁子には識別できなかったかもしれない――それほど雰囲気が変わっていた。髪は伸び、無精ひげを生やしていたのだ。着衣も着崩していて、だらしない雰囲気だった。ボックス席に座り、頭をかき回しながら、メニューを開いた。タブレット端末でドリンクバーを注文し、顔をこすって天を仰ぐ。ため息をつくと、ポケットから次々とスマホを出した。

四台もスマホを所持していた。異様な雰囲気を感じ、仁子は一旦《いったん》、席に戻る。塩見も背伸びしてちらちらと阿部の姿を確認していた。

「偵察がバレたのかも。長田さんや高杉さんが自宅前をうろついているのに気が付いて、勝手口から逃げたとか」

「警戒していたってことですか」

「業者から、今日警察学校に退職を伝えると事前に教えられていたはずだもの。教官助教が自宅に押し掛けると察していてもおかしくない」

「で、逃げてきた？　しかしスマホを四台も持っているって、変じゃないですか」

「一台くらい電源を切りっぱなしでも、どうとでもなるわけね」

様子がおかしいが、いまは接触しない方がいいだろう。仁子は教官とバレないように、ワイシャツの前ボタンをぎりぎりまであけてスカートの上にすそを出し、ラフな様子をよそおった。

「テーブルを移動する。塩見君は五分刈りの頭で見るからに警察官ぽいから、バレやすいよ。ここから動かないで」

「わかりました」

仁子は店員に声をかけて、警察手帳をひっそりと提示した。監視したい対象が店内にいるので席を移動したいこと、また、カーデガンなどを借りられないか頼むと、中年の女性店員がサマースカーフを貸してくれた。少し色合いが派手だが、いかにも公務員という恰好《かっこう》をしているので、ちょうどいいだろう。スカーフを首に巻き、仁子は阿部の真後ろの席に座った。

阿部はスマホに夢中で全く気が付いていない。スマホを両手で持ち、素早くメッセージをフリック入力している。予測変換機能を効率よく使い、会話するような速さで入力していた。

相手は鬼退治の福沢のようだ。長田と高杉が自宅に来ていることを伝え、福沢に猛抗議している。

『自宅突撃はルール違反だとちゃんと伝えたんですか？』

強い口調のメッセージを打ち込んでいた。

三台並べたうちの一台にプッシュ通知が来る。SNSでリプライが来たとか、いいねがついたとか、誰それにシェアされたとかの通知ばかりだった。

SNSは入校前に辞めさせたと聞いたが、まだ続けていたのか。どうやら本名登録をニックネームに変えただけで、投稿を続けていたようだ。

体育祭のときに阿部のファンがグラウンドの沿道に集まっていたが、それもSNSで情報を漏らしていたからだろう。

ドリンク片手に、阿部は鬼退治の福沢に抗議のメールを送る。別のスマホで母親に『もう帰ったか』と長田や高杉の様子をうかがわせている。四台目のスマホではSNSの反応をチェックし、手元のスマホではブラジルの画像を検索していた。

阿部はなにをやっているのだろう。

仁子は自身のスマホのカメラを切り替えて、メイクを直すふりで、背後に座る阿部のスマホを画像越しに観察した。あとできっちり分析できるよう、録画モードにしておいた。

阿部はブラジルのどこかの空港の画像をネット上から拾って保存すると、通行人の顔や日付がわかる部分を加工し、SNSに投稿した。

『現地に到着した。新しい冒険が始まる』

そのコメントと画像に、別の画像も添付する。写真フォルダの中にあった、高校時代の画像だ。一年前の日付になっている。ピッチに転がるボールをスパイクの足で押さえつけている。様々な角度や足の向きで撮影したものが二十枚以上並んでいた。見栄えする画像を撮る労力を惜しまないようだ。

阿部は別のスマホで、海外スポーツ斡旋《あっせん》業者ともやり取りしていた。

『いまどんな状況ですか。とりあえずブラジルならどこのリーグでもいいです。アマでもなるはやで連絡ほしいです』

斡旋業者に連絡を入れつつ、今度は福沢とやり取りしていたスマホを出し、SNSのアカウントを開いた。そのアカウント名は女性ふうだ。メイクやスイーツなどの投稿の間に、阿部を礼賛する投稿が見えた。阿部がついさっきブラジルに到着したとする投稿を表示すると、いいねとシェアのボタンをおし、更に引用コメントを投稿する。

『阿部さんまじですごい！　単身ブラジルなんて本当に尊敬します。新しい世界が開けますように』

阿部は女性に成りすまして投稿すると、自分のアカウントが入ったスマホを開き、反応を見ている。批判的なコメントがついていた。

『警官やめた？　東京の治安を守ると息巻いていたのに？　ダサッ』

阿部はすぐさまそのアカウントをブロックし、攻撃的なアカウントであると運営に通報した。別のスマホを出し、今度はサッカー経験者の男性ふうのアカウントを開いた。普段は居酒屋の料理やスポーツ結果などの投稿をしている。自分の投稿にいいねやシェアをして、引用コメントをつける。

『阿部君に警察は似合わない。交番じゃなくて、ピッチに立つ姿をまた見たい。応援しています！』

仁子は震えるため息をついた。学生の心の闇を目の当たりにしてしまった。

阿部はアカウントのログアウトやログインを何度も繰り返していた。警察学校にけじめをつけることも、新たな所属クラブを探すことも全て他人任《ひとまか》せで、自分はSNSにしがみついて、自分をよく見せることしか考えていない。

一方で、SNS上で目立つ彼を、匿名をいいことにあからさまにバカにするアカウントや、攻撃するアカウントもある。慣れた様子で阿部が誹謗《ひぼう》中傷アカウントに対処しているのを見るに、攻撃的な言葉をしょっちゅう投げかけられているのではないかと思った。

だから玄松や他教場の学生たちに対して、あんなに攻撃的だったのだろうか。彼は人を馬鹿にして罵《ののし》ることに、慣れている。自分がSNS上でやられ続けているから、自分がそれを口に出してしまうことに抵抗感がなくなってしまっているのだ。

阿部は警察学校に入る前から、現実とSNSの区別がつかなくなり始めていたのではないか。礼賛されるために自分でアカウントを作り、そのアカウントの人物があたかも実在するかのようにネットの拾い画像を使って虚構の投稿を繰り返す。そのうち、嘘で塗り固められた『阿部レオン』像から逃れられなくなり、現実でもSNSと同じような態度で相手と接触するようになった。

彼はデジタルの海に溺《おぼ》れている。

仁子はスカーフを取った。振り返り、スマホを必死に動かす阿部の右手を摑《つか》み上げた。

「いますぐスマホをやめなさい」

阿部は攻撃的な表情で仁子を振り返った。教官と気が付くや、真っ青になった。

「スマホの電源を全て切って」

手を離すと、阿部は言われたとおりに、四台のスマホの電源を切った。

「……そっちの席に移動してもいい？」

はい、と蚊の鳴くような声で阿部は言った。仁子は飲み物を持ち、阿部の向かいに座った。阿部は途端に肩を縮こませて俯《うつむ》いてしまう。

「全部、見ちゃったよ」

顔を赤くしていく。自分がしていることが恥ずかしいことだという自覚はあるのだ。

店の自動扉が開き、慌てた様子の荒畑助教が店内に入ってきた。仁子と阿部を見つけ、近づいてくる。

「荒畑助教も来てくれたよ」

阿部が顔を上げて、驚いたように周囲を見回した。

「電話したのは三十分くらい前なのに、あっという間に飛んできた」

阿部の目が潤む。

「私たちは、あなたが金を払った代行業者や斡旋業者のように思い通りには動かないかもしれない。でも、私は甘粕仁子という名前をした教官で、目の前にいる。そして荒畑助教という個人が、あなたのために駆けつけた。匿名の安全な場所からあなたを攻撃したり否定したりする人たちとは違うし、金だけの割り切った関係でもない」

阿部が涙をぬぐい、何度もうなずく。荒畑がテーブルにやってきた。阿部が泣いていたからだろう、荒畑はすでに感極まっていた。

「阿部……！　辞めるってなんだよ。俺になにか先に言うことがあっただろ……」

と言いたいところだが――と荒畑がちょっとおどける。

「俺、いなかったもんな。ごめんな」

立ち上がって挨拶《あいさつ》しようとした阿部を、荒畑は力強く抱きしめた。阿部は人目もはばからず、泣きだした。

ファミレスに戻ってきた長田と高杉は本人がそこにいるので仰天していた。阿部が退職に至った胸のうちを話してくれるというので、場所を変えることにした。ひとりの学生を五人の教官助教で取り囲むのはよくないと思い、みなと相談した上、荒畑と仁子が代表して、阿部の自宅で話を聞くことになった。

自宅の居間にはフランス人の母親がいた。仁子と荒畑が阿部と共に帰宅するや、慌てた様子でもてなそうとした。阿部は母親の同席を嫌がり、自室のある二階へあがっていった。

横浜市郊外の一軒家は広々としている。二階の阿部の部屋は十畳もあり、ベッドやデスクの他、ソファセットもあった。サイドテーブルにはスマホスタンドや音声機材のようなものがある。オープンクローゼットにはサッカーのユニフォームが並んでいるが、本棚には警視庁採用試験の過去問題集なども置いてあった。

「この機材はなにに使うんだ？」

荒畑が尋ねた。いまさら隠す必要もないのに、阿部が機材を片付ける。

「配信です。顔を見せてテキトーにしゃべるだけで、ファンが喜ぶので……」

阿部ははにかみ、仁子に言う。

「僕が持っているアカウントは十個だけです。その他はみな、本物のファンです……」

十個でも相当に多いとは思うが、だとしても一万人近いフォロワーがいるのだから、大したものだ。

「一万人もいるなら、わざわざ偽アカウントを作る必要もないのに」

「学校に入ってから、不安で……」

阿部が小さなソファを勧め、自分はクッションの上に座りながら、体育座りする。

「学校ではスマホをチェックできる時間が短いじゃないですか。かじりついていられないから、投稿してすぐになんらかの反応がないと怖くなっちゃうんです」

それで、自分の投稿を礼賛するコメントを連発投稿し、安心していたというのか。

「投稿後五分が勝負なんです。その間にコメントやいいね、シェアが全くつかなかったら、価値のない投稿とスルーされ、みんな真面目に読みません」

彼はＳＮＳに人生を食われてしまっているように見えた。

「警察学校に入校する前、アカウントは削除するように指示したはずだが」

荒畑が注意した。阿部はうなだれる。

「学校内部の画像や秘匿情報等を投稿していた場合は、それなりの処分があるから、覚悟しておくように」

仁子は本題を振った。

「どうして警察を辞めたいの」

阿部は教場の様子を気にした。

「僕の話の前に、学校のみなは元気なのでしょうか」

荒畑は休職中で知らない。ばつが悪そうに、仁子を見た。

「みな元気で実務修習に向けてがんばっているよ。阿部を心配しているよ」

阿部は黙ってうなずいたが、副場長の中島の名前を出して様子を尋ねた。

「中島も元気だが、なにか気になることがあるのか？」

「いえ――場長の僕がいなくなったいま、副場長の中島に迷惑がかかっているんじゃないかと心配しておりまして」

「連絡を取っていないのか？」

あれほど器用にSNSを駆使し、代行業者や斡旋業者とも連絡を取っていたのだから、当然、教場の仲間たちともネットワークができていると思っていた。阿部は首を横に振る。中島から心配のメッセージなども受け取っていない様子だった。教場内の人間関係に問題があったのか。夏休みの間になにがあったのだろう。阿部がうかがうように仁子を見た。

「――甘粕教場のみなさんも、元気ですか」

妙な言い方をする。

「みな元気だが」

「――玄松も？」

「彼もまた夏休み明けは少し休んでいた。阿部と同じ、インフルエンザだ」

「いまはもう元気なんですか」

「咳《せき》がひどすぎて腰にひびいてしまったようだけど、すぐに回復した。いまは座学も術科も毎日元気に参加している」

阿部は何度もうなずき、クッションの上に座りなおした。正座をし、拳《こぶし》を握って膝《ひざ》の上に置くと、切り出した。

「改めまして、僕は夏休みの間に、いろいろと考えた末、警察はむいていないと思うようになりました。退職代行業者に頼ってしまい、すみません。教官が嫌だからとか、会いたくないから業者を頼んだのではなく、長田教官や高杉教官、そして休んでいる荒畑助教の顔を見たら、なおさら……」

阿部の目に涙がにじむ。

「警察学校に残りたくなると思いました。決断を揺るぎないものにするためにも、お世話になった人たちに背を向けようと決意したんです。失礼な選択でした。すみませんでした」

「警察官にむいていないと思うに至った経緯を、もう少し具体的に聞かせてもらえないかな。成績もよかった。教場の仲間たちも、お前を中心にまとまっていた。私たちが見えないところでなにかあったの？」

阿部は黙り込んでしまった。荒畑が問う。

「退職は夏休み前から考えていたことなのか」

阿部は頷《うなず》いたが、嘘のにおいがぷんと漂ってきた。

「僕は、サッカーに未練がありました」

この言葉を玄松が言うのならばわかるが、阿部はサッカーの世界には見切りをつけていたはずだ。仁子は首を傾げる。

「SNSを辞めなかったのはそのためか」

「はい。僕を応援してくれるフォロワーのみんなと縁を切るのは忍びなく、アカウント名を変えて、細々と続けてはいました」

「誹謗《ひぼう》中傷があったようだが？」

仁子の問いを、「いつものこと」と阿部は流した。

「自らを称賛する別アカウントをいくつも持っていたのは、自信のなさの表れだろう。だがお前は警察学校では教場を引っ張る場長だった。みんなから頼りにされて慕われていた。お前に憧《あこが》れて黄色い声をあげる女警だっていた。スマホも殆《ほとん》ど使用できない中で、SNSで自尊心を満たさなきゃならないほど、警察学校での生活がすさんでいたとも思えないんだが……」

仁子は強い口調で尋ねた。阿部は首を横に振る。

「とにかく僕は警察学校を辞めます。二部でも地元の小さなチームでもかまわない。サッカーの世界にいたい。サッカーで食っていきたいんです」

頑《かたく》なに同じ言葉を繰り返す――なんだか玄松と話しているようだ。いったん、阿部の学生生活をよく知る長田や高杉に代わった方がいいだろう。仁子は阿部の自宅を出て、ファミレスに戻る。待ち構えていた長田や高杉、塩見に、阿部の様子を伝えた。やはり三人とも阿部の唐突な「サッカーの世界に戻りたい」という言葉に面食らっていた。

「あれは建前で、教場の人間関係でなにかあったように感じます。中島のことだけを気にかけていたことにしろ、うちの教場のことまで夏休み後の様子を訊《き》いてきたのも変だなと思いました」

中島と言えば——と塩見が思い出した。

「夏休み明けに拳が腫《は》れていたんですよ。兄弟げんかで弟を殴ってしまった、と白状しましたが」

荒畑から電話がかかってきた。いったん外に出ているようだ。気が付いたことがあるという。

「飲み物を飲むとき、やけに顔をしかめる。よく見たら前歯が一部折れていました。誰か、事情を知っている教官方はいますか？」

仁子はテーブルに座るみなに訊いた。

「中島と殴り合いの喧嘩《けんか》をしたのかしら」

高杉が推理する。

「中島が殴ったのは弟じゃなくて、阿部だったのか？　それで阿部は退職したいと思うようになったというのかよ」

塩見がクルマのカギを取る。中島を話し合いの場に連れてこなくてはならない。

仁子は再び荒畑と合流し、阿部の自室にお邪魔した。

「いま中島を呼んだ。塩見助教が連れてくる。二時間くらいかかってしまうから、その間に全て話して」

仁子は親身に訴えた。荒畑が畳みかける。

「中島と殴り合いの喧嘩をした——だから前歯が折れたのか？」

阿部は目を丸くした。

「どうして中島を殴る必要があるんですか。あいつはマブダチです。副場長としてよくやってくれていたし、いまも、俺が急にいなくなって代わりに教場をまとめているんですよね。こんなところまで呼び出すなんて……」

中島の自由時間を奪っている、と心配し始めた。

「なるほど。中島は味方だったんだな」

仁子の指摘にドキリとした様子で、阿部が首をすくめる。

「中島と二人がかりで、誰かと殴り合いの喧嘩をした。お前は前歯が折れるほど殴られ、中島はやり返してむしろ拳を腫らしてしまったほどの相手、二人がかりでもかなわなかった相手ということか」

仁子は鋭く追及した。荒畑も気が付いた。

「玄松か！」

阿部は肩をしぼませてしまう。これでようやく見えてきた。

「玄松と殴り合いの喧嘩をしたのか」

「殴り合いとか喧嘩《けんか》とか……そういう簡単なものではないです。決闘です」

阿部は突如、背筋をぴんと伸ばした。

「俺が辞めるかあいつが辞めるか。夏休みの間に、俺たちは互いの首をかけて決闘することにしたんですッ」

荒畑は呆気《あっけ》に取られている。仁子は天を仰いだ。


「警視庁警察学校の学生が決闘とは、なにごとだ！」

週明けの早朝六時半、仁子と塩見、長田と高杉は校長室に呼び出され、叱られる。

「仮にも東京の治安を守る警察官同士が互いの首をかけて決闘など、いまどき場末のチンピラでもやらんだろう。こんなアホな行為を私は聞いたことがないぞ」

高杉が一歩前に出た。

「本当に申し訳ありません。担当教官として、そして一三三五期の主任教官として、学生の隅々まで目が行き届かず、このような……」

「だいたいな、決闘なぞただの喧嘩、怪我を互いにしているのなら傷害事件の被疑者じゃないか！　決闘などという言葉を使ってかっこつけているだけで、やっていることは犯罪行為だッ」

「おっしゃる通り……」

高杉が代表で謝ってくれているが、校長はいちいちその言葉を遮って、怒りが収まらない。

「我々警察官はそういった騒動を止め、対処するのが仕事なのに、自ら傷害事件を起こすなどミイラ取りがミイラになるようなものだ、バカヤロウ！」

普段は、学生を頭ごなしに叱ってはいけない、パワハラはするな、と口うるさく言う校長が、教官助教には猛烈に怒鳴り散らす。多少は怒りが収まったか、問題を起こした学生には寄り添う姿勢を見せた。

「とにかく、早急に双方から聞き取りをし、なにが原因で決闘するに至ったのか、正確に聞き取れ。退職には至らないような配慮は必要だが、処分はまぬかれないぞ」


まだ朝の七時で学生たちは食堂で朝食を取っていたが、塩見が玄松の首根っこをつかんで面談室に放り込んだ。

「今日という今日は正直に全部話せよ」

「何の話ですか」

玄松が椅子に座るのを待たず、仁子も彼を絞り上げることにした。いつからか腫れ物に触るような対応しかできなくなっていたが、仁子も堪忍袋の緒が切れた。

「インフルエンザの診断書は」

「まだ医者に行けてなくて」

「嘘をつくんじゃない！」

仁子はデスクを叩《たた》いた。

「インフルエンザになんかかかっていなかったんだろ」

「…………」

「阿部と殴り合いの喧嘩をした。中島にも殴られた。おそらくお前もやり返したんだろう。お互いに顔が腫れて、学校に戻れなくなった。喧嘩をしたとバレたら処分を受けるから、インフルエンザだと嘘をつくことにして、顔の腫れが引くのを待ったんだな？」

塩見も続ける。

「母親に湿布を持ってこさせたのも、咳《せき》がひどくてぎっくり腰を併発したからじゃないよな？　お前も阿部を殴り返して相手の歯を折っている。手首を捻挫《ねんざ》したか。だから痛み止めや湿布が必要だった」

「ちょっと待ってください。俺一人が一方的に叱られるなんてフェアじゃないです。決闘を申し込んできたのは阿部の方です」

「果たし状でも出してきたというのか？　何のために決闘なんかする必要があったんだ」

「そんなこと知りませんよ。阿部の方から一方的にいつも俺に絡んでくる。角界を馬鹿にし、甘粕教場のことまでこきおろして挑発してくる」

「相手にするなと俺は言ったぞ」

玄松はむすっとした表情で俯《うつむ》いてしまった。

「それで？　いつどこで、正確には何人と決闘することになったんだ」

塩見が場所と時刻、正確な場所を聞き取った。

「場所は多摩川河川敷です。夏休み二日目の夕方、僕が到着した時点で、阿部巡査と中島巡査、他にも体力自慢が二人いました。いきなり誰もいない河川敷で一対四ですよ」

「その時点で逃げればよかったんじゃないか」

「俺は逃げません。売られた喧嘩は買う。そしてこれまでの数々の暴言を謝罪させるつもりで行ったんです」

「しかし、相手はみな十九の子供だよ。お前は違うだろう。同年代とはいえ、つい一年半前まで力士として土俵に上がっていた」

「あちらは四人いました。体重の合計ではあちらが上回りますよ」

「そういう話じゃないだろう」

塩見があきれたように、ため息をつく。

「プロボクサーやプロレスラーは素人には手を出さない。相手を殺してしまうかもしれないからだ。玄煌部屋ではそのような指導はなかったのか」

「もちろん、ありました」

「それならなおさら、相手にするべきではなかった」

玄松は口をへの字に曲げて、またしてもむっつり黙り込む。

「お前はプロだったうえに、体格差だってありすぎる。あちらが四人いたとはいえ、高校を卒業したてのひよっこだ。お前は一九三センチで百キロ近くあるんだぞ」

「同じことを阿部も言って、一対四というハンデを一方的につけてきましたが、角界出身の自分からしたらナンセンスです。体格差なんか関係ない。ときに小さかろうが若かろうが、大きな力士、老練な横綱に体当たりし、技と心が上回るものが勝利を手にするんです」

「確かにそれが相撲の面白さだろうが、だからなんだ」

仁子は正面から否定した。

「ここは警察学校だ。お前は暴力を取り締まる側の人間になるための訓練をいま受けているのに、売られた喧嘩だからと買ってしまった。しかも相手に怪我までさせている。阿部が退職届を出したことからして、お前の圧勝だったんだろう」

玄松は獰猛《どうもう》な犬のようなため息を漏らした。

「圧勝なわけないでしょう。四人がかりですよ。角界を出てもう一年半以上経ち、力士としての筋力は衰えたし、警察学校のしごきで体重も九十キロまで落ちました。そもそも幕下力士で十両にすらあがっていないひよっこだったんです。これは正当防衛です！」

塩見は頭をかいた。

「命の危険があると客観的に判断できないと正当防衛は認められない」

「なんなら、映像が残っているはずですから、確認してください」

投げやりに玄松は言った。

「映像？」

仁子は素《す》っ頓狂《とんきょう》な声を上げてしまった。

「まさか、撮影までしていたというのか！」

塩見も声を荒らげる。玄松はしまった、とうなだれた。

「ライブ配信されていましたが、心配しないでください。外部には漏れていません」

「ライブ配信……」

仁子は声が震えてしまった。甘粕教場、長田教場の双方にSNSのグループがあり、それぞれで決闘の様子を配信していたというのだ。

「つまりその場に、喧嘩をした五人以外にも撮影していた者がいたというのか」

玄松は決まり悪そうにうなずく。撮影係として、甘粕教場から森響と、長田教場の写真係が現場にいたというのだ。写真係は、卒業アルバム用の写真を撮る係だ。

「どういうことだ。森は最初からそこにいたのか？　それともお前がひとりで四人を相手にしているのを知り、駆けつけたのか？」

「最初からいました。決まっていたことなので……」

「決闘は、もうずっと前から計画されていたことだというのか」

塩見の目が怒りで赤くなっていく。

「体育祭の騎馬戦で決着がつかず、リレーも中止になってしまった。夏休みになったらちゃんと決着付けるぞ、と阿部から言われていたんです。望むところでした。あいつらをぎゃふんを言わせないと、いつまでたってもどすこい教場だと角界ごとバカにされる」

「教場の皆も決闘をのぞんでいたというのか。止める者はいなかったのか？」

「みな体育祭の延長で、盛り上がっていました。冷ややかに見ている者や、距離を置く者はいましたけど……」

そして、夏休みの決闘は行われた。

「俺たちや撮影者を除いた、長田教場、甘粕教場の総勢七十三人の学生たちが、帰省先の実家でライブ配信を楽しんだようです。負けた方の場長が退職届を出すルールでしたから、観戦しているみんなは白熱したでしょうね」

学生たちは夏休みの決闘騒ぎを一人残らず知っていたことになる。だが誰も教官助教に報告せず、隠蔽《いんぺい》していた。

八時になっていた。朝礼のために教場へ行かなくてはならないが、仁子は教官室のデスクに座ったまま、動けなかった。目の前に、模擬捜査授業の書類や、一週間後に迫った実務修習の関係書類が山積みになっている。模擬捜査授業は一カ月前から、実務修習の手配は夏休み前から始めている。

――教場の全員が嘘をついていた。

玄松だけでなく、古河や青木、森、真央のことも考える。みな大事な学生たちで、仁子は休日も夜寝るときも、毎日彼らを想い、配慮してきた。相貌失認《そうぼうしつにん》だけでなく嗅覚過《きゅうかく》敏にも悩まされ、最近は味覚過敏に苦しみながらも、学生たちのために力を振り絞ってきた。塩見が声をかけてくる。

「教官、教場に行きましょう」

「うん……」

「授業がありますから、朝礼では決闘騒ぎのことで雷は落とさない方がいいかもしれません。ただ調査に入ることだけは言う必要があると思います。いや、甘粕教官が必要と思えば、雷を落としてもいいですが」

「塩見君」

塩見は立ち上がっていたが、仁子に寄り添うように、隣に座った。

「私、どういう顔をして学生たちを見ればいいのかわかんないよ」

「…………」

「あんな大騒動を夏休みに起こしておいて、誰一人、私たちに報告しなかったんだよ」

悔しくて涙があふれてきた。

「私はそんなに頼りない教官かな。相貌失認のせい？　みんなそれで私に気を遣っているから報告しなかったのか……」

「そうではなく、ただ、危機感が足りないだけだと思います。悪いことをしていると思っていないんですよ。まだ子供なんです」

仁子は何度もうなずいた。

「わかった」

涙をぬぐい、立ち上がる。

「雷落とす」

「了解です。援護します」

そろって教官室を出て、教場に乗り込んだ。


一限目は決闘騒ぎとは無関係の教場で刑事捜査の授業だった。

仁子は声がかすれてしまい、はっきりと出なかった。

「甘粕教官、風邪ですか」

教場係がコップの水を足しに行ってくれた。

朝礼は十分しか時間がないので、いつもスケジュール確認と連絡事項の伝達などしかしないが、今日、仁子は十分間を怒鳴り散らした。

説教を始める前に念のため、決闘ライブ配信を知らなかった学生はいるか挙手を求めたが、誰も手をあげなかった。みなうつむくか肩をすぼませるかしていた。警察官としての自覚がない。余計に怒りとむなしさがこみ上げ、説教にも力が入った。

教場運営をするにあたり、ひとつだけ、塩見と約束していることがある。同時に学生を叱らない、ということだ。どちらかが説教しているときに、一緒になって叱らない。片方は黙って見ているか、学生をフォローする。

今日は仁子も塩見もその約束を暗黙の了解で破り、仁子が怒鳴れば塩見も怒鳴り、二人そろって厳しい指導を入れた。チャイムと同時に叱責《しっせき》を終えて教場を出たが、一切のフォローは入れなかった。

「今後、処分の検討に入る前に、ひとりひとりに決闘騒動について聴取を行う予定だ。嘘をつく者、隠そうとした者は即刻退学させる。以上！」

敬礼の挨拶をする玄松の声は震えていた。森は涙ぐみ、女警二人は泣いていた。古河はため息、青木は落ち込んでいた。真央は当事者意識がない様子で、ぽかんとしていた。

いま、隣の長田教場で長田と高杉による説教が続いていた。一限目は無線を取り扱う通信の授業が入っていて、担当教官は説教が終わるのを廊下で待っていた。二十分経っても終わらず、あきらめて教官室に戻っていった。

今日に限って刑事捜査授業はしゃべる内容や説明しなくてはならない事柄が多く、授業が終わるころには仁子は声が出なくなってしまった。喉《のど》をいがいがさせながら教官室に戻ったが、長田教場の扉は閉ざされ、静まり返っていた。たまにすすり泣きのような声が聞こえる。当事者の阿部はいないが、彼の暴走を止めず、むしろ楽しんでしまった学生たちに長田と高杉は相当に厳しい指導を入れている様子だった。

仁子は二限目は空き時間で、いつもなら『こころの環』に目を通してチェックを入れるが、今日は回収しなかった。真に反省が見えるまで、『こころの環』を受け取らず、反省を促すのだ。統括係長が通りすがりに「風邪か」と声をかけてきた。

「いえ。朝礼で雷を落としたので」

「だろうね」

統括係長はポケットからのど飴《あめ》を一つだし、仁子に差し出した。

「ほれ、飴ちゃん」

大阪のおばちゃんみたいだ。思わず笑ってしまい、元気になる。ただののど飴もおいしく感じた。

この騒動を学生への説教で終わりにするわけにはいかなかった。暴力事件の隠蔽は重い。恐らくは学校内の人間関係の中で起こったこととして、刑事事件の扱いにはならないだろうが、学生たちへの戒めも含め、決闘場所を管轄する所轄署に相談するべきだろう。仁子は教官室のキャビネットのカギを開けて、先週末に届いたばかりの段ボール箱を取り出す。

実務修習の前日に、学生たちに配る予定だった、警察手帳だった。

黒革でできたそれには重厚な桜の代紋と、学生の顔写真と氏名が入ったカードがすでにセッティングされている。一週間で充分な反省を促せるだろうか。

彼らにこれを渡して、実務修習に向かわせていいのだろうか。

玄松の本心もわからない。真の勝負の世界にいた彼が、なぜあんなくだらない決闘に全力を傾けたのか。

十九時、二日連続の緊急会議が開かれた。先日は退職代行サービスが議題だったが、阿部とは個人的に連絡が取れている。阿部の処分が決まった後に、退職するのかどうか改めて本人と話し合うことになった。

塩見が報告する。

「決闘場所は府中市押立の多摩川河川桟でしたので、府中警察署に報告はしましたが、被害が軽微であること、学生同士の喧嘩であるということで、立件はしないということです」

刑事罰はないが、公務員としての処分は必要だった。決闘騒動を起こした五人、撮影した二人、そしてライブ配信を楽しんだ学生たちと三種類いる。最も重い処分は免職だ。次に停職や減給で、しでかした内容によって期間や減給額は変わってくる。次いで戒告。あとは内規による始末書だ。警察学校の場合、校長宛ての始末書が最も重く、次に統括係長、主任教官だ。軽いやらかしの場合は教官宛てで済む。記録には残らないが、評価には関わる。

長田教場は朝礼から二限目までかけてひとりひとりを立たせて、どこまで決闘騒ぎに関わっていたのか確認をしている。甘粕教場では、夕礼からクラブ活動の時間をつぶし、確認作業を行った。結果、決闘に参加したのは玄松ひとりとわかった。

森は撮影をし、教場の学生たちにライブ配信をした。配信は事前に共有メッセージで予告されていた。ライブ配信を見た者は、三十八人中、三十人に及んだ。残りの八名は、決闘が行われることを知ってはいたが、興味がない、もしくは所用を優先して見なかったそうだ。

配信映像は残っていなかった。学校側にバレたらまずいからだろう、森も長田教場の写真係も、削除していた。ライブ配信を見た者の中でも保存している学生はいなかった。

「どいつもこいつも軽い気持ちで動画を見たんだろうな」

「家に帰ってなんとなくテレビをつけて流しっぱなしにしておくような感覚で、動画を垂れ流しにするんだろうね」

統括係長が言った。定年近い彼は子供の頃、学校から家に帰ると見もしないのにテレビをつけ、流しっぱなしにすることを、戦争を経験した祖母からよく叱られていたそうだ。上の世代はテレビだったが、現代の若者は動画や配信映像なのだろう。

「動画では再生回数をあげるためにわざと過激なことをする輩《やから》がたくさんいますからね。テレビ放送ほどの倫理がないから、殆《ほとん》ど無法地帯でしょう」

過激なものを見慣れてしまって、すぐ近くに過激なことをしようとしている仲間がいても、危機感がないのかもしれない。

「取り急ぎ過去の例に見合った処分となると、決闘をした玄松や阿部ら五人は、暴力事件を起こしたということで、重くて停職、一般的には減給か戒告ですかね」

暴行の末にけがをしていた場合、刑法上も傷害事件として罪が重くなる。相手に怪我があった場合は停職、暴行のみで怪我がなかった場合は、減給または戒告となる。

「阿部は歯を折っているし、玄松もホテルから出られないほど顔を腫《は》らしたようですから、怪我はあったとみるべきか……」

統括係長は弱ったように頭をかいた。玄松や阿部、中島は停職処分はまぬかれないだろう。

「現場にいながらにして決闘を止めず、ライブ配信をした二人はどうしますか」

統括係長が皆に投げかけた。高杉が答える。

「俺が学生時代に喧嘩《けんか》したときは、プロレスみたいに周りに煽《あお》るやつが集まってきてな。煽ったやつも同罪、喧嘩に参加したとみなされて、停職食らってましたよ。三日だったかな」

「煽っていた上に配信していたんですから、もっと重くていいかもしれません」

仁子は言った。統括係長が投げかける。

「こちらも停職か……。ライブ配信を見た者たちは？」

難しいな、と誰しもが腕を組んだ。プロレス観戦のように楽しんだ者もいれば、あまり興味はなく流し見する程度の者もいただろう。

「懲戒はなし。始末書あたりか。統括係長宛てか……」

長田が言った。彼は半日かけて学生たちに雷を落としたので、あまり処分を重くはしたくないようだった。長田・甘粕両教場は確実に全員が処分対象となる。そんな事態になったら教官助教も無傷ではいられないので、学生たちの処分が甘い方が助かるのも事実だった。

「さらにその下に、ライブ配信を見ていないが、報告を怠った者が私の教場だけで八人もいます。彼らは暴力事件の隠蔽《いんぺい》に加担したことになりますから、虚偽報告にあたりませんか」

高杉が難しい顔になる。

「報告しなかったことを虚偽報告の範疇《はんちゅう》に含めるのは厳しすぎないか」

虚偽報告は暴行傷害と同じくらい重い罰則がある。

「そんなことしたら全員が停職ってことになるよ」

統括係長も困惑気味だ。

「全員を停職処分にするのは重すぎる。全員が一斉に停職に入るんだぞ。しばらく甘粕・長田両教場は空っぽということになる」

「それは仕方がありません。全員が加担していたんです。我々も覚悟の上です」

仁子は言った。

「しかし、時期が悪いよ。実務修習が来週から始まるタイミングじゃないか」

統括係長の指摘に、高杉が後頭部を撫《な》でる。

「そうだった、来週から実務修習か」

「玄松ら暴力事件の当事者が実務修習に行けないのは仕方ないとしても、それ以外はどうする。配信した二人も難しいし、ライブ配信を見た者、見ていないが隠蔽していた者たちについては、停職があけてすぐに実務修習に行くことになる。受け入れる所轄署は嫌だろう、停職あけの学生なんて」

　長田が続ける。

「内規による処分だって、実務修習先に提出する書類に書かないわけにはいかない。校長宛ての始末書がついた学生だって所轄署はいやだろうなぁ」

「実務修習が終わってから、改めて停職処分を下すか？」

　統括係長が強引に言ったが、改めて自分で否定する。

「ありえないな。実務修習を優先させるために停職処分を先延ばしにするなんて」

　仁子は提案する。

「実務修習を先延ばしにするのはどうですか」

　無理だろ、と高杉が言った。

「各所轄署は警察学校の受け入れのために何カ月も前からスケジュールや場所、世話人を確保して準備するんだ。学生の停職処分のためにスケジュールを変更なんて、所轄署は激怒するぞ」

「時期が悪いですね。延期するにしても、改めてスケジュールをすり合わせるのに二、三週間はかかるでしょう。十二月に入ってしまいます。十二月は冬の交通安全週間や年末年始特別警戒態勢に入りますから、所轄署に学生を受け入れる余裕はないと思いますよ」

塩見も同意した。長田は頭をかく。

「もし実務修習をリスケするとしたら、こっちの手間も膨大だぞ。延期することによる謝罪行脚、リスケ作業、評価もやり直しになる。学生たちだって、停職の期間が長ければ長いほど、授業が遅れる。学生によっては卒業に間に合わなくなって俺たち教官が補習授業を行うことになる。ただでさえ卒業に向けて忙しくなるのに、過労死しちゃうよ」

統括係長がまとめる。

「その他大勢は、始末書ということにしておこう。始末書ならば学校内で処理できるから、所轄署までは話がいかない。所轄署も安心して学生を受け入れるだろう」

「ちょっと待ってください」

仁子はピンと手を挙げた。

「私たちの都合や実務修習のために、処分を軽くするというんですか？」

「しかし、実際問題だね――」

「決闘騒ぎがあったのは夏休みですよ。いま、九月末です」

一同が黙り込んだ。

「一カ月以上、二つの教場の誰一人、教官助教に報告しなかった」

みな苦い顔になった。

「若い世代だから呑気《のんき》だとか、そういう動画を見慣れて危機感がないとか、いろいろと解釈をしてこちらが寄り添うのもいいですが、誰かがどこかで本人たちにきついお灸《きゅう》をすえないと、彼らはあのまま大人になってしまいますよ」

長田がやれやれと頭をかいた。仁子は重ねる。

「暴力事件を軽く見る警察官のまま、現場に出すことになります」

高杉も深いため息をついた。統括係長が仁子を見る。

「甘粕教官は、実務修習後に模擬捜査授業を準備していたじゃないか」

もし全員に停職処分を科すとしたら確実に授業が遅れると言いたいのだろう。

「模擬捜査なんかしている暇もなくなる。君が残業に残業を重ね必死に作ったカリキュラムも無駄になる」

「わかっています。実務修習の準備も全て無駄になる。それでも私は、私の人生の時間をどれだけ無駄だったと指摘されたとしても、今の彼らに警察手帳を渡したくありません」

仁子は声を張り上げた。

「全員に停職処分を科し、その上で、甘粕・長田両教場の実務修習を中止すべきです」


教場は夜になっていた。窓から星や月が見える中で教壇に立つのは初めてのことだった。会議で処分の結論を出したのが十九時半、自由時間だが、甘粕教場の学生たちは学生棟の学習室で待機させていた。二十時から緊急で教場に集まらせた。

改めて教場に立ち、仁子は学生たちを見渡す。決闘騒ぎを受けて朝に猛烈な雷を落とした。まだその余韻が教場に残っている。学生たちはすっかり萎縮《いしゅく》していた。長田教場はもっとひどい叱責《しっせき》があったと知っているのだろう。震えている学生もいた。

仁子は急いで作った処分状を書類袋から出し、クリップ留めを外した。

「夏休みの決闘騒ぎについて、全員の処分が決まった。もう明日から処分が始まるから――」

「甘粕教官！」

玄松が挙手と同時に立ち上がった。

「そもそもは僕と阿部巡査が起こしたことです。処分は僕たちだけで勘弁してもらえないでしょうか。どんなに重くなったとしても、受け止めます」

「だめだ」

玄松は唇をかみしめた。

「悪いことをしたのはお前だけじゃない。教場全員が報告すべきことを隠蔽していたんだ。なによりもそのことを今回は重く見て、処分を決めた」

処分が軽い者から出席番号順に名前を呼び出す。最初のひとりは女警、決闘騒ぎには一切加担しておらず、ライブ配信も見ていない。だが決闘の配信があることは知っていたのに、報告を怠った。教壇の前に呼び出し、処分が記された紙を仁子は読み上げた。

「右の者は暴力事件の報告を教官に怠ったとして、停職三日に処する」

教場が爆発的にざわめいた。女警は目を丸くして「そんな」と取りすがろうとする。

「停職だなんて、重すぎませんか」

仁子は無言で処分状を突き出す。塩見も黙っている。教場内は静まり返った。

「次。青木」

青木はこの騒動があったとき、SUPで海に流されて漂流し、救助を待っていたところだろう。だが帰宅後にメッセージを見ていて、ライブ配信があったことは知っていた。彼は仲間を咎《とが》め、報告するどころか、「俺も見たかったー」と呑気にコメントしていた。

「青木陸巡査。停職三日に処する」

青木は目標を見つけて日々邁進《まいしん》していただけに、この処分は悔やむべき汚点となった。本人も目に涙を浮かべている。次は古河だ。

「古河亮一巡査。右の者は暴力事件をライブ配信で視聴し、加害者同士を煽《あお》った上、事件発生の報告を教官に怠った。停職一週間に処する」

古河は真っ青になった。

「停職一週間て……重すぎませんか。俺は法律にふれるようなことはしていません」

「だが公務員にはあるまじき行動を取った」

古河は唇をかみしめて、処分状を受け取った。

「森響巡査」

入校して半年、体が大きくなった、身長が伸びたと喜んでいた森も、今日はしぼんでいる。

「右の者は暴力事件を容認した上、それを撮影し配信するという、暴力を推進するかのような反社会的な行動を起こした。更にそれを教官に報告せず隠蔽《いんぺい》したとして、停職二週間に処する」

森は涙を流しながら、無言で処分状を受け取った。他の学生たちの処分も淡々と読み上げていく。最後は玄松だ。

「玄松一輝」

玄松は覚悟を決めたふうだ。しおらしく返事をし、教壇の前に立つ。

「右の者は暴力事件を起こし、相手の歯を折るけがを負わせた上、その旨の報告を怠った。更に虚偽の休暇を申請したとして、停職一ヵ月に処する」

眉毛《まゆげ》を震わせて内容を聞いていた玄松だが、処分内容に驚いた様子で、仁子を見つめる。

「免職ではないんですか」

「これから免職以上に厳しい毎日が待っている」

玄松の目にじんわりと涙が浮かんだ。

「私と塩見助教でもう一度、お前たちを鍛え直す」

玄松は処分状を受け取り、教場に向き直った。他の学生たちを巻き込んだことを深く詫《わ》びる。塩見が玄松を無言で座らせた。仁子はみなに言う。

「明日から全員、停職処分だ。教場棟や術科棟に入ることはできないし、授業や行事にも参加できない。行動が許されるのは学生棟と本館までだ」

学生たちは震えて聞いている。なにかやらかしたら予想以上に大きな処分を受けるのが公務員であると、ようやく自覚しただろう。

「他の教場が通常授業を行っている間、各自、学習室で反省文を書いて提出すること。反省が見られない場合、意識が改善していない場合は十回でも二十回でも書き直しをさせる」

森が小さく手を挙げた。

「あの、最低でも何枚書けばよろしいでしょうか」

「そんなことは自分で考えろ」

仁子は突き放した。

「停職があけた者から順次、授業に復帰となるが、残念ながら来週から始まる予定だった実務修習は延期だ」

学生たちの恐れの表情に、不安の色も重なる。

「いまのお前たちに警察手帳は渡せない」

仁子は声を張り上げた。

「改善が見られなかったら、警察手帳は処分する」

つまり——仁子は意を含ませる。

「心を入れ替えられない者は、退職だ」

第七章　退　職

十月初週、一三三五期は実務修習に出発するため、警察学校を出発した。甘粕教場と長田教場を抜いた六教場が飛田給駅の改札口に集合し、教官助教から訓示を受け、各自、修習先の所轄署に出発する。

専用のバッグに警察制服や制帽をつめ、懐にはまだ硬くてなじまない黒革の警察手帳を忍ばせている。どの顔にも期待と不安が見えた。

塩見は飛田給駅までの道中を付き添ったが、自教場の学生が次のステップに進めぬま
ま、学生棟の自習室で反省文を書いていると思うと、気が滅入《めい》る。

いまのところ、停職があけたのは八名のみだ。うち、仁子が反省文にＯＫを出したのは二名しかいない。二名復帰したところで授業をすることもできないし、そもそも実務修習中は授業がないので、教場で自習するしかない。

仁子も他の教場の学生たちを見送る。担当教官、助教たちも、実務修習先の所轄署に挨拶《あいさつ》回りをするため、出発した。

帰り道、塩見は仁子の痩《や》せた後ろ姿を見て、心配になる。彼女は自分がどんどん痩せ

ていることをあまり自覚していないようだ。忙しくてそれどころではないのだろう。

　全員が停職処分を受けた教場など前代未聞だ。仁子はその責任者としての対応にてんてこまいだった。先週などは「処分が重すぎるのではないか」と警視庁本部の警務部から呼び出しを受けていた。本部としても、停職は年度末に公表しなくてはならないので、慎重になっている。仁子は強気で押し返し、そして疲れ切って警察学校に帰ってきた。

　仁子と塩見、長田と高杉も、監督不適正で減給処分を受けた。統括係長や校長など学校幹部にも戒告処分がついた。

　学校は三限目に入ったところだった。仁子は教場にいた。二人の学生が各々、教科書やノートを広げて自習している横で、仁子は真央の反省文に添削指導をしている。真央は軽い処分の八名のうちに入っていたが、意識の改善がみられるほどのことは書いてこない。仁子も粘っていた。

「いいか。書けないんじゃない。考えていないだけだ」

　真央はこんがらがった顔をしている。

「ここに『報告をしなかった自分はどうかしていた』とあるが、どうかしていたってなんだ」

「……えっと、普通じゃなかったという意味です」

　これまで真央は「はあ」とか「うーん」などとしか言えなかった。物事を深く追求することにようやく慣れてきたようだが、考えを言葉で表現することにまだ慣れていない。

それでも、大きく成長している。

「なぜ、普通じゃないと思ったんだ？」

仁子が食い下がる。

「警察官としてよくない行動だったと気が付いたから、普通じゃないと思ったんです」

「どうしてよくないんだ？」

「それは、決闘はただの喧嘩《けんか》ではなく、暴力だからで……」

「それを文章にして書いてきなさい」

真央は合点がいった様子で、教場を出て行った。彼女は恐らくこれまで『考える』ことをせずに大人になったのだろう。体の感覚だけでなく、自分の感情や周囲の出来事にも無頓着《むとんちゃく》だった。警察学校の生活の中でようやく『考える』ことがなんなのか、わかってきた様子だ。

仁子は疲れたように深いため息をつき、脇に山積みになった反省文を手に取る。

「教官、そろそろ出発しましょう。十時半に碑文谷《ひもんや》署のアポがありますから」

「そうだった」

実務修習先のひとつ、碑文谷署は目黒《めぐろ》区内にある。最寄りの東急東横《とうきゅうとうよこ》線都立大学《とりつだいがく》駅周辺は安くておいしい店がたくさんあった。仁子と刀削麺《とうしょうめん》の店に入る。中華のにおいですぐに胸やけするようだが、辛みと酸味の強い刀削麺は食べられるそうだ。

しっかり腹ごしらえをしたあと、碑文谷署を訪れて、お詫びの菓子折りを渡した。改めて日程調整をしようとしたら、嫌な顔をされる。

「我が署では年末まで予定が詰まっておりますし、一月になれば一三三六期の実務修習の受け入れが始まります。その時に一緒にということで、どうですか」

一三三六期は、つい先日の十月に入校した大卒期の学生たちだ。大卒期は警察学校を半年で卒業してしまうので、実務修習も入校して三ヵ月後には始まる。

「我々一三三五期は二月上旬に卒業式です。一月に実務修習を行うのは現実的ではありません」

「それはそちらの都合でしょう。我々に押し付けられても困りますよ。だいたい、教場全員が一人残らず停職処分だなんて、これまで一体どういう教育をしてきたんですか」

「ご迷惑をおかけして、本当に申し訳ありません」

「そんな学生をこちらも新たに受け入れるなんて余裕はないし、正直、こちらでもトラブルを起こしそうで気が重くなります」

「学生たちの指導を強化していきます。全ては我々の指導力不足でした」

仁子が上官なので塩見の前に立って深々と頭を下げる。なんだか女性を矢面に立たせているようで、塩見は辛《つら》くなってくる。

「次の実務修習のスケジュールをいただけるのなら、それまでになんとしてでも学生たちを鍛え直しますので、ご一考、願えないでしょうか」

「しょうがないですねぇ……」

警務課の係長はもったいぶり、署のスケジュール表を捲《めく》り始めた。なんとか約束を取り付けて、署を出る。もう十五時半だった。府中は帰るにも遠く、所轄署は駅から離れていることが多いので、移動に時間を取られてしまう。

「今日は世田谷警察署にもお詫《わ》びを入れに行く予定でしたけど、どうしましょう。帰宅が遅くなりそうですね」

「大丈夫だよ。いっきに片付けちゃおう」

「俺は教官がいつ倒れやしないかと心配です」

「今日はもう大丈夫だよ、刀削麺がおいしかったから」

仁子が微笑んだ。

「久しぶりだったなー。誰かとおいしいという感情をシェアできたこと。誰かと微笑み合いながらご飯を一緒に食べられるって、すごく幸せなことだったんだね」

「それじゃ、明日《あした》もおいしい店が近くにありそうな所轄署を優先して回りましょうか」

「あはは、いいのかな。グルメ巡りみたいになってない?」

仁子は嬉《うれ》しそうだった。

警察学校に戻った。帰寮する学生で正門がにぎわう中、阿部が戸惑ったように歩道に立ち尽くしていた。ヒゲをそり、髪も短くなっていた。きちんとリクルートスーツを着こなしている。退職の話し合いのため、学校に戻ってきたのだろう。

「どうした。中に入らないのか。長田教官と高杉教官が待っているぞ」

「はい、あの……しかし、教場のみんなから聞きました。甘粕教場も含めて、全員が停職処分を受けたと……」

だからなんだ、と仁子があっさり言った。

「今日は退職代行サービスに頼まず、自分の足でここまで来た。えらい、えらい」

仁子は背伸びして長身の阿部の頭をくしゃくしゃに撫《な》でた。明るく振る舞い、阿部が深刻に考えすぎないようにしているのだろう。だが阿部は動かない。

「実は、荒畑助教とここで待ち合わせをしているんです」

「なんだよ。結局は人頼みか」

塩見は笑い飛ばしたが、仁子は大きく頷《うなず》く。

「それでいいんだよ。助教官にはたっぷり甘えないとね」

荒畑がやってきた。通りのずっと先で、阿部に向けて大きく手を振っている。阿部の表情がぱっと明るくなったのがわかった。

荒畑は新人助教官ですぐに休職してしまったが、学生にとってはあまり関係がないのかもしれない。右も左もわからない状況で実家を出た子供たちに、朝から晩までつきっきりで指導をするのが助教官だ。

もしかしたら、荒畑が休職していなかったら、阿部が玄松に決闘を申し込むようなことはなかったのかもしれない。

四人で教官室に向かい、阿部を長田と高杉に引き渡す。

「阿～部～！」

長田は罵声《ばせい》を浴びせたが、顔は嬉しそうに笑っていた。高杉も阿部をヘッドロックし手荒く出迎える。話し合いの場に自らやってきたことをたんとほめていた。阿部は涙をこらえきれない様子だった。ＳＮＳに溺《おぼ》れていた彼は、生身の人間の温かさを、痛感しているはずだ。三人はそのまま面談室に向かった。

入れ違いで、ジャージ姿の玄松がやってきた。

「一三三五期甘粕教場、玄松巡査です！　入ってもよろしいでしょうか」

仁子が了承した。

「反省文ができあがりました。読んでいただけますか」

クリップ留めされた反省文は全部で原稿用紙三十枚ほどありそうだった。

「よく書いた。明日にも読んで返却する」

「はい。それであの……教官と助教のチェックを待つ間、グラウンドを走ってよろしいでしょうか」

「マラソン消化をしたいのなら、ダメだ」

学生は卒業までにマラソンカードを提出しなくてはならない。一周走るごとにポイントがたまっていく。ポイントが高いほど、卒業時に警視総監賞、学校長賞、教官賞などの表彰を受けやすくなる。

「いえ、ポイント稼ぎではなく、今後の教場のために走っておきたいんです」

どういうことか、塩見も問うた。

「これまでも毎日、誰かしらがペナルティでマラソンを走ってきました。みなの停職処分が終わって教場が通常に戻ったあとも、きっとあるのかなと思うんです」

「まあ、あるだろうね」

忘れ物、ミス、授業中の居眠りなどがあるたびに、教官は学生にマラソンのペナルティを科す。班の連帯責任で走らせることもあるし、運が悪ければデスクの両隣、前後の学生も火の粉を浴びて走らされるものだ。

「僕と阿部君が起こしたこの騒動のせいで、教場は授業も実務修習も大幅に遅れてしまうことになりました。きっとこの先、補習補習で、ペナルティを消化する時間もないと思います。教場のみんなの未来のペナルティを、いまのうちに僕のマラソンで消化させてほしいんです」

塩見は反応に困った。こんなことを言いだす学生が初めてだったこともあるが、そもそも、教場全員が停職を食らったことが過去にない。仁子も戸惑っている。

「どう思う？」

「うーん……」

玄松が一途《いちず》な瞳《ひとみ》で訴えてくる。

「まあ……アリかな」

塩見が言うと、玄松ははじけたような笑顔になった。

「ありがとうございます！　早速いまから走ってきていいですか」

「いいよ」

玄松は自らのマラソンカードを仁子に預けた。学生は各自、走った分だけ自分でマークをつけるが、それはしないということだろう。

「とりあえず、目標は八千周です」

「八千周⁉」

とてつもない数字に仁子も塩見も高い声を上げてしまった。

「なんで八千周なんだ。一万周だと厳しいからか。千周だと少ないと思ったのか？」

「学生一人が卒業までにペナルティで百周走ると仮定して、八十人分走るという意味です」

長田教場の学生たちの分まで、背負うつもりらしかった。

「卒業まであと四カ月だぞ。この先も二つの教場の学生たちはそれだけのトラブルを起こすかもしれないってことか？」

「まあ、起こしそうな教場ではありますよね、甘粕教場も長田教場も」

「お前が言うな」

仁子は玄松の額をついたが、大笑いしていた。

「八千周クリアしてから、玄松のマラソンカードを返す。それでいいんだね？」

「はい。もちろんです！」

「行っておいで」

玄松は元気よく教官室を飛び出していった。

仁子はまぶしそうに玄松が行った後を見つめた。表情を引き締め、塩見を見る。

「あの子、そろそろ落ちるかもしれないね」

刑事の目だった。おかみさん殺人未遂事件のことを言っているのだろう。

「あの子は警察学校一、教場や仲間のことを想う学生に成長したよ」


仁子と塩見は面談室に向かい、阿部の様子をうかがうことにした。

阿部はデスクの脇の床に土下座して、長田と高杉を慌てさせていた。荒畑は黙って阿部を見下ろしている。デスクの上には『退職届』と記された封筒が置かれていた。

「ちょっと待て。いったん座れよ」

高杉が腕を引き、長田も背中をさすって落ち着かせようとしたが、阿部はがんとして動かない。

「こんな騒動にまで発展してしまい、本当に申し訳ないし、恥ずかしいので、学校にはいられないのです。どうか、辞めさせてください。お願いします！」

恥ずかしい――阿部らしい理由だ。周囲によく見られようと必死に取り繕い虚像をSNS上で作り上げてきた人生なのだろう。もしかしたらサッカーを辞めたのも、怪我が理由ではないのかもしれない。長田や高杉は年齢が離れすぎて、Z世代である彼の本心をつかみ切れていないようだった。

「そもそもサッカーを引退した本当の理由はなんだったんだ？」

塩見は訊《き》いてみた。阿部はどきりとした様子で椅子に戻った。

「僕は、スカウトを待っていたんですが、どのチームからもありませんでした」

「そんなのは普通のことなんじゃないのか。スカウトされて入団できるのはごく一部の選手だけだろう」

「自分がそのごく一部の選手のひとりだと思い込んでいたんです。サッカーの強豪校で、公式戦の半分は出場していました。部員は二百名以上います」

それでもスカウトが来なかったということが、あまりにショックだったらしい。

「先輩たちは入団テストを受けたり、コーチの人脈を使って入団したりしていました。僕はそれをずっと『かっこ悪い』と考えていました。事実、スカウトが来ないプロ選手なんか伸びないから、早めに見切りをつけるべきだ、みたいな意見をたくさんSNSで見かけていたので……」

自らサッカーの世界に見切りをつけるような辞め方をして、プライドを保ったということだろう。

「お前、また同じことをするつもりなのか？」

長田が言った。

「恥ずかしいから警官を辞める。お前いま、そう言ったろ」

　高杉もうなずいたが、阿部は頑《かたく》なだ。

「恥ずかしいというのは、教官方や学生のみんなに迷惑をかけたことを恥ずかしいと思っているわけで、そんな自分がここに居続けていいはずが……」

「だから結局そうやって、自分の心を守ることしか考えないじゃないか」

　荒畑が厳しい言葉を投げかけた。

「そりゃ辞めた方がラクだろうな。断然ラクだ。俺だってそうだぞ。警察学校の超ベテランぞろいの諸先輩方がこぞって懲戒処分を受ける中で、俺は休職中だったからたったひとり処分ナシだ。こんなに恥ずかしくて居づらいことはない。でも俺は警察学校に戻ってきた」

　幾分かズレた説得に、長田は変な顔をし、高杉は笑いをこらえた。阿部はよくわからない様子ながらも、兄貴分の荒畑に話を合わせている様子で、うなずいてはいる。

　仁子がグラウンドの方向を顎《あご》で指す。

「玄松はいま、走ってるよ」

「……え」

「自分の成績をあげるためにじゃなくて、教場のみんなのために八千周走るんだって」

「八千!?　そんな、無茶な……」

「無茶だよねぇ。だったらお前が手伝えば」

阿部は顔を引きつらせている。

「だとしても、八千に何の意味が……」

「長田教場と甘粕教場の学生八十人が、この先卒業までに一人百周分のペナルティを科されると仮定して、その分を自分が背負うと言っているんだよ」

阿部の表情が変わった。仁子に促され、グラウンドが見える廊下の窓にかじりついて玄松を探している。見つけたのか、目がきらりと光ったのがわかった。

「八十人だから、阿部の分も入っているな」

高杉が言った。阿部はいてもたってもいられなくなったようだ。

「着替えてきます」

それだけ言い、本館を飛び出していく。五分しないうちに、ジャージに着替えた阿部がグラウンドへ走り出す姿が見えた。荒畑が阿部の退職届を面談室から持ってきた。

「これどうしますか」

「捨てちゃえ、捨てちゃえ」

高杉がテキトーな調子で言った。長田も今日は表情が優しい。

「退職届は撤回します、とまず先に言えよなー」

「俺も玄松と一緒に走ります、とも言わないし」

仁子も肩を揺らして笑った。

「相変わらずプライドが高い。口が裂けても言えないんだろうな」

塩見は荒畑に向き直った。

「ところで、荒畑助教はどうするの。学生に戻ると言った手前……」

「そもそも俺は弟を転落死なんかさせてません。最初から堂々としているべきだったんですよね。校長に休職を勧められたとき、従う必要なんかなかったんです」

復帰に向けて校長と話し合いをするのだろう、荒畑は鼻息荒く、階段を下りて行った。

グラウンドで、阿部が玄松に駆け寄る姿が見えた。玄松はスピードを落とし、並走し始めた阿部となにか話している。

二人はいま、どんな会話をしているのだろう。


停職があけた者から順次教場に復帰していく。教場の人数が半数を超えた十月も下旬、ようやく甘粕教場は通常授業が始まった。まだ停職中の者たちのため、復帰した学生たちはノートを見せたり、プリントを渡したりしてやっている。授業のフォローを学生同士が進んでやっていた。

仁子が放課後に直接指導してやることもあったし、塩見も夜間まで術科棟に残り、昇段試験が近い者は指導してやった。

通常業務を終えるのが二十二時を超える日が続く。さすがにこれが一週間続いた上に当直が入った日には、学生寮を巡回しながら塩見は居眠りしてしまった。廊下の壁にぶつかって額にたんこぶを作る。歩きながら寝たのは生まれて初めてのことだ。ぼやかずにいられない。

「仕事というのは、真面目にやればやるほど損なのだ……」

その週末には同期の結婚式があった。元53教場の学生で江口《えぐち》怜雄《れお》という、教場では落ちこぼれの天然キャラだった。昇任は人一倍早く、マッチングアプリで知り合った看護師とうまいことゴールインした。

「あいつ、器用に生きているよなぁ……」

結婚式場のテーブルで、塩見はお色直しを終えた新郎新婦に拍手を送りながら、ついぼやいてしまう。警察官は警察礼服で登場するのがお約束だが、江口は「いまどきそんなのだせぇ」とグレーの光沢のあるタキシードを選んでいた。

「お前は不器用だからな。教場のころから心配していた」

隣に座る五味京介が微笑んだ。今日一日はワンオペ育児から解放されているようで、五味はかなり酒のペースが速かった。高杉はかつての教え子たちを従えて『お嫁サンバ』を披露している。かなり古い曲だから、若者たちはきょとんとしているが、親族席の中高年は大盛り上がりだった。

塩見は教場で起こったことを五味に伝えた。五味は肩を揺らして笑っている。

「全員停職とは強烈だな。学生より担当教官の方がダメージを食らうやつだ」

「その通りです。これが正しいと思って甘粕教官と共に決断しましたけど、無事に学生たちを卒業させられるか……。もしかしたら間に合わないかもしれません」

四十人全員が留年危機にあるといっても過言ではない。

「甘粕は相貌失認《そうぼうしつにん》もあるのに、こなせているのか」

「いっぱいいっぱいですよ。疲れているから、学生を間違えるようになってきました。評価が正しくできているのかと他教場の学生の親からクレームも来ているようです」

「面倒くさいな。学生が親に言ってるんだろうな。まあ直接は言えないだろうが」

「甘粕教官はモンペ対応もしなきゃならない。校長からも小言を言われていますし、まだ所轄署の実務修習の調整も終わっていないんです」

謝罪行脚は一通り終わったが、今度はどの学生をいつどこの所轄署に送り込んで実務修習させるのかのリスケジュール作業が始まっている。これが難航していた。塩見は、仁子が相貌失認の反動か、感覚過敏が出ていることも伝えた。

「俺に迷惑をかけないようにと思っているのか、たぶん、いろいろと苦しい症状があるはずなのに、言わなくなってきちゃってるんですよ」

嗅覚過敏《きゅうかく》のことは認めて相談してきたが、味覚過敏になっていることは指摘しても絶対に認めなかった。聴覚や触覚は大丈夫なのか。日常生活に支障はないのか、塩見に言わないのだ。

「隠しているというより、認めたくないだけかもしれない。自分の体がどんどん悪い方へ変化していくのを受け入れることは、難しいことだ」

五味は先妻を病気で亡くしている。発症から治療、息を引き取るまでそばで見守り続けてきただろうから、説得力があった。

「最近は蕁麻疹《じんましん》が出ているのを見ました。もしかしたら、触覚過敏の症状も出てきているような気がするんです」

夏服の期間が終わり、警察制服は合服の着用期間になった。仁子は改めてジャケットを羽織った日「こんなに重たくて固かったっけ」と首を傾げていた。蕁麻疹が出ていたのはその数日後のことで、ジャケットを脱いでしまっていた。

「触覚過敏……そんな症状まであるのか」

塩見は感覚過敏の症状に悩まされている人の例をあげた。結婚式の真っ最中にどうかと思ったが、岡倉の転落死についても話してみた。

「長らく五味さんに相談しようと思っていた案件なんですが、お忙しそうだったから言わずにいたんです。この件、どう思いますか」

塩見は岡倉が転落死したときの状況、その人間関係、荒畑助教が兄だったことも話す。自教場の学生である元力士の玄松が岡倉と友人関係にあったことも、聞かせた。玄松にはおかみさん殺人未遂事件の疑惑もあることを伝えると、五味は目を丸くした。

「お前それ、どんな教場だよ。場長が殺人未遂犯かもしれないってことか？　もう十一月なのに、どれだけ真相究明を先送りにしているんだ」

「これでも相撲部屋まで行ったり巡業にも顔を出したりして、解決しようとしたんですよ。しかし決闘騒動の対応でそれどころじゃなくなったんです」

そもそも塩見や仁子は捜査員ではなくて警察学校の職員だ。

「ちゃんと捜査して白黒つけるのは所轄署の役割でしょう」

「確かにな。で、所轄署の判断はどうなんだ」

「転落死事件について、調布署は判断を決めかねているようです。高井戸署はお手上げ状態です。被害者が被害を申し出ない上に、現場も消失してしまっていますから、捜査本部すら立っていません」

塩見は五味にすがった。

「五味さんならこの件、どうやって動いて解決しますか」

「動きようがないよ。教場運営と補習で、お前らは深夜まで残業しているんだろ。捜査なんか無理だ」

「何とか捜査一課で扱えませんかね」

「うーん……その岡倉というのは、確かに兄に自白して死んだのか」

「これは確かです。ドラレコの音声も解析済みです」

「岡倉も触覚過敏を患っていたんだよな」

「そうです。肌着を裏返しに着たり、同じ肌着を繰り返し着ていたようでボロボロになっていました」

「甘粕も触覚過敏を発症している」

「いま甘粕教官は関係なくないですか」

「だが同じ症状なら参考になるじゃないか。蕁麻疹が出ていたんだろ？」

「はい。肌が何に反応したのかはわかりませんが……」

「凶器は紫檀《したん》柄の包丁だと言ったな。確か紫檀はアレルギーが出やすい素材じゃなかったか？」

五味がスマホで検索し、一件の例を見せた。

「バイオリン奏者の例だが、顎《あご》あてが紫檀製だったせいでアレルギー性皮膚炎を発症、紫檀から黒檀《こくたん》に変えたことで症状が治まったとある」

塩見もスマホで調べてみたが、確かに紫檀によるアレルギー性皮膚炎の例がいくつか見られた。

「その岡倉なる人物は、幼少期から感覚過敏を患い、日々、着るもの触れるもの、食べるもの、聞こえてくるもの見えるものに相当に注意を払いながら生きてきたはずだ。それが、アレルギーを発症しうる素材でできた凶器をわざわざ使って、人を刺そうと思うか？」

そもそも、と五味はテーブルに出された料理を見て、改めて言う。

「感覚過敏の人は、我々が無意識にやっているような行動——例えば目の前のグラスを持ってビールを飲む、ナイフとフォークを持って料理を切り、口に入れる——その全ての行動を慎重に行わないと症状が出て苦しむことになりそうだ。激情に駆られて殺人を犯すようなことにはならないと思うんだ」

仁子も全く同じ指摘をしていたから、塩見は納得できた。同時に、胸が苦しくなる。

「ではやはり――玄松ということなのでしょうか」

玄松は母との関係がよくなさそうだ。しかも、カッとなると手が出る性格であることもわかった。深く反省し、仲間たちのためにとマラソンを続け、いまでは阿部と仲直りしている。だが阿部や中島を殴り、けがをさせたことは事実だ。

「俺は玄松でもないと思う」

五味が即答した。

「相手はおかみさん、母親だろ。非力な女性だ。一方、当時玄松は現役の力士だった。殺そうと思ったら素手で殺せる。喉輪《のどわ》でつかんでそのまま絞め殺せるぞ」

相撲技のひとつ、喉をつかんで顎を押し上げて相手の重心を不安定にさせる『喉輪』は、騎馬戦のときに玄松が阿部にかけていた技だ。小柄な女性が力士にやられたらひとたまりもないだろう。

「それじゃ一体、おかみさんを刺したのは誰なんでしょうか」

玄松と最後に対戦した豊真山の話をした。巡業時に仁子が気にかけていたし、玄松に彼の話をすると動揺が見えたとは聞いている。

「玄煌部屋界隈《かいわい》の人間関係を徹底的に洗わないと、推理もできない。だが岡倉の転落については映像に残っている可能性はないか？」

現場の防犯・監視カメラの類《たぐい》は調布署の宮本が徹底的に集めて解析したはずだ。

「どこにも映っていませんでした。漏れはないと思いますよ」

「あの交差点の南東側に自動車販売店があっただろ」

岡倉が転落した際、ディーラーがＡＥＤを持って駆けつけてくれたのを思い出した。

「確かにありますが、あの店舗内の防犯カメラ映像も押収しているはずです」

「試乗車のドラレコは」

「試乗車……？」

五味はスマホのマップアプリを開き、販売店の画像を呼び出した。

「この販売店は二階建てだが、屋上が立体駐車場になっている。ここにかなりの数の試乗車を置いていたはずだ。試乗車を動かしているときに、ドラレコが歩道橋を映していたかもしれないぞ」

塩見は呆気《あっけ》に取られた。そんな可能性はこれっぽっちも考えたことがなかった。

「五味さん、視点がすごいし視野も広すぎませんか。だいたい、なんで販売店内の様子まで知っているんですか」

「このディーラーでクルマを買い替えたからさ。試乗もした」

五味は呑気《のんき》に笑ったが、ドラレコに映っているかどうかは懐疑的ではあった。

「そもそも試乗車にドラレコがついているかどうか、微妙なところではあるがな」

「しかし試乗車ならば、さほど頻繁に乗り回さないですよね」

ドライブレコーダーの容量は限られているので、一杯になると上書き保存されていく。

「ああ。試乗車ならさほどドラレコは作動しないだろう。転落事件から半年以上経っているが、映像が残っている可能性がある」

塩見は一次会だけで失礼し、警察学校に戻る。土曜日だったが、甘粕教場は休日返上で補習授業があった。仁子は刑事捜査の授業を終えたところで、教官室に戻っていた。

「誰かの結婚式だったの？」

塩見の白いネクタイを見て、訊《き》いた。

「最近目白押しなんですよ。今日は53教場の卒業生の結婚式でした。高杉さんはカラオケのマイクを離さなくて盛り上がっていましたよ」

「高杉教官は呑気だねぇ。明日《あした》の日曜日、長田教場と甘粕教場は合同で逮捕術の補習をぶっ通しでやるって言ってたのに」

「学生にとっては教官が二日酔いでヨレヨレの方がやりやすいんじゃないですか。厳しく指導されないから」

仁子は大笑いした。首に無数の筋が立つ。また痩《や》せた。

「ところで、五味さんにおかみさん殺人未遂の件や岡倉の転落死について相談したんです」

自動車販売店の試乗車のドライブレコーダーが記録している可能性を話した。仁子はすぐさま調布署の宮本に電話をした。やはり試乗車のドラレコは盲点だったようだ。宮本は、すぐに確認に行くということだった。

「進展があるといいね。おかみさん殺人未遂事件も、五味さんが言うなら、玄松は犯人じゃない可能性が高い。よかった。いまさら、と思っていたから」

「確かに、いまさらですよね。ここまで来て玄松を殺人容疑で逮捕なんかしたくない」

「そもそも紫檀に触れられなかったであろう岡倉でもなかった。それなのに岡倉は一度は自供しているし、玄松も犯人をかばって口を割らない」

「二人がかばいたいと思う人物が犯人、ってことですかね」

「誰がいる？」

全く思いつかず、首を傾げてしまう。

「被害者自身が犯人をかばっているのよ。岡倉や玄松、弥生までもがかばいたい人物が犯人ってことよね」

更に思いつかなかった。そもそも弥生と岡倉は騒音やにおいを巡ってもめていたのだ。

仁子は実務修習の書類を出した。

「来週から、真央が高井戸署で実務修習なんだよね」

「行っちゃいますか、富士見ヶ丘」

十一月になってもたまに二十五度を超す暑い日があったが、朝晩の冷え込みは確実に強くなり、最近は十七時前には日が落ちるようになった。十一月最終週から、甘粕教場は二十名の学生の実務修習が始まる。

　飛田給駅の改札口前で仁子が訓示をし、送り出す。仁子と塩見は準備していた菓子折りを持って、真央と一緒に高井戸署に入った。実務修習の担当者に真央を引き渡し、改めて警務課に挨拶《あいさつ》に行く。すでに十月の実務修習の取りやめで謝罪をしているが、高井戸署はあっさりしたもので、リスケジュールもすぐに完了した。住宅街にあるこの所轄署は刑法犯の数も年間千に満たず、粗暴犯に至っては百件もない。比較的穏やかな署なのだ。

　仁子と塩見はその足で刑事課に顔を出した。電話番の若手刑事がひとりいるだけだった。おかみさん殺人未遂事件についてどの程度進捗《しんちょく》があったか尋ねると「さあ」と首を傾げるばかりだった。いま他の刑事たちは特殊詐欺の捜査で出払ってしまっているという。がっかりしながら、二人で高井戸署を出た。

「仕方がないことですが、高井戸署は全くやる気がないようですね」

「被害者が被害を訴えない、現場もないんじゃ、送検できない可能性が高いからね」

　改めて二人で、玄煌部屋が入っていた雑居ビルの前に立つ。一階はチムニーパンの専門店がオープンしていた。カラフルでロール状の焼き菓子を、若い女性たちが撮影し、投稿している。そこにかつて相撲部屋が入っていた名残はない。

　仁子は東隣の一軒家を見つめている。岡倉の自宅だ。

「もういまは、お母さんひとりなのかな」

仁子がインターホンを押した。髪を一つに束ねた伏し目がちの女性が、応答に出た。岡倉の母親だ。荒畑の実母でもある。五十代後半くらいのその女性は、荒畑によく似た、切れ長の目をしていた。

警察官と知るや、怯《おび》えたような目を向けて首をすくめる。蛇に睨《にら》まれた蛙のようだった。警察学校の教官と助教であることを伝えると、一転、親近感あふれるまなざしで塩見と仁子を順に見た。

「長男なら普段はここにいませんが……」

荒畑に用事があると思ったのだろう。

「実は、今日こちらにお伺いしたのは荒畑助教のことではなく、末の息子さんの、岡倉竜二さんについてなのです」

「えっ。竜二について、ですか？」

母親は目をぱちくりする。

「我々は竜二君の最期の姿を目撃しています」

仁子が切り出し、塩見もうなずいた。

「ご遺族の前で申し上げにくいですが、転落するところを目撃しました」

母親は無言で仁子と塩見を見据え、胸をせわしなくさすった。息子への湧き上がる思いを抑えようとしているかのようだ。

「ご挨拶が遅れましたが、お仏壇に手を合わせさせていただきたく、参りました」

母親は言葉に詰まったまま、目で中へ促す。

「ごめんなさいね、部屋がうまく片付かなくて」

二階のリビングダイニングに通されたが、キッチンは洗い物や汚れた容器が積み上がり、ごみ箱はあふれて異臭を放っていた。テーブルの上は書類やコンビニ弁当の容器が散乱している。出しっぱなしの新聞の日付は四月だった。母親は次男の死後、時が止まってしまったかのようだった。

リビングダイニングの横に小さな和室がついていた。仏壇にはあふれんばかりの供え物があった。アニメのDVDが積みあがっている。『転生ギルド』だ。ボーロやプリン、ゼリーなどもある。なぜか銀色の子供用スプーンまで添えられていた。かなり使い古されたものだ。幼子の仏壇を見ているようだった。

お線香をあげ、手を合わせる。仏壇を前に静かな時間が流れた。遺影の中でほほ笑む岡倉を塩見は改めて見る。彼の死の間際、必死に心臓マッサージをしたことを思い出した。笑みをたたえたような安らかな顔をしていた。遺影の表情も穏やかだ。

感覚過敏を患い殆《ほとん》ど社会と接点を持てず、引きこもっていたそうだが、ひ弱な印象は受けない。微笑み方は控えめながら、目はいきいきと輝き、太い眉毛《まゆげ》は意志が強そうにも見える。

母親は散らかったキッチンの物をどけたり、あちこちの扉を開けたり閉めたりしている。やかんを火にかけていた。茶を出そうとしているのかもしれない。

「お母さん、おかまいなく」

「すみません。普段は誰も人が来ないものですから……。竜二が生きていたころは、毎日ピカピカに掃除していたんですよ」

「感覚過敏症だったそうですね」

仁子はさりげなく言ったが、母親はコップを落としてしまうほど、動揺していた。やはり、息子の症状を警察に隠していたのだろう。

「すみません。ぶしつけに」

「いえ……。長男から聞いたんですか」

「所持品や着衣からそう判断したのですが、警察には言わなかったのですか」

母親は曖昧《あいまい》に微笑んだだけだ。

「次男はちょっとのホコリですぐに肌が荒れ、カビでもはえようものなら鼻の症状に苦しんでいました。ペットボトルのお茶でも……」

冷蔵庫から母親がペットボトルのお茶を出した。仁子がコップに注ぐのを手伝う。

「こんなにおいしい緑茶がペットボトルで飲めるようになったんですねぇ。竜二はペットボトルを口につけることができなかったので、ここ十年くらい買わずにいたんです」

「ペットボトルでも肌が荒れてしまうんですか？」

「いえ、これは味覚過敏のせいでしょうね。合成樹脂のにおいがするというんです。私にはさっぱりわからないですけど」

母親が茶をひとくち飲む音が、静かな部屋に響く。

「息子の症状を一般の人が理解するのは難しいと思います。私も母親でありながら、理解し受け入れるのに十年近くかかりました」

保育園の頃から日差しを嫌い、いつも日蔭《ひかげ》で静かに座っていた。偏食が激しく、保育園でもランチの時間は食べられるもの以外は一切口をつけない。保育士がどれだけ促してもなしのつぶてで、うずくまってしまい、会話すら拒否してしまう。

「夫が、お前のしつけが甘いんだと言って、泣いて嫌がる竜二を叩《たた》き、口をこじ開けたこともありました。私も当時はそれが正しいと思いましたし、わがままな竜二が悪いんだと考え、厳しくしつけなければいけないと思っていました」

近所の公園に連れ出そうとしても、曇りの日しか外には出たがらない。公園の遊具の好き嫌いがはっきりしている。一人で元気に走り回ることがあっても、他の子どもたちがやってくると帰りたがる。

「遊ぼうと誘ってくれた近所のお子さんやママさんは嫌な気持ちになるじゃないですか。私はその場で竜二の態度を厳しく叱りましたし、家に帰ってからもたくさん説教をし、まともな子供に育てようと必死でした。聴覚過敏があり、他の子供の騒ぎ声で頭痛を併発していたなんて思わずに……」

食べられるものを増やすには、食に興味を持ってもらうしかない、と一緒にお料理やお菓子を作ろうとしたこともあったという。

「クッキーを作っても、パンを焼いても、オムライスを作ってみてもダメです。私たちがおいしいと思うにおいが、彼には刺激臭で、キッチンから逃げ出してしまう。最後まで作れたとしても、食べることは拒否する」

いまから二十年前なら、感覚過敏という症状があること自体、全く知られていなかっただろう。本人も辛《つら》かっただろうが、母親も苦しかったことだろう。

「赤ん坊のころから確かに肌がかぶれやすいとは思っていましたが、二歳ごろから、服を着ることをいやがり、全裸でうろうろするようになりました。何を着せても脱いでしまう。服が痛い、とあの頃から泣いて訴えていました。大げさなことを言うんじゃないと強く言い聞かせて、従わせていました」

母親の目から涙があふれる。

「小さなあの子の、痛い痛いと泣いてすがる顔が、いまでも目に焼き付いて離れません。私は理解のない母親で……」

母親は涙をぬぐい、仏壇に立つ。供えられていた銀色のスプーンとフォークを持ってきた。

「これ、竜二が物心ついたときから、死ぬその日の昼まで使っていたものです」

色がはげ落ちているが、柄の先にアンパンマンとばいきんまんが象《かたど》られている。

「おかしいでしょう、二十六の男がこんなものを使って食事をするなんて。でも、どの箸《はし》も、どのスプーンもフォークもダメなんです。口に入れたときに刺激を感じてしまうんだそうです。ただでさえ偏食で食べられるものがほとんどないのに、それすらも味が変化して食べられなくなってしまうんです」

塩見の三歳の姪《めい》がいまこれくらいのサイズのスプーンセットを使っている。二十年以上使い古されているからか、細かい傷でくもり、少し歪んでいた。

「壊れてもまだ使っていたんですか」

私が壊した、と母親が懺悔《ざんげ》する。

「あの子が小学校四年生のときです。給食をほとんど食べれず、体育も休みがちで、まともにノートも取れない。友達と一緒に元気に遊ぶこともできず、自宅でずっと薄汚れた本を読んでいる。毎日毎日同じ洋服しか着ず、自宅に帰ると真冬でも下着一枚になってしまう。私が買ってきた新しい洋服はほったらかしです」

ある日、またテストで0点を取ってきた。理由を尋ねると竜二はこう言ったそうだ。

〝テストがまぶしいから解けなかった〟

母親はふざけていると勘違いし、堪忍袋の緒が切れて、息子を叩いてしまった。

視覚過敏の症状を理解していれば納得できただろうが、知識がなければ一般の人には理解が及ばない言い訳だ。

「もう付き合いきれないと思ったんです。竜二が唯一使えたそのスプーンとフォークも曲げて捨てました。竜二はそれを見て、悲鳴をあげて……」

ゴミ箱から拾い上げ、泣きながら歪みを直していたという。

「小児科、精神科、脳神経内科、耳鼻咽喉科《じびいんこう》、眼科など、どれだけの病院を訪ね、相談したかしれません。本人のわがまま、気にしすぎ、親が甘やかした結果だ、いずれ大人になれば直る。いろんなことを言われましたが、中学になっても結局不登校になりました。相談に行った神経内科で、ようやく、感覚過敏という言葉と出会えました」

母子は救われた気分だったが、父親の反応は違ったという。

〝それは障害者ということなのか。どう矯正しても竜二は普通に生きることはできないのか〟

受け入れがたかったのだろうか。夫は長男だけを連れて、家を出てしまった。

「元夫は絶望したようでした。一方で私は、病気だったのにとんでもない無理強いをしてしまったと気が付いて、自己嫌悪に陥りました。毎晩、寝るときに目を閉じると、泣きわめいて嫌がる竜二の口をこじあけて食べ物を口に押し込んだことを思い出すんです」

買ってきた新しい洋服を着せようと叩いて従わせようとしたことも、痛がる竜二の足首をつかんで靴下を強引に履かせたことも、真っ白のノートと教科書の前へ無理に座らせたことも。

「友達を作らせようと、子供の叫び声でやかましい公園に強引に引きずって行ったこともありました」

母親は多くのことを悔やんでいるようで、涙がポタポタと落ちてくる。

「私は決意したんです。これからは命がけであの子を守る。あの子が生きやすい環境を整えて、周囲の無理解から彼を守り続ける、と――」

暴力的な目で宙をにらみ、母親は言った。

「もともとは都心のマンションに住んでいましたが、離婚した夫が竜二のためにと、この家を中古で買ってくれたんです。周囲は一軒家ばかりの閑静な住宅街で、繁華街も大きな公園も、学校も工場もない。大規模マンションもないから人通りも限られていて、本当に静かな場所です。竜二は学校には行けませんでしたが、この家の屋上テラスで毎日、黄ばませた小説を読んで、たまにアニメを見て、静かに暮らしていました」

離婚した夫が払う養育費と、母親のパートの費用で細々と暮らしていたようだ。

「それでも息子は、成人したころから、そんな穏やかな毎日に疑問を感じるようになっていたようでした。自分もなにか人の役に立つことがしたい、と言うようになりました」

インターネットで感覚過敏というものがあるということを発信し、理解や普及につとめる活動をしようとしたそうだ。

「甘えだ、サボっているだけだ、と誹謗《ひぼう》中傷が多くて、やめてしまいました。優しくて気配りができて、人を常に気遣う子でしたから、特に心にぐさりと刺さった投稿があったようです」

『役立たず。生きている価値ナシ』

竜二は一切のネット発信をやめて、ＳＮＳも見ず、更に小説やアニメの世界に没頭していったという。

「竜二はもう、世界へ自分を説明することに疲れ果てたんだと思います。とにかくこの場所で、静かに、誰にも迷惑をかけないように生きていく。それしかありませんでした。それだけでよかったのに……」

母親は口をつぐんでしまった。事件に触れたくないか。仁子が促す。

「隣の雑居ビルに玄松部屋が発足することになったんですよね」

沈黙したままの母親に、塩見もやんわり訊《き》く。

「引っ越しのご挨拶《あいさつ》はありましたか」

「相撲部屋のみなさん総出で、菓子折り片手にいらっしゃいました」

「それは丁寧ですね」

母親は嫌悪の表情を隠さない。

「親方とおかみさんの後ろに、巨体の力士たちがずらっと並んで、わざわざ全員が押しかけて来たんです。私は心からゾッとしました」

世間から隠れるように生きる母子には脅威だったのかもしれない。

「恐ろしいほど大きな巨体、鬢《びん》付け油のムンとするにおい、耳をつんざく大きな声、そして汗臭いにおい――これは大変なことになったと、私は恐怖に震えました」

相撲部屋は朝が早い。朝稽古《げいこ》で早朝から掛け声や体がぶつかり合う音、親方の怒号が聞こえてくる。稽古が終われば大量の廻《まわ》しが門の前にずらりと並び、汗のにおいを発する。ちゃんこのにおいも、嗅覚《きゆうかく》過敏の人にとってはきついのだろうか。

「相撲部屋では、親方から順番に食事を取っていくのだそうですね。最後の新弟子がありつけるまで三時間以上かかります。つまり、ずーっとちゃんこのにおいがし続けるんです」

窓を閉めてもにおいが入ってきてしまうものだろうか。廻しはさほどにおいがありそうだとは思わないが、岡倉の母親はエスカレートしていく。

「夜になれば、若いお弟子さんたちが遊びに繰り出す。部屋の前にたむろする声、待ち合わせする声も気になりました。土俵の手入れの音も我慢できませんでした」

砂や土を追加し、ペタンペタンと専用器具で叩《たた》いて固めていくのだそうだ。

「竜二はイヤーマフが手放せなくなりました。室内にいても会話もままならないほどになってしまって……」

騒音で会話ができないわけではなく、イヤーマフのせいで会話ができなくなった。それは相撲部屋のせいなのだろうか。弟子たちが何時間も部屋の前でたむろし騒いでいたとも思えない。もしこれでクレームを入れられたら、感覚過敏を知らない人は戸惑うだろう。

「竜二さんは、相撲部屋が来たことで相当に疲弊していたのでしょうか」

「竜二は優しい子ですから、いつも我慢し、そしてあきらめています。だから私が矢面に立ち、訴えていくしかなかったんです」

朝稽古が始まれば、もっと小さな声でやってくれと頼みに行く。ちゃんこのにおいが漂ってくれれば、窓を閉めてくれと訴える。廻しも外に出さず、室内干ししてほしいと付け足す。においがしない鬢付け油を使ってくれと頼む。弟子たちが集まり始めたら、すぐさま母親がかけつけ、「シーッ」と注意する。

「私は決して怒鳴りこんだりはしていません。息子の症状を理解してほしくて、丁寧に、説明してきました。あちらのおかみさんは理解してくださいました。竜二を不憫《ふびん》に思い、ちゃんこに誘ってくれたことだってあるんですよ。行くわけないですが」

息子の感覚過敏が理解できずに虐待まがいの無理強いをしてしまった贖罪《しょくざい》から、母親こそが息子を守ろうと『過敏』になっていったようだ。また本人もそれを隠そうとしない。無自覚なのだろう。

「竜二君は亡くなる間際に、おかみさんを刺してしまったと長男の荒畑さんに告白したようですが」

「息子はそういうことをする子じゃないし、できません。小柄で体力もないのに、巨体の男たちばかりの相撲部屋に押しかけて包丁を振り回すようなことができると思いますか。しかも紫檀《したん》の包丁です、触覚過敏の息子は手に取ろうと思わない素材です」

——語るに落ちたか。

塩見は仁子を見た。仁子も気づいたのだろう。唇を引き結び、塩見にうなずいてみせる。母親に切り出した。

「竜二さんが死の間際、お兄さんに告白した言葉ですが、〝人を刺してしまった〟と言ったんです。具体的に誰を刺したのかについては、言及していません」

母親は少し慌てたそぶりになった。

「そうなんですか……いつだったかやってきた刑事が、そのようなことを言っていたんです」

「そもそもなぜ凶器が紫檀の包丁だとわかったんですか」

母親はしどろもどろになった。

「――ここにやってきた刑事さんが」

「刑事は言っていないと思います。凶器は見つかっていませんし、おかみさんをはじめ玄煌部屋にはかん口令が敷かれていて、刑事の捜査に一切、協力していません。当然、ちゃんこ部屋に紫檀の包丁があることも知らないはずです」

仁子が鋭く切り込んでいく。母親は深呼吸し、必死に抗《あらが》った。

「私は、騒音や悪臭についてお願いに行ったとき、何度かちゃんこ部屋に入りました。その時に紫檀の包丁を見たかもしれません」

「見ただけで素材がわかりますか？　表面がなめらかに加工されていて一見すると樹脂に見えます。自分で握ったことがあるから、紫檀と見当がついたんじゃないですか」

母親は黙り込んだ。

「竜二君が転落死したとき、警察に感覚過敏であることを隠したのも、おかみさん殺人未遂事件の動機につながるから、警戒してのことだったんじゃないですか」

「お帰り下さい。迷惑です」

母親はそそくさと立ち上がり、キッチンのシンク棚から塩が入った容器を取り出した。わしづかみにして、こちらをにらむ。

――玄松弥生を刺したのは、この母親に違いない。

塩を投げられる前に退散しようと、塩見は仁子の手を引いたが、仁子は玄関先で立ち止まり、母親に向き直った。

「実は私も、感覚過敏が一部あります」

母親は塩を握る手を止めて、仁子を見つめた。

「竜二さんのような生まれつきではありません。脳に機能障害を負い、その合併症のような形で発症しました。嗅覚過敏から始まり、味覚、最近は触覚過敏も出てきたようで、警察制服を着るのも苦しくなってきました。次、聴覚が過敏になったらどうしたらいいのか戦々恐々としています」

母親が同情のまなざしを仁子に向けた。

「いつまで警察官でいられるか、正直、わかりません」

「……………」

「竜二君は警察小説が好きだったようですね。お気に入りのアニメも主人公は捜査一課の刑事でした。竜二君はもしかしたら、警察官になりたかったのではないですか？」

母親は力なく頷《うなず》いた。

「その通りです。幼い頃からの夢でした。しかし、息子には難しかったでしょう。まずあの重たくて硬そうな制服を着ることが無理でしょうから」

「ご長男の荒畑俊一さんが警察官になったのは……」

母親が何度もうなずく。

「弟の夢を代わりにかなえてやったんだと思います」

「竜二君は最近までそのことを知らなかったようですね」

「俊一は竜二に直接は言っていなかったようです。竜二が気を遣うと思ったんでしょう」

「でしょうね」

仁子はずばり、指摘する。

「自分のために誰かが人を刺していたと知ったならば、竜二君は動揺し、また、自分を責めてしまったに違いありません。竜二君の死の原因を作ったのは、お母さんではないのですか」

母親が仁子の顔面に塩を投げつけた。

しょっぱい、と舌を出しながら、仁子は駅の女子トイレから出てきた。ジャケットをパタパタと振っているが、いつまでも塩がぱらぱらと落ちてきた。

「災難でしたが、息子への愛情にあふれていた母親の激情が見られましたね」

キレると暴力的な行為に出る人物だ。玄松の母親と似ている。

「捜査してくれるかどうかはわからないけど、とりあえず高井戸署に報告に行こうか」

塩見は自動販売機で買ったペットボトルのカフェオレを渡した。いつも仁子は微糖を飲むが、今日は甘めのカフェオレにした。

「口の中、まだしょっぱいでしょ」

仁子は苦笑いをして受け取った。

「すみません。牛乳もダメなんでしたっけ。味覚過敏……」

「大丈夫。飲めるよ」

仁子は蓋《ふた》を開けてぐびっと飲んだが、結局、一口だけ飲んで、トートバッグの中にしまいこんだ。

「それにしても、やっと白状した。やっぱり触覚過敏の症状が出ているじゃないですか」

塩見は軽い調子で切り出したが、仁子は目を逸《そ》らした。

「蕁麻疹《じんましん》が出てたり、いつもとは違う薬を飲んでたり、知ってましたよ」

自分を頼ってほしい。塩見は訴える。

「刑事捜査の授業は俺が代われるところもあると思います。次は聴覚過敏が出るかもしれません。掛け声や笛の音が激しい教練が辛《つら》くなってくると思いますが、荒畑助教が戻ってきたから高杉教官もうちの教場のフォローをもっとできるようになると思いますし――」

「母親の心を開かせようとして、ちょっと過剰に言ってみただけ。心配しないで」

仁子は気軽な様子で塩見の腕を叩《たた》いた。

——なぜ、隠すのだろう。なぜ自分の前で無理をするのだろう。


高井戸署では特殊詐欺の捜査から戻った刑事たちがそろっていたが、岡倉の母親が犯人かもしれないと話をしても、誰もピンと来ていない様子だった。

「そもそも捜査本部も立っていないし、被害を訴える人もいないし……」

語るに落ちただけというかなり弱い状況証拠しかなく、本人が確実に自供しない限り、起訴するどころか送検するのも難しいだろう。強行犯係長も全く相手にしてくれなかった。

このままうやむやでいいのか、帰りの電車の中で塩見は仁子に言う。

「とりあえず、玄松は犯人ではなかった可能性が高いですから、警察学校の俺たちができることはここまででしょうかね」

「そうかな。人を刺すような人間を野放しでいいの」

彼女は燃えるような瞳《ひとみ》をしていた。

「塩をまかれたから言えなかったけどさ。天国で岡倉はどう思っているだろうね」

「…………」

「自分のために人を刺した母親が、罪もつぐなわずにいることを、警察官になりたかった岡倉はどう思っているのかな」

「しかし、彼もまた、偽証しようとしていたってことですよね。兄に、人を刺したと言ったわけで……」

真実一筋の強烈な正義感を持っていた、というわけでもなさそうだ。

「直後に転落死したのも、結局、よくわからないですね。自殺のような気がしますが、彼の感情の流れがいまいち理解できない」

やはり他殺なのか。だが現場に不審者の痕跡《こんせき》が全くない。

「宮本さんが言ったように、イヤーマフをつけていてクルマの走行に気づかず、なにかから逃れたくて飛び降り、事故になってしまったのか……」

仁子は乗り換え駅のホームで宮本に電話をした。彼は自動車販売店の試乗車のドライブレコーダーを押収済みだった。現在は事故現場が映っているものがないか、確認中だという。

警察学校に戻ってきた。週末は教え子の結婚式でカラオケを熱唱し場を盛り上げていた高杉が、怖い顔で近づいてきた。

「おい。客が来てる」

玄松の母親だという。

応接室に通されていた玄松弥生は、仁子と塩見が入るなり、深く頭を下げた。

「このたびは息子が暴力事件を起こしていたとのこと、大変、申し訳ありませんでした」

いまにも土下座しそうな勢いだったので、塩見はソファに座らせた。仁子が引っぱたかれたのは三ヵ月以上前、暑い夏休みの日だった。季節が変わり晩秋のいまになっても、仁子は警戒した様子のままで弥生の前に座る。

「これ、つまらないものですが」

菓子折りを渡される。国技館で売っているおせんべいのようだ。数千円のものだろうから、受け取っておいた。

「お気になさらず。玄松君にも処分は出しましたが、よく反省しています。どうぞ、心配しないでください」

「それならよかったです。諸々《もろもろ》、ご迷惑をおかけします。では」

弥生は早々に席を立とうとした。仁子が包装紙に開封した痕跡を見つけ、塩見に無言で示す。菓子折りの袋をその場で開けた。包装紙の下から封筒が出てきた。現金が十万円ほど入っている。

「お母さん、これはいただけません」

「いいえ、息子がしでかしたことの迷惑料です。受け取ってください」

「我々は公務員です。数千円のお菓子程度ならまだしも、これだけの現金となると利益供与になってしまいます。受け取れません」

「そうおっしゃらず。誰にも言いませんし、誰も気が付きませんよ。お心づけ、お詫《わ》びのしるしです。どうぞ今後とも息子をよろしくお願いします」

「これは角界では当たり前のことなのですか」

仁子が鋭く切り込んだ。

「なにかあれば金で解決する。そういうことですか？」

「そんな、角界が金にまみれたあくどい世界であるような言い方は、なさらないでください」

「そう思われたくないのならば、いますぐこの現金をお持ち帰りください」

弥生は仁子を忌々《いまいま》しそうに見る。

「もしかして、息子のために金をばらまいたのは今日が初めてではないんじゃないですか」

玄松が母親を嫌っていることも、仁子ははっきり伝えた。弥生の目が血走っていく。

塩見は慌てて仁子を止めようとしたが、彼女も止まらない。

「相撲はスポーツではなく、神様に捧《ささ》げる芸事、神事でしたっけ。ならばあなたは腰を痛めた息子を優勝させるために金をばらまいても許されると思っていそうです。そういうことをする母親ならば、息子が距離を置こうとするのは当然ですから。偏った見方ならば、すみません」

仁子がまくしたてた。玄松の代わりに、怒っているようだった。

「万が一、母親が対戦相手に金を払っていたとは知らずに、稽古《けいこ》に励み、土俵に上がっていたのだとしたら――真実を知った玄松のショックは計り知れないでしょうね。彼の潔癖な性格から、引退を決意するのも納得できる」

「あなた、さっきから黙っていれば何を抜け抜けと――」

「あなたこそ、そうやって息子を追い詰めていったとまだ気が付かないんですか？　そうやってご近所に住む感覚過敏の息子を持つ母親のことも、追い詰めたんじゃないんですか？」

「何の話ですか」

塩見は仁子の腕を引く。

「甘粕教官、先走り過ぎです。まだ真実がわかったわけでは――」

仁子は弥生を見据えたまま、塩見の腕を振り払う。

「あなた、隣の岡倉さんの母親に刺されたんですよね」

弥生は黙っている。

「なぜ言わないんですか。部屋が立ち上がってまだ数年、相撲協会に睨《にら》まれたくないから騒ぎにはしたくなかったんでしょうが、息子さんはこの間ずっと疑われてきました。しかもあなたが治療を受けた先で犯人のように口走った人物は、転落死しているんですよ」

「私だって本当のことを言いたいわ」

弥生がとうとう本音をさらけ出した。

「警察に駆け込みたかったわ！　どれだけ恐ろしかったか。痛かったか……」

彼女の目に涙が浮かぶ。

「でも本当のことを言ったら、俺が刺したと自首してやると。息子が……息子が」

弥生は泣き崩れてしまった。玄松が口止めしたというのか。


塩見はグラウンドに出た。まだ十六時だが、西に傾いた夕日が欅《けやき》の木々の隙間から幾重にも差し込み、グラウンドをオレンジ色に染めていた。

玄松は今日も阿部を伴い、グラウンドを走っていた。塩見が呼び止めると、コースをそれて、塩見のもとへ走ってきた。息を切らしながら、報告する。

「いまので二千五十周目でした」

「八千周まで先が長いな」

「できるところまで頑張ります」

塩見は頷《うなず》き、切り出す。

「実はついさっき、お前の母親が菓子折りと現金十万円を持って押しかけてきた」

玄松の顔色がさっと変わった。途端に背筋を伸ばし、頭を下げる。

「すみません。父親に順調に卒業できそうなのかと聞かれて、停職を食らったことを正直に話しました。母親には言わないように口止めしたんですが」

「お父さんも不安になって、言ってしまったんだろう」

塩見は玄松を伴い、教場棟に入る。

「甘粕教官はああいう性格だから、なにか黒いものを見るとわっと噛《か》みついてしまうところがある。そうやってお前たちを受け入れた四月からずっとお前たちを知るため、お前たちを守るため、暴言を浴びたり、ひっぱたかれたり、塩をまかれたりしている」

「母は甘粕教官に塩までまいたんですか」

「塩は岡倉の母親だ」

玄松は立ち止まり、黙り込んだ。

「玄松。今日こそ本当のことを全て話してくれないか」

彼は目を逸《そ》らした。

「教官はお前の沈黙に振り回され、疲れ切っている」

「…………」

「それなのに、この八カ月、お前を守ろうと奔走してきた。このままじゃあの人は身も心もボロボロになってしまうよ」

玄松の目が潤んできた。

「今度はお前が、甘粕教官を守る番なんじゃないのか」

十二月の週末は殆《ほとん》どが補習授業に充てられた。冬休みも返上で補習をしないと二月第一週の卒業式に間に合わないことがわかった。一月中旬にある卒業旅行をキャンセルして学校で勉強するか、冬休みも学校に残って勉強するかの二択を示したところ、学生たちは満場一致で冬休み返上を選んだ。年末年始を仲間たちと過ごすことにちょっとワクワクしているらしかった。

冬休み前の土日はさすがに塩見や仁子も休みを取ることにした。塩見は仁子に「早めの忘年会をしませんか」と自宅に誘った。仁子は戸惑った様子ながら、塩見の官舎までやってきた。

「わざわざすみません。どうぞ」

「部屋で忘年会するの？　ちゃんこ鍋《なべ》のにおいがするけど」

「玄松が作ってます」

仁子は表情がぱっと明るくなった。

「うわー。しょうがのいい香りがするー」

パンプスをほっぽりだして、嬉《うれ》しそうに、玄松が立つキッチンに駆け込む。

「教官、しょうがは大丈夫だと聞いたので。酸っぱいものが大丈夫なら、柑橘《かんきつ》系のもので肉や魚のくさみを取るのもアリでしょうか」

まな板に大量のカボスが半切りになっていた。

「そうだよ。よく知ってるね」

「塩見助教から聞きました。甘粕教官が食べられるものをリストアップしてもらって、どの味付けのちゃんこにすればおいしく食べてもらえるか考案しました」

「すごい。玄松は料理が得意だったっけ？」

「俺が作れるのはちゃんこだけですよ。週に一度はちゃんこ当番が回ってきますが、その日の部屋の様子を見て食材を決めます。汗をどれだけかいたとか、怪我をしているのがいたら、回復を促す食材にするとか。工夫しながら作るんで」

仁子は豚肉を食べられないが、前日からしょうが醤油《じょうゆ》につけて臭みを取ってある。大根は苦みがすくない産地の物をわざわざ取り寄せて、おろしている。魚類は臭みの少ない白身魚をあぶってから、カボスをかけている。出汁《だし》は昆布と酒の他、臭みが出ないように下処理された鶏を午前中から煮込み、透明のきれいな出汁ができあがっていた。

「青臭いのも平気だと聞いたんで、白菜の他、水菜も入れました。しいたけはにおいが強めなので、しめじのみにしました。にんじんは煮てしまうと独特の甘みが出てしまうので、すりおろして辛みをつけて薬味にしました。豚しゃぶと一緒に食べたらおいしいと思いますよ」

「うわ～おなかすいたよ。早く食べたい！」

塩見は仁子にせかされ、ちゃぶ台に缶ビールを準備した。三人で乾杯する。仁子はプハーとおいしそうなため息をついた。ぼそりと言う。

「クルマで来ちゃったよ」

「いまそれ言いますか」

「泊まってく。玄松もそうしなよ」

「いいんスか」

玄松が塩見をうかがう。

「客用の布団はひとつしかないな」

「なら、俺と塩見助教で一緒に寝るしかないですね」

「狭いだろー。元おすもうさんと寝るなんて……。まあいいけどさ」

「あ、俺が徒歩で警察学校に帰ればいいのか」

玄松が言うのを、仁子と塩見は慌てて同時に引き留めてしまった。

「まずいっすよね。女性教官が男性助教官の官舎で酒飲んで泊まるのは……」

にたりと玄松が笑い、揶揄《やゆ》するようにこちらを見た。仁子は珍しく食が進んでいる。

仁子のために考えられたレシピのちゃんこ鍋だ。食べられるものばかり、しかもおいしい味付けで、幸せいっぱいといった様子だった。あとでレシピを聞いておこう。仁子がまた痩《や》せてしまったら、塩見が作ってやればいい。

「ぶっちゃけ、お二人の本当の関係ってどーなってるんですか」

酒が進み始めたころ、玄松が訊《き》いた。

「たまに教場の中で話が出るんですよ。俺らの教官助教ってガチで親だよね、って」

「いい言葉ね」

仁子がほどよく酔っ払っている。

「親のつもりでやってるもの。寝ても覚めてもお前たちのこと考えて、お前たちのことでずーっと悩まされてさぁ。お前たちのために人生の時間削って……」

「なんか、すみません」

塩見は玄松のごつい肩を叩《たた》いた。

「いいんだよ。俺たちはそういう立場で、お前たちはまだ学生なんだから」

「まあでも、ガチの親なら、お二人がガチの夫婦ということでしょうか。ほんとのところは……？」

マイクを持つような手つきで大きな拳《こぶし》を塩見に突き出す。塩見もだいぶ気持ちよくなってきた。

「仁子ちゃんはかわいいよ。大変な障害を抱えているのに、がんばりやで一途《いちず》で……でも怒ると怖い」

わかるー、と玄松も口調が砕けた。

「教官が怒っている顔、男子的には若干、引きますよね」

塩見は頷こうかと思ったが、仁子の手前、笑うにとどめた。

「えー。どんな顔だというの」

「金剛力士像みたいな？」

「いや、スーパーマリオのドッスンとか」

「やめてよもう～、本気で叱れなくなるじゃん」

仁子は普段が少食だからか、おいしくてもあまり多くは食べられないようだった。

「苦しい、苦しい」とおなかをさする。やがて酔いつぶれてしまい、和室に塩見が敷いた布団でゴロゴロしているうちに、寝てしまった。

「あーあ。寝ちゃったぞ」

塩見はそうっと和室の襖《ふすま》を閉めて、ダイニングに戻った。

「今日、話そうと思ったのに……」

おかみさん殺人未遂事件の顚末《てんまつ》のことだろう。

「俺がひとりで聞くか」

塩見は日本酒を出し、カンをして玄松と分けた。玄松はありがたそうに酌を受け、塩見に酌を返す。まだ二十歳だが、相撲部屋にいて兄弟子たちから習ったのだろう、作法がきれいだった。

「去年の初場所の千秋楽のことでした」

幕下だった玄松は、七日間しか取り組みがない。すでに幕下全勝優勝を決めて、十両への昇進が確実視される中、幕内でまだ取り組みがある兄弟子の付き添いや手伝いのため、玄松は国技館にいたという。部屋の控室前を掃除していると、豊嬰親方が声をかけてきた。

「こういうのは受け取れないから——といって、ポチ袋に入った五万円をそっと手渡してきました」

玄松は屈辱的な表情で、当時の状況を話す。

「僕は幕下取り組みの最終日の前日、腰を痛めてしまいました。勝ち越しは決まっていましたが、その時点で豊真山が六勝していました。最終日は彼と対戦です。勝った方が全勝優勝となる取り組みでした」

「ぎっくり腰の翌日じゃ、とても取り組みにならなかっただろう」

「その日の夜は安静にし、翌日の取り組み前に主治医の三好先生にブロック点滴をしてもらい、なんとか廻《まわ》しを締めて土俵にあがりました」

まだ幕下に入って二場所目で、勝ち越しでは十両にあがれない。全勝優勝なら十両昇進ができるだろうと言われていた、大事な一番だった。

「腰がまともに動かないので、僕は半分、あきらめていました。次の場所も幕下で好成績を収めて、その次の場所で十両に昇進できたらいいなと考えていました」

取り組みをした結果、あっさり寄り切りで勝つことができた。

「その時点で変だなとは思っていたんです。相手の押し込みを感じなかったというか——まるで巡業のときの見せ相撲のようでしたが、勝ちは勝ちです。嬉《うれ》しかった」

万感の思いで賞状を受け取り、実力がついてきたことに喜んだ。豊真山の力が抜けていたように感じたのは、自分の気迫に負けたからと思い込んでいたらしい。

「しかし、豊嬰親方が言うには……母親から頼まれたというんです。どうか負けてくれないかと。五万円を握らされた」

玄松は悔しそうに目を赤くした。

「いまどき八百長《やおちょう》はありえません。豊真山も断ったんだそうです。しかし、取り組みの直前になって、明け荷の中にポチ袋が押し込まれていることに気が付いた。しかも弟弟子がそれを親方からのこづかいと勘違いして、買い出しに使ってしまったそうなんです」

豊真山は大変なことになったと焦ったまま、玄松と土俵で対峙《たいじ》することになった。玄松の目を見て、怖かったと話したそうだ。

「お前は金を受け取っただろう、力を抜けよ、と無言の圧力を感じたらしいです。僕は母が金を押し付けていたなんて、全く知らなかったのに……！」

豊真山は取り組みに集中できず、力も入らず、負けた。八百長は厳禁、発覚した時点で引退だと豊嬰親方からきつく言われていただけに、しばらく誰にも言えずに悩んでいたようだ。結局、千秋楽になって親方に相談した。豊嬰親方はひょうひょうとした人だったが、玄煌親方と仲が良い様子だったから、玄松弥生の性格を知っていただろう。玄松や玄煌部屋の将来を想い、ことを荒立てぬよう、こっそり金を返しに来たというわけだ。

「俺はすぐに控室にいた母親に問いただしました。母親はとぼけていましたが、嘘をついているのはすぐにわかりました」

玄松は酒を飲み干した。

「俺が把握している八百長はその一番だけですが——もう、過去の取り組み全てが真っ黒に見えました。どこでいつ誰に金を渡したか、母親は口が裂けても言わないでしょう。もしかしたら幕下の全勝優勝も、自分の実力ではなく、母親が金で買ったものなのかもしれないと思うようになりました」

塩見は頷《うなず》くことしかできなかった。

「こうなったらもう無理です。自分の取り組み全てに自信が持てなくなりました。どんなに努力して稽古《けいこ》に邁進《まいしん》し精神を鍛えても、母がいつ自分の知らぬ間に八百長をしかけるかわからない」

しかも本人は良かれと思ってやっている。余計に質《たち》が悪かった。

「俺は母親が嫌いです」

玄松が突如、吐露した。

「こんなことを口に出すと、命がけで産んでもらったのにとか、育ててもらった恩も忘れてと叱られます。でもその日だけは耐えきれず、部屋に戻り、母親の首を絞めあげてやりたいような気持ちになりました」

殺意が芽生えていた、ということだろうか。

「屋上で悶々《もんもん》としていたら、隣人の竜二君が声をかけてきました。彼はペンシルハウスの屋上でよく読書をしていました。感覚過敏による引きこもりと知ったのはもう少し後のことです」

ガーデンストーブの脇で読書を楽しむ、優雅な貴族みたいな雰囲気だったそうだ。

「なにかあったのかと声をかけられました。僕はきっと、母親への殺意で、鬼のような形相をしていたに違いありません」

声をかけられた玄松はたまらず吐露していた。

「母親を殺したい、と」

岡倉は本を傍らに置き、屋上の手すり越しに玄松を気遣い、そしてこう言ったという。

〝君はすごいよ。僕はそれを口に出す勇気すらない、役立たずの引きこもりだよ〟

二人の母親は気が利くしっかり者で、子を守る強い信念と深い愛情を持った、一見、良母だ。そんな母親に苦しめられながら、二人は育ってきた。だが、手塩にかけて育ててもらい、守ってきてもらった恩から、嫌悪感すら口に出せない状況だっただろう。

「俺と竜二君はずっと、母親の愛という地獄にいたんです。誰にも言えない、誰にもわかってもらえない地獄を、初めて分かち合える相手を見つけて、僕は救われた気分でした。あの母親たちは……」

玄松は涙と同時に出てきた鼻水をすすり、続ける。

「自分が正しいと思ったことを常に押し付けてくる。こっちがノーだと言えば、泣いて悲しみに暮れる。すると周囲が〝少しはお母さんの気持ちを汲《く》んでやれ〟とまるで僕らのことを親不孝者のように扱ってくる」

玄松の母親は、意見が対立するようなことがあると、便箋《びんせん》十枚に及ぶ手紙をよこし、玄松の気持ちをねじ伏せようとするところがあったらしい。

「特に、相撲はスポーツか、神事・伝統芸能なのか、という考えの相違でぶつかることが多かったです」

「そうだな。お母さんは、相撲はスポーツではないと断言していた」

「角界で近年、けが人が続出しているのも、八百長がなくなって正真正銘のぶつかり合いが増えたからだと母は考えていました。相撲は神事であり、金を分配しながら勝敗を力士で分け合うのは、神様に献上する娯楽を執り行う力士の体を守り、ひいては相撲という伝統を継続していく上で大事なことだとすら宣《のたま》っていました」

　玄松は強く否定する。

「相撲は勝負事、スポーツです。廻しひとつで道具も防具もなにも使わず、にらみ合い、素肌をぶつけあってほんの十秒足らずで勝負を決める。金で星を分け合うなんてあってはならない。それでは日々の稽古や相撲道を追求する力士の姿勢を否定するようなものです」

　だが母親は聞く耳を持たない。勝負にこだわり、アスリートのような潔癖さを持った玄松の考えをねじ伏せ、勝手に取り組み相手に金を渡す。断られれば相手の荷物に金をねじ込む強引さで、弥生は自分の考えを押し通してしまう。

「竜二君のお母さんも似たところがあったようです。周囲との人間関係を壊しても自分のことを守ろうとするお母さんに、竜二君は辟易《へきえき》していたんです」

　いびきをかいて昼まで寝る父親を、竜二の体調が悪くなるからいびきをたてるなと叩《たた》き起こす。加齢臭のせいで竜二の頭痛がひどくなるから、と夜だけでなく朝も風呂《ふろ》に入ることを父親に強要したのだそうだ。

竜二が食べられないから、と食事も偏っていった。長男の荒畑助教がどんどん痩《や》せていったので、父親は長男だけを連れて離婚する決意を固めたそうだ。

「竜二君は確かに感覚過敏でしたが、なにもかも我慢できないわけじゃなかったんです。話し合ってお互いの落としどころを見つけて、父親や兄弟だけでなく、近隣とも仲良く暮らしていきたかったのに、母親がいつも先回りしてしまう。息子はこんなに辛《つら》いんだと勝手に代弁し、周囲に押し付けねじ伏せてしまう――と嘆いていました」

屋上の柵《さく》越しに共感しあい、二人は慰め合っていた。玄松が進退を決めかねていたとき、あの事件が起こったそうだ。

「母親の悲鳴が聞こえたとき、僕は風呂掃除をしていました。ちゃんこ部屋が大騒ぎになっていて、竜二君のお母さんが包丁を振り回していました。母親は脇腹を押さえて、ちゃんこテーブルの後ろに隠れていた。僕は止めようとして、手を切られてしまいました」

玄松が右掌《みぎてのひら》を、塩見に見せる。傷は治っていたが、アルコールのせいでその手は赤くなっていた。

「父親も駆けつけました。竜二君のお母さんを落ち着かせて包丁を奪うと、ちゃんこ鍋《なべ》の後ろに隠れていた母親に向かって、〝お前が悪い〟と言いました」

二人の母親になにがあったのか。塩見は玄松の言葉を待つ。

「母は引っ越し当初こそ、感覚過敏の息子を守ろうとする竜二君の母親に同情していたようです。クレームがあればすぐさま対処し、気遣っていましたが、あれも無理、これもやめてくれと無理難題をつきつけられるようになり、うんざりしていたようです。その日、竜二君のお母さんは、ちゃんこに豚肉を使うなと言い出したそうなんです」

「臭みがあるから、か」

「はい。豚を使われると、息子は臭みに我慢できずにしばらく吐き気がしてなにも食べられなくなってしまうから、と……」

ちゃんこの具材まで決められたら、たまらないだろう。弥生は怒り出した。

〝日本の伝統芸能である角界を支え、地域に貢献している私たちが、なぜ、社会のお荷物のために我慢しなくてはならないの？〟

こういうふうに考えるまでに追い込んだのは岡倉の母親だが、当事者には絶対に言ってはいけない言葉だった。

「それで岡倉の母親は、刃物を振り回してしまったのか」

玄松は頷いた。

「母も興奮状態です。社会のごみだとか、役立たずだとか、次々と暴言を吐きました。竜二君のお母さんは包丁を奪われたあとは、涙を流してしゃがみこんでいました」

玄松は母親の口をふさぎ、一喝したのだそうだ。

「次に暴言を口にしたら俺がお前を刺すぞと言いました」

みな仰天したことだろう。八百長《やおちょう》の顚末《てんまつ》を親方も知らなかったそうで、そんな口をきいた玄松に激怒したそうだ。

「僕も限界だったんです。母親の弱点は知っています。僕なんです」

「…………」

「僕の人生がダメになる。それ以上に辛《つら》いことはない。自分でダメにしておいて、そんなふうに思っている。警察を呼んだら、俺が刺したと自首してやると母親を脅しました」

ようやく、事件の全体像が見えてきた。

「僕には動機がある。母親が勝手にやった八百長でブチギレていた。両親は貝になりました。そして部屋の力士たちにもかん口令を敷きました」

八百長が相撲協会にバレたら、部屋は無傷ではいられない。一代年寄による歴史のない新興部屋だったから、八百長騒動の末に力士がおかみさんを刺したとなれば、確実に部屋は取り潰《つぶ》されてしまう。

「お母さんは悔しくて悔しくて、治療先の三好先生のところで、つい口を滑らせた、というわけか」

「母は、隣の引きこもりのせい、と言ってしまったらしいです。それを三好先生が勘違いして、竜二君の仕業と思い込んだんだと思います」

塩見はここで引っかかった。

「だいたいわかったが、どうしても竜二君の行動がよくわからない。彼は転落死する直前、兄である荒畑助教に罪を告白している。人を刺してしまったと。どうしてあんなことを口走ったんだろう」

　玄松は肩をすぼませた。

「僕が竜二君を勘違いさせてしまったのかもしれません」

　竜二は自分の母親が弥生を刺した現場を見ていない。血の跡が残るちゃんこ部屋は早急に片付けられ、弥生は病院で秘密裏に手当てを受け、刀が折れた凶器の包丁は一刀屋が引き取った。玄松は掌の傷を二針ほど縫ったそうだ。

「後日、手の怪我をどうしたのか、と竜二君に問い詰められました。おかみさんの姿が全く見えなくなったとか、血の付いたティッシュやタオルが大量に捨てられていたとか……」

　彼は警察小説を読むのが好きだったから、推理力を発揮して、真相に迫ろうとしたようだ。

「僕は、君のお母さんが僕のお母さんを刺したのだと、竜二君に言えませんでした」

「かばったということか」

「かばったというより、うちの母のあのひどい暴言を、絶対に、竜二君の耳には入れたくなかった。でもあの暴言がなかったら、竜二君のお母さんが一方的に僕の母を刺したことになる。竜二君のお母さんだけが悪者になってしまうし、竜二君が警察に話してしまうとも限らないので、僕は黙っているしかなかったんです」

「そうか。警察小説好きの竜二君は、勘繰っただろうね」

「はい。僕の手の傷を見て、そして僕が母親を憎んでいることも知っていましたから——誰でも勘違いしますよね」

玄松は深いため息をついた。

「どうして転落死した日に、荒畑助教とその話になったのかはわかりません。おそらく竜二君は、僕をかばうために、人を刺したと嘘をついたんだと思います」

ひんやりとした風が足元を吹き抜けた気がして、塩見は振り返った。和室の襖《ふすま》が開いていて、仁子が布団の上にあぐらをかき、こちらを見ていた。

「起きたんですか」

「もうずっと前から」

目は赤かったが、仁子の声音には芯《しん》があった。

「玄松」

玄松はピンと背筋をのばした。教場にいるようだった。

「全部、なにもかも、話してくれてありがとう」

玄松は奥歯をかみしめて、湧き上がる感情を抑えているようだった。

「そのうえで、お前はこれから二つ、決めなきゃいけないことがある」

「はい」

玄松が震えながら返事をした。もう覚悟は決めている様子だ。

「お前はいま警察官だ。警察手帳も渡した」

玄松が頷《うなず》く。彼は十二月の最終週から、三ヵ月遅れで実務修習が始まる。

「そしてお前は殺人未遂事件の現場に居合わせた。速やかに通報せねばならないことは、わかるね」

「はい。わかります」

「それから二つ目」

玄松はその二つ目の覚悟がなんなのか首を傾げる。塩見もわからなかった。

「お前はヘルニアが原因で相撲を辞めたわけじゃなかった」

「……はい、そうです」

「そもそも根っからの勝負師なんだよね」

阿部との決闘を引き受けたことについて、仁子は苦笑いで持ち出した。

「警官としての意識よりも、勝負に白黒つけたいという闘志の方が勝ったんだ」

仁子は決して、玄松のそんな姿勢を、否定はしなかった。

「まだ相撲は好きか？」

玄松はその質問の深さと重大さに、改めて気が付いた様子だった。安易に返事はせず、慎重な目で、探るように仁子を見る。

「角界では部屋の移籍ができないんだったね。お前はあのおかみさんの元ではまた八百長に加担させられると考えて、ヘルニアを建前にして引退した。そうだろ」

玄松は頷く。

「もう一度聞く。相撲が好きか？」

玄松は答えない。

「まずは警察官として筋を通す。玄煌部屋で起こったことを所轄署に通報したら、目撃者が出たのだから警察は動く。相撲協会の耳にも入るだろう。八百長のことだってお前は相撲協会に速やかに報告に出るべきだ」

おそらく玄煌部屋は取り潰しになる。

「取り潰しになった部屋の力士たちは、どうなるんだ？」

「……ほかの部屋へ移籍します」

「部屋が存続している間は移籍はできないが、取り潰しになったら、移籍できるんだね」

玄松は頷いた。

「お前も、どこか別の部屋で力士として復帰できるんじゃないか？」

塩見は仁子の問いかけに強烈な悲しみを覚えた。ここまで人生の時間と体力を削り、悩みながら育ててきた警察官の卵を、仁子はいま、手放そうとしている。

本人の夢のために。

「玄松。お前はどうして警察官になったんだ」

玄松は涙を流していた。

「……それは、お前の夢ではなかったはずだ。竜二君の夢だった」

仁子も泣いている。

「母親への嫌悪や憎しみを共有し、慰め合ってきた竜二君の夢を、かなえてやりたいと思った。だから第二の人生を警察官にしたんだろう？」

玄松は頷いた。

「竜二君はそれを望んでいるだろうか。玄松が進むべき本来の道が別にあるんじゃないか？」

「………」

「相撲が好きなんだろう。こんなにおいしいちゃんこを作って――」

塩見も涙があふれてきた。

「お前は角界に戻るべきだ」

玄松は号泣した。

「警察学校は、お前のいるべき場所じゃない」

玄松は肩を震わせて、なにか言おうとしたが、声にはならないようだ。

「来週予定していた実務修習は中止だ」

塩見は涙をぬぐいながら、やれやれと頭をかく。謝罪行脚でようやく取り付けた実務修習のリスケジュールを、また覆す。仁子は再び菓子折りを持って所轄署に謝りにいくことになるが、それでも学生の人生のために周囲に頭を下げて、本人の背中を押すのだ。

「週明け、退職願を出しなさい。私はもう寝るよ」

仁子は襖《ふすま》を閉めきってしまって、開けてくれない。泣いているようだった。

塩見は翌朝、泣きはらした玄松を警察学校の学生棟まで送り届けることにした。二人きりの道中で気まずく思ったのか、玄松は入校して以来の教場の思い出話ばかりをした。熾烈《しれつ》を極めた騎馬戦、結局中止になったリレーは練習だけでもやりがいがあった、と話す。真央の怪我に熱中症での救急搬送、夏休みの決闘騒動に、全員の停職処分――。

「本当に、教官助教にとってはこんなに大変な教場はなかったんじゃないですか」

「そうかもしれないなぁ」

「ご迷惑をおかけしました。でも俺たちは……」

　玄松は声を詰まらせた。

「すごく楽しかった。辛《つら》いこともあったけど、毎日……」

「もういいよ、玄松」

　その肩を抱き、背中を押した。

「大丈夫。俺も教官も、わかっているよ。ちゃんと」

「今日中に、高井戸署に行ってこようと思います」

「――そうだな。がんばれ」

　彼にとっては、父親が立ち上げた部屋を取り潰《つぶ》す告発になる。

「一緒に行こうか」

「僕はいま、警察手帳を持っています」

玄松は力強く言った。

「警視庁の警察官です。今日までは」

仁子の指示通り、明日にも退職届を出すつもりだろう。

「ひとりで行きます」

玄松を寮に送り届け、塩見は官舎に戻った。洗濯機の音がする。仁子は冬晴れの日差しが注ぐベランダに布団を干していた。

「ありがとね。シーツはいま洗ってる」

「別にいいのに、俺がやりますから」

「掃除機もかけた。すみっこの方にだいぶ埃《ほこり》がたまってたよ。学生の生活指導をやっている助教がダメじゃない」

「忙しくてそれどころじゃないんですよ。しかも来週も、またひと騒動ですよ」

退職者が出る。実務修習の再キャンセルに、事務手続き、統括係長への報告――。

「高井戸署には捜査本部が立つでしょう。記者発表したら、角界のスキャンダルだとマスコミも騒ぎ始めるはずです。警察学校にも来るかも」

「そうだね」

仁子はあっさり言った。

「おなかすいた。なにかある？」

勝手に冷蔵庫や棚を探り始めた。食欲はあるようだ。

「塩見君も食べてないでしょ、朝ごはん」

玄松の話を全くしようとしない。かつて玄松が角界の話に一切触れなかったように、仁子も玄松の話に触れたがらない。未練たらたらなのだ。

「ちゃんこ鍋《なべ》が残ってますよ。雑炊でも作りますか？」

玄松が味覚過敏の仁子のために特別に考案したちゃんこ鍋を見て、仁子は結局また泣いた。

週明け、物事が一気に動いた。

高井戸署で捜査本部が立ち上がり、捜査員が玄煌部屋だけでなく岡倉の自宅にも飛んだ。竜二の母親は追及されるや自供し、殺人未遂の疑いで逮捕された。弥生はいまだ「自分は刺されていない」と頑張っているようだが、治療をした三好医師が落ちるだろう。電子カルテを削除したことで診療報酬を詐取した罪に問われるからだ。彼が治療を行ったと告白すれば、弥生も言い逃れはできまい。

実母が殺人未遂で逮捕されたことを受け、荒畑が上官の長田に退職届を出した。

「せっかく復帰させていただいたのに、再びご迷惑をおかけして本当に申し訳ありませんが、道義的に警察官を続けることはできません。受理をお願いします」

長田は神妙に退職届を見つめているが、高杉が即答した。

「俺は認めないぞ。学生たちはどうする。阿部は、中島は？　卒業まであと二カ月もないのに、見捨てるのか？」

「僕は殺人未遂犯の息子です。保護者は——嫌がるでしょう」

長田は退職届を前に、言葉が見つからないようだ。どうしたらいいのかと塩見に目で訴えてくる。

「長田さんの部下でしょう。長田さんの言葉で、引き留めなきゃ」

「俺は去る者は追わない主義で……」

「だから、そういうこと言わない！」

塩見が慌てて長田の口をふさぐ。仁子がすっと立ち上がった。荒畑助教を呼ぶ。

「ちょっと来てください。お話ししたいことが。塩見君も来てくれる？」

仁子がスマホを見せた。

「宮本君から連絡が来てる。竜二君の転落の瞬間がうつったドラレコが見つかったらしい」

年の瀬も近い飛田給駅界隈《かいわい》は閑散としていた。年末年始、味の素スタジアムや武蔵野の森総合スポーツプラザでイベントはない。サッカーでもできそうなほどに広い交差点上の歩道橋は、今日はがらんどうだ。たまに地元の人が通る程度だったが、夕方のいま、下の甲州街道の通行量は多い。仁子は歩道橋をあがり、岡倉竜二が転落した場所に立つ。荒畑も横に立ち、手すりに手を置いた。弟を想っているようだ。

仁子が切り出す。

「竜二君の転落は、おかみさん殺人未遂事件の延長線上にあったみたい」

「どういうことですか」

「玄松は竜二君を傷つけたくなくて、おかみさん殺人未遂事件の犯人を言わなかったの。竜二君は、手を怪我した玄松を見て、玄松本人がおかみさんを刺したと勘違いしていた」

荒畑は目を見開いた。

「まさか、僕があそこであの奇妙な告白を受けたのは――」

荒畑が、甲州街道の遊歩道の先を見た。

「玄松をかばって、自分が刺したと言ったんだと思う」

荒畑は混乱したようだ。

「ちょっと待ってください。訳が分からない。なぜ弟は玄松をかばったんですか」

「玄松は角界を引退し、警察官になった。竜二君の夢をかなえたいと思ったそうよ」

塩見は荒畑に訊《き》いてみる。

「荒畑助教もそうだったんじゃないですか。感覚過敏で普通の社会生活を送ることも難しい竜二君の夢を、代わりにかなえたいと思った」

仁子が微笑む。

「竜二君はとんでもない人たらしね。感覚過敏で引きこもってはいても、他人の将来の夢を変えてしまうほど魅力的な存在だったんだから」

荒畑は亡くなった弟に思いを馳《は》せているのか、遠い目になった。

「あいつはひたすら優しいし、おもしろい奴でもあったんです」

辛くて苦しいときに限って竜二は敏感に気づくのだそうだ。

「こっちが言わないでいると、お笑い芸人の物まねをして笑いを取ろうとしたり、触覚過敏のせいで衣服を着られないことまで、ネタにするんですよ」

思春期や成長期の頃の男子は、下ネタが大好きだ。陰部を見せてふざけたり、「兄ちゃん俺にも毛が生えてきたよ！」と自慢してきたりもした。荒畑はいつも弟と大笑いしながら過ごしていたという。

「喧嘩《けんか》もよくしました。風呂《ふろ》掃除が兄弟の仕事だったんです。でも竜二はぐうたらなところもあって、いろいろ理由をつけてサボる。僕が尻《しり》を蹴《け》ればあっちも果敢にやり返してきましたよ」

荒畑の目から涙が噴き出してきた。岡倉家にも平和なひとときがあったはずだ。

「俺たちは普通の兄弟となんら変わらなかったし、竜二も、感覚過敏で朝から晩まで苦しんでいたわけじゃない。ふざけて笑っているときもあるし、怠けて父親から怒られることもあった。でも母が――」

感覚過敏という症状を過剰に捉《とら》え、必要以上に竜二を守ろうと、母親は暴走し続けた。

「いつしか竜二は〝かわいそうな子〟として扱われるようになりました。本人は感覚過敏と根気よく付き合っていたし、明るくておふざけが大好きな男子だったのに……」

仁子がため息をつく。

「そして強烈に優しかったんでしょうね。竜二君は玄松の警察官の立場を守るために、おかみさん殺人未遂事件の犯人として名乗り出ようとしていたに違いないもの」

塩見もうなずく。

「アニメのイベントは、逮捕前のせめてもの楽しみでしょうか。おそらく警察学校に立ち寄ったのも、玄松がいるわけだし、もともと憧《あこが》れていた場所ですから、様子をのぞいてみたかっただけか……」

「そこで俺と偶然会い――どうして弟は死ぬことになったというんですか」

荒畑は納得がいかないようだ。

「そもそも、おかみさん殺人未遂事件は捜査本部が立っていなかった。みな口をつぐんでいたんですよね。誰も犯人を捜していない、警察すら無頓着《むとんちゃく》だったのに、どうしてあの四月のタイミングで、弟は自首なんかしようとしていたんでしょう」

「おかみさん殺人未遂事件を追及しようとしていたマスコミがいたじゃない」

あ、と荒畑は声を上げ、へなへなと座り込んでしまった。

「『ザ・戦力外!』のスタッフたちか」

塩見はカラフルなスカートをはいた松永遥を思い出す。

「警察学校で玄松を密着取材してまで偵察しようとしていたんだから、玄煌部屋があった隣家の岡倉家にも通い詰めて、真相を聞き出そうとしたに違いない。松永遥たちは明らかに玄松を疑っていたから、竜二君は、このままでは玄松の人生が台無しになってしまうと危機感を抱いたんだと思う」

「――それで？」

荒畑は再び立ち上がり、仁子を食い入るように見つめた。

「今日明日にも自首しようと覚悟を決め、最後の楽しみとイベントに申し込んだ。イベント当日、偶然にも、警察学校の正門で十二年ぶりに実兄に出くわした」

荒畑の瞳《ひとみ》が震え出す。

「竜二君は、実兄が警官になっていたこと、知らなかったんだよね」

「はい。知らなかったはずです。アイツも驚いていました」

「驚いたはずだし、絶望したのかな……」

ああ、と荒畑は頭を抱えて、再びしゃがみこんでしまった。

「いまの荒畑助教と一緒だ。お母さんが殺人未遂事件の犯人だった――道義的に警察官ではいられないと思っているんだろ」

塩見の指摘に、仁子がうなずく。

「竜二君も全く同じことを思った。自分が自首したら、兄は警官を続けられない」

荒畑は顔を覆い、肩を震わせる。

「しかしマスコミの追及もある。自分が罪をかぶらなければ、自分のために警察官になってくれた玄松の第二の人生が、終わってしまう」

竜二にとっては、辛《つら》い、ジレンマだったろう。

彼は罪を背負い、自ら死を選ぶことにした。死んでしまえば書類送検で済むので、現役警察官の兄に迷惑はかけないと思ったのかもしれない。逮捕となると、勾留、取り調べ、裁判——と訴追する側にいる兄の仕事に差し支えると思ったのだろう。

「気休めのようなことを言ってしまうけど……」

仁子は、岡倉竜二が飛び越えた手すりに手をついた。

「竜二君は満足していた。自分が死ねば、二人の警察官の人生が守られる、って」

「………」

「感覚過敏という特殊な症状を抱え、理解のない人から社会の役立たずだと罵《ののし》られてきた。それをひとり受け止めて、こらえて生きてきた人生なのよ」

——これでやっと、人の役に立てる。

アニメのイベントの開場を待つ雑踏の中で、ひとり、悶々《もんもん》と悩みぬいた挙句に……。

いま、塩見の目の前で、再び岡倉が飛び降りる。その姿が蘇《よみがえ》るようだった。強い意志を持ち、すがすがしい気持ちで、彼は飛んだのだろうか。

調布警察署の宮本が歩道橋へ上がってきた。タブレット端末を持っている。挨拶《あいさつ》もそこそこに、南東側にある自動車販売店の試乗車のドライブレコーダー映像を見せてくれた。

「岡倉竜二が転落する瞬間が確かに映っていた」

本部の鑑識課が映像を拡大、鮮明化した動画のデータだった。荒畑は目を逸《そ》らしたままだ。

竜二はイヤーマフをつけてじっとこらえるように人ごみの中に立っていた。人流が動き出したのに、立ち止まったままだ。周囲の人は変な顔で竜二を抜かしていく。やがて竜二は決心したのだろう、すぐ脇のコンクリートの手すりに手をかけてその上に足をかけ、飛んだ。

鬼の形相だった。

「確かに殺人のにおいがしたんだよ」

仁子がむなしそうに言った。

「竜二君はあの瞬間、自分を殺す決意をしたんだから」

荒畑は退職届を握りつぶし、泣きながら、警察学校に戻った。

「実母がどうであっても、また一から助教官としてやり直したいです」

高杉と長田は快く迎え入れた。警察学校の幹部が荒畑の実母が起こした犯罪に関してとやかくいうこともないだろう。両親の離婚で籍が抜けていることが大きい。

だが高杉は、神妙な顔で仁子と塩見を出迎える。

仁子のデスクに、玄松の退職届が置かれていた。

「もう行ったんですか」

仁子が高杉に尋ねた。

「うん。行った」

高杉の返答は非常に短かった。塩見はいてもたってもいられず、学生棟の東寮に入った。甘粕教場の男子警察官たちは、空っぽになった玄松の個室の前で大騒ぎしている。阿部は勝手に責任を感じたようで、泣いていた。中島が慰めている。

翌日の朝礼で、仁子が教場の学生たちに玄松の退職とその理由を告げた。いつも玄松が座っていた場長の定番席は空っぽだ。

「今日から玄松はいないけど、玄松がこの教場に残していったものはたくさんあるはず。あれとか」

仁子が笑顔で、教場の壁に貼りだされた教場旗を指さした。

『発揮揚々』の文字の下で、力士が今日も力強く、四股《しこ》を踏んでいる。

エピローグ

冬休み返上での補習授業が行われることになり、怒濤《どとう》の日程を目まぐるしくこなす日々が続いた。玄松がいなくなった寂しさを吹き飛ばすような勢いがあった。

「こーなったら補習で年越しオールナイトだ！」

高杉が大学生のようなことを言いだした。若者たちはノリが良い。食堂のテレビで紅白歌合戦を見ながらコンビニ弁当を食べ、風呂《ふろ》に入ったあとは、もうひと汗と、逮捕術の補習を行う。シャワーを浴びてさっぱりした後に、グラウンドの片隅にある模擬家屋で仁子は足跡の取り方を教えた。模擬捜査は断念したが、現場検証の基本だけはみっちり叩《たた》き込んだつもりだ。

みなで年越そばを食べた後、警察学校を出て、西調布にある西光寺《さいこうじ》まで行った。地元の人々に混ざって除夜の鐘を撞《つ》いた。警察学校に戻って高杉の号令の下、誰もいない教場棟でカウントダウンをした。お祭り騒ぎだった。

深夜〇時以降は柔剣道と合気道の補習を行って眠気を吹き飛ばす。深夜三時からは長田の刑事訴訟法授業だ。学生たちはつまらなくて眠い授業に耐え抜き、五時からみなで食堂のキッチンを特別に借りてお雑煮を作った。仁子が食べられるものが限られているので、玄松が残していったレシピをもとに、学生たちが作ったちゃんこ雑煮は最高においしかった。

七時前、みなで屋上に上がり、寒風に震えながら、東の空から上がる初日の出を拝んだ。気温はマイナス五度、みんなおしくらまんじゅう状態でくっついて寒さをしのぎ、鼻を真っ赤にしていた。初日の出のあまりの美しさに息をのんで、しばらく誰も何も言わなかった。

補習が完全に終わり、ようやく授業が他の教場に追いついたのは、一月中旬の卒業旅行の前日だった。

「補習も無事終わったし、今日は浴びるほど飲むぞー!」

卒業旅行先の熱海《あたみ》の旅館の宴会場で、高杉は乾杯の音頭を取ったが、八割がたの学生たちがまだ十九歳で酒を飲むことができない。ジュース片手に「早く教官助教と酒が飲めるようになりたい」と学生たちは甘えてくる。教官そっちのけで次々と仲居に瓶ビールを持ってこさせる古河には、長田がヘッドロックを仕掛けていた。

「お前、この野郎、ちゃんと養育費を払っていまの妻子も大切にしてやらないと、卒業を取り消すぞ!」

「いや、前妻のところにも今月は養育費をちょっとは入れましたよ。本妻のところは残りほぼ全額あげました。俺の今月のこづかい六千円なんですよ」

家庭に対して無責任すぎた古河が変化したきっかけは、玄松の退職だった。場長がいなくなったのだから、二人いる副場長のどちらかが場長に昇格することになる。旗手も務めていた最年長の古河は、自分が任命されると信じて疑っていなかったようだ。仁子が任命する前から勝手に点呼をやったり、号令をかけたりしていた。

「一つの家庭も守れず、嫌になったら放置するやつに、場長が務まるはずがないだろう」

仁子は青木を場長に任命した。古河はこの一件で落ち込み、ようやくこれまでの自己の行いを反省し始めた。卒業旅行の宴会の夜、長田と古河は意気投合して、明け方まで宴会場に残って結婚生活の愚痴をこぼし合っていた。

その二週間後には卒業査閲が行われた。感覚鈍麻の真央が最後までタイミングを合わせられなかった。警視庁副総監観閲の下なんとか教練をやり遂げたが、「今期は一部の教場の乱れが目に余った。今後は指導にムラがないように」と厳しい評価をいただいてしまった。

正直、一三三五期甘粕教場は全体の平均評価も低い。退職者も出た。それでも大きく心身を成長させた者が続出した、奇跡の教場だと仁子と塩見は胸を張っている。

そして、今期もその日がやってきてしまった。

今日、甘粕教場の三十九名は卒業式を迎える。

式典当日、仁子は教官室で警察制服に礼肩章《れいけんしょう》をつけるのに四苦八苦していた。肩に取り付けた飾紐《かざりひも》を襟の穴に通すのだが、いまや警察制服は硬い鎧《よろい》のように仁子の体にのしかかり、ぎりぎりと紙やすりのように皮膚を傷めつける。腕や手を曲げるのが痛くて仕方ない。卒業査閲はみな、ワンテンポ遅れてしまう真央に気を取られていたが、正直、仁子も敬礼や警笛を口にくわえ、またおろす動作が痛みで遅れがちになっていた。当日はトチることがないように痛み止めを飲んで臨んだほどだった。

今朝も痛み止めは飲んできた。耐性ができたのか、効かなくなってきている。薬を飲んで一時間経つのに、どうしても痛くて飾紐をつけることができなかった。

悪戦苦闘していると、ジャージ姿の阿部と、新場長の青木が、なだれ込んできた。二人とも息も絶え絶えだ。

「いま、ようやく六千六百周まで走りましたが……」

「もうこれで限界です。卒業式が始まるので、準備に行っていいですか」

玄松が抜けたいま、残った学生たちで八千周のノルマを達成しようとしていた。塩見や荒畑もジャージ姿で戻ってくる。助教官二人は学生たちのために一緒に走って周を稼いでやっていた。

「いやあ、もうこれで限界っすね」

塩見も卒業式ぎりぎりまで走ることになり、クタクタになっている様子だ。

「ノルマは退職した玄松の分を抜いて七千九百としましたが、とりあえず六千六百までってことで、オッケイじゃないっすか？」

適当な調子で荒畑が言った。長田は厳しい。

「なに言ってんだ、玄松は八千と言ったんだから、残りを引き継いだお前らがやり切らないでどーすんだよ。終わらなかったら非番の日に警察学校に戻ってきて、走れよ」

えー、と阿部と青木がそろって抗議する。川路広場を見た。卒業生の家族が川路広場にやってきているのに、甘粕教場と長田教場の学生たちはぎりぎりまで走っていた。着替えるために慌てて川路広場の横を抜けて、学生棟へ戻っている。

「くそ、玄松の野郎！　自分だけさっさと退職して角界に戻りやがって。やっぱりいけすかない奴だった！」

阿部が地団太を踏んだ。高杉がニュースを検索しながら言う。

「八千周のノルマから逃げたとは言うけどさ、アイツは自ら茨《いばら》の道に飛び込んだと俺は思うがな」

仁子は玄松のことを想うと、いまでも胸が痛む。

相撲に未練が残っている彼の背中を押してやったつもりだが、彼にとっては、他人の夢でしかない警察官になっても地獄、角界に戻っても地獄だろう。

玄松は父親が人生をかけて興した玄煌部屋を、取り潰《つぶ》しの目に遭わせたのだ。

年末のうちに玄松は日本相撲協会に、玄煌部屋で八百長《やおちょう》や殺人未遂事件があったことを報告した。日本相撲協会は重大な規律違反と悪質な隠蔽《いんぺい》工作があったとして、初場所が始まる直前に玄煌部屋の取り潰しを決定した。玄煌親方は理事会から追放されて下っ端のもぎりスタート、玄煌部屋所属の力士は一門預かりとなり、やがて別の部屋に引き取られていった。

初場所前にそんな騒動があり、角界を揺るがすスキャンダルとしてたびたびニュースで取り上げられた。特に、玄煌部屋の不祥事を密告したのが一人息子だったことが知れ渡るや、『元名横綱、子に刺され部屋消滅』だの『角界至上最悪の親子喧嘩《げんか》』だのと騒ぎ立てられた。

「玄松は現役に戻りたがっているが、どこの部屋も引き取りを拒否し、一門預かりのまま宙ぶらりん状態らしいからな」

高杉が画像を見せてくれた。浴衣《ゆかた》姿の玄松が、国技館の売店の撤収作業を手伝っている。『密告力士、いばらの道』というタイトルが付けられたゴシップ記事だった。名横綱の一人息子で、角界のサラブレッドとして期待されていたが、肉親を、親方を裏切り、〝親を刺した〟と言われている。角界の闇を暴くような正義感ぶった力士は怖くて引き取れない、とどの親方も尻込《しりご》みしている、と書かれていた。

「保守的で内向きな角界で、玄松は死ぬまで裏切り者のレッテルを貼られて生きていくことになる。それでも角界に戻った。それだけ相撲が好きなんだろうが——正直、送り出した側としては、辛《つら》い現実だな」

講堂で一三三五期の卒業式が始まった。校歌を歌うだけでかつて仁子は泣いたが、今日はあまり涙が出てこなかった。

——制服が痛い。早く終わってほしい。

卒業生氏名点呼が始まる。仁子は名簿を持ち、警察礼式に則《のっと》って席を離れて、甘粕教場の学生たちが二列で並ぶ前に立つ。

青木が先頭に立つ。その後ろに古河がいる。森や片柳、真央の顔も見えた。みんなたった十カ月前はひよっこだったのに、いい顔をしていた。

感情があふれそうになったが、名簿を前に持ち、まっすぐ腕を伸ばして開いた途端、袖《そで》や襟口にワイシャツや制服の布地によってやすり掛けされたような痛みが走る。

「一三三五期甘粕教場、青木陸！」

「はい！」

「片柳太陽！」

「はい！」

「古河亮一！」

——痛みで返事が聞こえない。

「森響！」

冷や汗が垂れてくる。

「湯沢真央！」

いま玄松はどんな気持ちで土俵にあがっているのだろうか。いや、所属の部屋が決まらないいま、土俵にあがることすらできず、苦しんでいるに違いなかった。

仁子は玄松の苦しみの分まで声を張り上げた。

「一三三五期甘粕教場！　現在員三十九名欠員なし！」

仁子は名簿を閉じて教官席に向き直り、腰に手をやって肘《ひじ》を九十度に曲げ、小走りで教官席にもどった。擦《こす》れるひじが痛くて痛くて、腕がちぎれてしまいそうだった。

椅子に座り、仁子は額に滲《にじ》んだ冷や汗を拭《ぬぐ》う。去年は涙で濡《ぬ》れたハンカチが、今日は冷や汗でぐっしょり濡れていた。

「大丈夫ですか」

塩見が心配そうに耳打ちしてくる。周囲を見回し、仁子を気遣った。

「氏名点呼は終わりましたから、早めに教官室に戻っても――」

「大丈夫」

仁子は遮った。塩見も今年は一滴の涙も流していなかった。仁子が心配で泣けないのだ。十カ月間頑張って育てた学生たちの門出を、祝う余裕がない。

警察学校の指導官としてのやりがいや達成感を、仁子が奪っているようだ。

仁子は最近、飛田給の歩道橋から落ちる夢をよく見る。岡倉の自殺の瞬間の映像が予想以上に心を蝕《むしば》んでいた。刑事としてはもう生きていけないと覚悟を決めたころによく見た夢と、似ていた。あの頃は毎晩のようにレインボーブリッジから転落して死ぬ夢を見た。警察学校の教官としてなら生きていけると思ったが、相貌失認《そうぼうしつにん》どころか、感覚過敏という症状にまで悩まされ、明日、なにを失うかわからない体になってしまった。

いよいよ、警察学校の教官も難しいかもしれない。そう絶望して、仁子はあの歩道橋から飛び降りるのだ。そこには塩見がいる。転落する仁子を止めようとして、一緒に落ちてしまう。

塩見と共にどこまでも落ちていく夢だった。

そもそも彼は、捜査一課に戻るべき人材だった。仁子を支えるために残っている。仁子さえいなければ、いまごろとっくに警部補に昇任し、花形の捜査一課で一個班を率いて活躍していただろう。もしかしたら来年あたりにでも結衣と結婚していたっておかしくない。仁子のせいで普通の助教官よりも忙しく、二人は破局したのではないか。

塩見がハンカチを差し出してきた。仁子のハンカチが冷や汗でびっしょり濡れていると、わかっているのだ。学生たちの門出に集中していればいいのに、塩見はいつも仁子を心配し、先回りして、仁子を守ろうとする。

仁子はハンカチを断った。

「それではここで祝電の紹介をさせていただきます」

警視庁幹部の他、東京都公安委員会、東京都知事などの祝電などが続く中で、意外な肩書が紹介される。

「日本相撲協会理事会総務部付、玄松一輝様」

甘粕教場がざわついた。長田教場の阿部や中島も、ぱっと顔をあげた。

「祝電は講堂の入口に貼り出しておりますが、玄松氏の祝電だけは、ここで読み上げさせていただきます」

仁子は司会をやっている教官を恨めしく見つめた——高杉だ。

「一三三五期のみなさん、この度は卒業おめでとうございます。年末まで甘粕教場でお世話になっていた、玄松一輝です。僕は角界に復帰しましたが、所属部屋が決まりそうで決まらず、苦しい毎日を送っています。国技館近くでアパート住まいをしながら、自分の選択は正しかったのかと葛藤《かっとう》しない日がないではありません。そのたびに、警察学校の巡査として昨年の四月一日に正門を共にくぐったみんなの顔を思い出し、歯を食いしばっています」

甘粕教場の女警たちが肩を震わせて目を赤くした。

「僕は玄煌部屋所属力士だったときも間違いだらけの選択をしていたと思います。そして警察学校に逃げてからも、愚かな選択の連続でした。僕は、正面からぶつかってきて、受け止めてくれようとした甘粕教官や塩見助教に、何度、背を向けたことでしょう。何度、嘘をついてかわそうとしたことでしょう。僕がいま角界でみなから背を向けられているように、警察学校で孤立してしかるべき人材だったに違いありません。しかし、そうはならなかった」

長い祝電だった。読み上げる高杉も涙をこらえている。祝電ではなく、手紙だったのだろう。

「僕が何度嘘をついても、何度背を向けて逃げ出しても、教官と助教はあきらめず、受け止めてくれました。話を聞いてくれました。僕を否定せず、こんな僕を受け入れて、寄り添ってくれました。僕のせいで余計な仕事が増え、体調が悪くなって、どんどん痩《や》せていく甘粕教官を見ていくうちに、僕は――」

高杉が涙をぬぐう。仁子も両目から滂沱《ぼうだ》の涙があふれていた。

「僕は、ひとりの人間として、甘粕教官と塩見助教に育て直しをしてもらっているような気持ちになりました」

隣の塩見の頰からも涙がつたっていた。

「甘粕教官は脳に残った障害のせいでしょっちゅう学生を間違えていたし、塩見助教は厳しいし、大変な教官助教にあたったなと思ったときもありましたが、気が付けば……」

僕は――と実直に話す玄松の顔が脳裏に浮かぶようだ。

「この人が本当の父親だったら。この人が本当の母親だったら。と夢にまで見るほどに、二人のことを慕うようになりました。二つの背中を一心に見つめるようになりました。そして見つめれば見つめるほどに心が洗われていくようで、自分がいま向いている方向、やってきたことを肯定できるようになってきました」

仁子は結局、塩見のハンカチを借りた。塩見は自分のハンカチがなくなり、必死に指先で涙をぬぐっている。

「僕は絶対に力士としてカムバックします。なにがあっても負けません」

高杉が間を置いた。
「いつか国技館に遊びに来てください。僕の土俵入りを皆に見てほしいです。そして僕も、皆が卒業配置先でさらに切磋《せっさ》琢磨《たくま》し、立派な警察官になることを土俵の上から願っています。みなさん、卒業おめでとう。そして、警察学校のお父さんお母さん！　僕を一人の人間として育て直してくれてありがとう。お世話になりました」

講堂で卒業式が終わり、それぞれに戻った教場で、仁子と塩見は最後の訓示をした。誰も指示していないのに、不思議と毎年、学生たちは教官と助教のためにプレゼントを用意してくれる。

仁子がもらったのは、紺色の手編みのカーデガンだった。編み物が得意な片柳の号令でみなが手分けして編み、片柳が完成させた大作だった。黒いボタンが三つならんだ簡素なカーデガンはタグもなく、縫い目もない。警察制服と合わせやすいサイズ感で作られていた。触覚過敏でジャケットを着ることが辛《つら》い仁子のために、作ったものだろう。塩見にもおそろいのものがプレゼントされ、なんだか照れくさい気分だった。

昼食後には川路広場で卒業生歓送行事が行われる。家族や来賓も間近で見学できる。歓送行事が終わるころには、卒配先の各所轄署が手配した人員輸送車や官用車が迎えに来て、卒業生を連れていく。車両の窓から手を振る彼らを、教場旗がたなびく元で見送り、教場旗をおろすまでが、卒業式だ。

仁子は昼食を早めに切り上げて、学生棟の屋上に出た。今日も食べられない。塩見に心配をさせたくない。他の教官助教たちと、卒業式の余韻に浸っていてほしかった。

ジャケットを長時間着続けることができないので、仁子はワイシャツ一枚だけで屋上に出た。冬の低い日差しは暖かいが、やはり屋上は風が強い。身を抱きながら、ぼんやりと警察学校の全景を見つめる。

「教官。やっぱりここだった」

塩見の声がして、振り返る。結局彼は仁子を心配し、こんな場所まで捜しに来る。

「……ごめん。もう時間かな」

「黄昏《たそが》れちゃってたんですか。いい卒業式でしたね」

仁子は微笑んだ。

「私さ、今期が入校した初日に一同の顔を見渡して、やっぱり玄松が輝いて見えたよ。相撲部屋で心身を鍛えてきた人らしいオーラがあった」

「確かに、彼はずっと目立っていましたからね」

「卒業式の日に、玄松に答辞を読んでもらえたらな、ってずっと思ってた」

卒業生代表の答辞は成績がトップの者か、八人いる場長の中から特に優秀な者が読むことが多い。

「夢がかなったよ」

うれしくて自然と笑みがこぼれたが、寒さで唇がかじかんでいた。自分で思っている以上に体が冷えていたらしい。

「寒いでしょう。ジャケットが辛いなら、今日からこれを着ましょうか」

塩見は学生たちの手編みのカーデガンを持ってきていた。仁子の肩にかける。甲斐甲《かいが》斐《い》しく腕にも通してくれた。仁子が凍えていたことまで、お見通しなのだ。

「あえてきつく編んだのか、失敗したのかわからないですけど、体のラインにぴったりしていますから、ジャケットの代わりに着れるかもしれませんよ」

「さすがに無理だよ。カーデガンは怒られる」

「校長に事情を話せばいいんです。礼肩章をつければ目立ちませんよ」

塩見はカーデガンの前ボタンをしめてくれた。

「俺も一緒に着ますから。大丈夫」

仁子は塩見を見るのが辛くなってきた。嬉《うれ》しいしありがたいとこの十カ月も思い続けて、その積もり積もった感謝の念が、塩見に対する申し訳なさで自分を押しつぶすようになっていた。

きっとこの先も、嗅覚《きゅうかく》や味覚、触覚と同じように、聴覚も敏感になり、いよいよ教官でいられなくなるはずだ。その時、塩見はどうするのだろう——。

どこかでこの、塩見におんぶに抱っこの状態をやめないと、永遠に二人そろって奈落《ならく》の底に落ちていくことになる。

仁子は塩見の胸を思い切りどついた。

予想外だったのか、ふざけているとでも思ったのか、塩見は後ろによろけながらも、戸惑ったように、微笑んでいた。

「え……？」

「やめてよ、もう……そういうの」

仁子は体を抱くようにして、両腕をさすった。寒さと、自分が塩見から奪い続けているものの重さに、打ちひしがれる。塩見は悲壮に顔をゆがめ、仁子を見つめている。

「すみません……。なれなれしかったでしょうか」

「優しすぎるし、忠実すぎるし——気持ち悪い」

きついくらいに突き放さないと、塩見はずっと仁子を支えようとしてしまうだろう。

「自分のことは自分でするし、考えるし、行動できるから。ほっといてッ」

すみませんでした、と蚊の鳴くような声で塩見は謝った。回れ右をして、立ち去る。

仁子はうなだれた。

——ただ彼が好きで、大切な、だけなのに。

＊

学生棟の階段を駆け下りながら、塩見は目まぐるしく考える。突然、仁子から拒絶されたと思ったが、果たして突然だっただろうか。考えてみれば年末ぐらいから、仁子は塩見に症状を隠すようになった。塩見がいちいちお節介を焼くのがうざったくなってきたのだろう。

仁子は教場のスタート当初こそ、学生を識別することで精一杯だったが、ひとりで捜査に行ったり、学生のために動いたりと、単独行動も多かった。一三三〇期では相貌《そうぼう》失認を隠しながら必死に普通を取り繕っていた。どこにいくのも怖がって、出かけずにいたのに、大きな成長だった。

仁子が塩見をうざったく思うのは当然か。自身を悩ませる症状に見切りをつけながら、自分ができることを少しずつ探して積み重ねて、警察学校の教官として自立しようとしていたのだ。塩見がいちいち世話を焼いてその自立を妨げていたのかもしれない。

仁子は自分がいないとダメだ、助けてやらないとだめだという思いが、いつしか、仁子を支えられるのは自分だけだというおごりに変わっていたのかもしれない。

——ただ、彼女が好きで、大切な、だけなのに。

塩見は情けなく思いながら、学生棟を出た。川路広場は人でごった返していた。卒業生歓送行事まであと十分だ。朝礼台脇のテントには来賓やマスコミ、見学者が集い、両脇で家族が観覧する。在校生は背後で教場ごとに集まり、点呼を始めていた。卒業生は教官や助教、家族らと川路利良像の前で記念撮影の列を作る。

この人ごみを見て塩見はまず思う。

——仁子が顔酔いしてしまう。

仁子が迷子にならないように塩見が見つけ出し、こっちだと手を引いて教場の学生たちの下へ連れて行く。保護者が挨拶《あいさつ》にくれば、それが誰なのかこっそり教えてやる。頭を痛そうにしていれば休ませ、教場の外交を一手に引き受ける。今日の教官助教の飲み会も、仁子が食べられるちゃんこのレシピを『飛び食』の大将に伝えていた。大将は常連の仁子のためならと腕を振るってくれているはずだが、仁子はそれを聞くや、申し訳なさそうにしていた。

人の群れを避《よ》けて歩きながら、塩見は制帽を取り、礼肩章をつかみ取った。穴があったら入りたい。

これから歓送行事だ。仁子とタイミングを合わせて敬礼し、学生たちの最後の行進や隊列を見守り、警察唱歌の合唱に感動する。仁子とそろって、学生たちひとりひとりと歓談し、送り出す——。

いまは仁子と顔を合わせられない。仁子に会いたくない。

塩見はマスコミの観覧席に逃げ込んだ。ネクタイも取ってしまい、前ボタンを開けた。寒いが、ここまで装備を取れば、警察官には見えないだろう。スーツでやってきた来賓やマスコミに紛れる。相貌失認の仁子は塩見を見つけられないはずだ。

「塩見」

背後から声をかけられた。スーツにコート姿の五味が立っていた。

「五味さん、いらっしゃってたんですか」

横で礼肩章を揺らし、高杉がはしゃいでいた。

「五味チャン、来てくれるのならあらかじめ言ってくれよー。塩見、今日の飲み会は一名追加で」

五味は断った。

「無理だよ、十五時までには帰らないと。今日は双子の予防接種があるからさ」

高杉はそれでもワクワクした様子だ。

「ていうか卒業式に来てくれるなんてな。いよいよ53教場の復活だな！」

「そんなんじゃない」

五味はまたしてもあっさり高杉を断ると、塩見に向き直った。

「お前、来期はどうするんだ」

「――まだなにも決まっていませんが」

次の春も、仁子と新しく入ってくる学生を受け入れ、二人三脚で教場運営していくのだと勝手に思っていた。多分無理だ。

仁子が嫌がるだろう。

どうしてこんなに愚かな自分に、長らく気が付かなかったのだろう。塩見が仁子にしてきたことは、ただの自己満足だ。感覚過敏に苦しむ息子を過剰に守ろうとするあまり、周囲に対して攻撃的になっていった岡倉の母親と同じだ。息子を立派な関取にするために勝手に取り組み相手に金を払った玄松弥生とも、なにが違うというのだろう。

自分がずっと仁子のためと思ってしてきたことが、結局は仁子に寄り添ったものではなかったのだと、改めて気づく。二人の母親を軽蔑《けいべつ》できない。自分もそうだったのだ。

五味が隣に座った。

「お前、なんでそんな薄着なんだよ」

「いやあ。気持ちがいっぱいで……」

卒業生たちを見て言ったが、失恋の涙があふれてきそうだった。

「助教として、もう三期送り出したんだったな」

「はい」

「よくやった。もういいだろう」

塩見は五味を見据えた。

「俺は三月で育休が終わる。四月から捜査一課に復帰だ。お前もいい加減、戻ってこい」

塩見は冷え切った手をもみ、沈黙を埋める。言葉が出なかった。

「まだ甘粕の面倒を見たいのか？」

「そういうわけじゃ……」

五味が顎《あご》をふった。その先に仁子がいた。学生たちが編み、塩見がおせっかいに着せたカーデガンをしっかり羽織り、こちらに向かってまっすぐ歩いてくる。足取りにも目つきにも迷いがない。混雑している川路広場を、人の波を縫い、確かに塩見の顔を見て近づいてきていた。

座る塩見の前に立つ。

「塩見君」

「はい……」

返事をしながら、混乱していた。

相貌失認の彼女が、数千人でごった返す川路広場で、塩見を見つけた。迷うそぶりも一切なく、服装や顔のパーツで識別する様子も全くなかった。

しかも仁子は、かつては塩見と五味の見分けができなかった。体格がほぼ同じで顔の雰囲気も似ているので、鼻の穴の形でしか区別がつかないらしい。すぐ隣に五味がいるのに、仁子が混同する様子も迷う様子も全くなかった。

ただ塩見の瞳《ひとみ》をじっと見据えて、こちらにやってきた。

「校長に了解取った。式典じゃないし、このカーデガンで出てもいいって」

仁子は誰よりも気まずそうな顔をしていた。弱りきった表情でほほ笑む。

「さっきはごめん。言い過ぎた」

「教官」

「うん？」

「俺の顔がわかるんですか」

仁子は目を見開き、びっくりしたように塩見を見つめた。途端にもじもじし始める。顔はゆでだこのように真っ赤になっていた。「わかるよ」となにかをごまかすようにごにょごにょと答えた。

「いつから」

詰問するような口調になってしまった。塩見も腹の底が熱くなっていく。

「……もう、ずっと前から」

「どうして言ってくれなかったんですかッ」

「だって――」

仁子はまたしどろもどろになった。

「聞かれなかったし」

「聞けなかったんですよッ」

塩見は思わず、立ち上がってしまった。

――俺の顔がわかりますか。

本当は毎日でも聞きたかった。共に教場の運営に乗り出した入校の日も、一緒に声を嗄《か》らして応援した体育祭の日も、巡業に行くため二人でドライブした日も、玄松を送り出した日も――訊きたかった。だが飲み込んできた。

「そう何度も何度も、訊けませんよ……」

片思いしているとバレてしまうじゃないか。仁子が言い訳する。

「でも、塩見君の顔がわかるようになった、なんてわざわざ報告したら……」

仁子は耳までも赤くして、指先をもじょもじょと動かし、口ごもっている。塩見はその様子で全てを察した。膝《ひざ》に置いた制帽を取りしばらく顔を隠す。自分の顔は仁子よりも赤くなっているに違いなかった。こんな顔を学生たちに見られたくない。

「なんだよお前ら」

隣の五味は白けていた。塩見の肩を二度、叩《たた》いた。仁子には「お幸せに」とテキトーな調子で言い、立ち去った。高杉の隣には長田がいた。警察礼服のポケットに手を突っ込み、塩見と仁子を見てニタニタ笑っている。

「おうおう、結局、今夜の飲み会は二名欠席だな」

「アラウドの予約、俺が取っといてやろーか？」

高杉も揶揄《やゆ》した。荒畑助教が無邪気に駆け寄ってくる。

「えー、アラウドって、なんの話ですか？」

塩見と仁子が慌てていると、場長の青木までやってきた。持ち場に戻れと厳しく指示したら、変な顔をされる。

「点呼報告だったのですが……」

「失礼。どうぞ」

仁子が咳払《せきばら》いした。みるみる赤かった顔が元に戻り、教官の顔に戻っていった。塩見も制服をまとう。青木が声を張り上げた。

「一三三五期甘粕教場、現在員三十九名欠席なし！　最後の点呼、終了しました！」

甘粕教場の学生たちが挙手の敬礼で、仁子と塩見を待っていた。

本書は書き下ろしです。

この物語はフィクションであり、登場する個人・団体等は、現実と一切関係がありません。

人物紹介ページデザイン／bookwall

センシティブ・キリング

警《けい》視《し》庁《ちょう》01《ゼロワン》教場《きょうじょう》

吉《よし》川《かわ》英《え》梨《り》

令和６年 10月25日　初版発行

発行者●山下直久

発行●株式会社KADOKAWA
〒102-8177　東京都千代田区富士見2-13-3
電話　0570-002-301（ナビダイヤル）

角川文庫 24357

印刷所●株式会社暁印刷
製本所●本間製本株式会社

表紙画●和田三造

●お問い合わせ
https://www.kadokawa.co.jp/（「お問い合わせ」へお進みください）
※内容によっては、お答えできない場合があります。
※サポートは日本国内のみとさせていただきます。
※Japanese text only

ISBN 978-4-04-114112-0　C0193

◇◇◇